（下册）

王惟肖◎著

中国财富出版社有限公司

图书在版编目（CIP）数据

蝶螈．下册／王惟肖著．—北京：中国财富出版社有限公司，2020.8
ISBN 978－7－5047－7195－7

Ⅰ.①蝶…　Ⅱ.①王…　Ⅲ.①长篇小说—中国—当代　Ⅳ.①I247.5

中国版本图书馆CIP数据核字（2020）第158473号

策划编辑　张彩霞　　**责任编辑**　宋江伟　李小红
责任印制　梁　凡　　**责任校对**　张营营　　**责任发行**　董　倩

出版发行　中国财富出版社有限公司
社　　址　北京市丰台区南四环西路188号5区20楼　　**邮政编码**　100070
电　　话　010－52227588转2098（发行部）　010－52227588转321（总编室）
010－52227588转100（读者服务部）　010－52227588转305（质检部）
网　　址　http://www.cfpress.com.cn　　**排　　版**　宝蕾元
经　　销　新华书店　　**印　　刷**　天津市仁浩印刷有限公司
书　　号　ISBN 978－7－5047－7195－7/I·0315
开　　本　880mm×1230mm　1/32　　**版　　次**　2020年9月第1版
印　　张　18.875　　**印　　次**　2020年9月第1次印刷
字　　数　473千字　　**定　　价**　78.00元（上、下册）

静　音

第二天送走了表弟，壮壮按照与美凤之前的约定，去郭场长家接娟娟，准备带着娟娟和刘富贵去唢呐沟南边的北京旅游区里找美凤。

郭嫂送娟娟坐上了车，转身回家前冲壮壮抱怨道："这个美凤越来越不像话了，这个月一次都没回来过，娟娟已经吵闹好几天要找妈妈了。"

壮壮一路安抚着娟娟，来到了北京旅游区，美凤已经早早地等在了停车场，见到娟娟后，母女二人亲昵了好一阵子。

美凤带着壮壮到长哨营附近的旅游景点转了转。怀柔的新农村建设搞得非常完善，每一条街道、每一片田野都是一幅美丽的风景画。

中午回到酒店吃饭的时候，那个大忽悠常雨也出现了，他带着两个合伙人来森林公园游玩。美凤在其中穿针引线，常雨也十分配合地表示要请壮壮吃饭，于是壮壮和常雨一伙人凑在了一张桌子上吃饭。

席间常雨先是打听了壮壮过去的经历，随后就滔滔不绝地介绍起他的短视频创业项目来，他大谈特谈着5G时代已经来临，短视频项目未来大有可为，他们要在北京打造一个全新的、完全碾压快脚和颤音的短视频平台，还主动邀请壮壮也加入他们的创业队伍，以弥补他们团队在技术层面的不足。

壮壮的态度很中立，没有反驳也没有接受他们的邀请。美凤好像很上心，甚至主动帮壮壮打听起待遇问题。常雨一副胸有成竹的样子，表示投资人的钱已经打入了公司账户，只要壮壮愿意加入，他答应给每月税后 50K 底薪，外加 10% 的公司分红。

说实话，这个条件对于壮壮的技术水平来说，已经十分优厚了。壮壮还真有点心动了，就对常雨表示说可以考虑考虑。壮壮心想：即便 5G 跟短视频创业没有什么关系，即便他又忽悠了某位冤大头老板又怎么样呢，只要我加入了他们的团队，随便混三五个月，等他们烧完投资，也有 20 万工资到手了，正好缓解我后年的房贷压力。

但转念又一想：五个月以后呢？五个月之后怎么办？还有常雨和那两个合伙人，明显跟我尿不到一个壶里去，这五个月间，估计又是一场纷繁复杂的尔虞我诈。而且这个项目明显就是忽悠投资、骗工资收入的，连王公子的直播平台都完蛋了，就他们这几块料，怎么可能创业成功？为了这点钱，我又要重蹈覆辙、装腔作势地浪费半年人生，还是晚上回去跟表弟商量商量再说。

可美凤一听完这个数字，简直惊掉了下巴，她张着小嘴看着壮壮说："没想到你这么有本事，程序员挣这么多呢！这一个月就快顶上我一整年的工资了！"

饭后，常雨主动加了壮壮的微信后，就带着两个合伙人进山游玩去了。美凤抱着娟娟，壮壮抱着刘富贵，留在酒店聊天。

壮壮想多拉近一下与美凤的关系，就找了些生活上的话题聊。但美凤只是极力地劝说壮壮赶紧答应下来常雨的工作邀请，而且壮壮犹犹豫豫的样子让美凤很着急，她不理解如此优厚的条件，还有什么可犹豫的。最后，为了鼓励壮壮，她甚至主动设想起了两人的未来，也算是给了壮壮一个唐突的表白。

美凤说如果壮壮能去常雨的公司干，她就立刻辞掉酒店里的工作，在景区外边租一个院子，搞搞农家乐旅游。以后她负责在家照顾孩子，招揽游客食宿，壮壮负责在外赚钱，每周末都可以回来跟她们娘俩团聚。壮壮听后很无语，不知道该说些什么。美凤又说，这里离柴火沟的农家院也不是很远，回去也方便。

尽管美凤如此主动，但壮壮还是没有痛快地答应，只支支吾吾地说，回去跟父亲商量商量。美凤见壮壮这么不痛快，有点生气，并对他不能做自己的主很是鄙夷。之后一下午的时间，美凤都对壮壮不冷不热的，甚至还没有吃晚饭，就把壮壮和娟娟打发回去了。

美凤的态度让壮壮第一次对她感到有点反感。可是想想自己也老大不小的了，难得遇到这么个令人心动的美女，况且人家还不嫌弃自己的肥胖身材，他又舍不得放弃。就这样，壮壮已平静了许久的心再次变得非常纠结。

晚上壮壮躺在床上，拧巴得睡不着觉，就给表弟思齐发了微信说明情况，并询问他自己是否应该加入常雨的伪创业团队。思齐只简单地回了他一段文字：你只要思考，什么才是适合你的生活就可以了。然后发了一个晚安的表情。

表弟的回答并没有解除壮壮心中的纠结。之后的几天里，壮壮玩命地干活，想用不停歇的劳动逃避这恼人的纠结。美凤每天在微信里对他不依不饶，一边卖萌装可爱极力劝说他离开柴火沟，一边又对他冷嘲热讽，言语中少了几分往日的温存……

6月底，两场稀稀拉拉的小雨过后，天气逐渐热起来了。山中也生起了蚊蝇，农村生活终于向壮壮展露出令人厌恶的一面。一次，壮壮去郭场长家看望娟娟，黑压压的蝇群哄绕在牛棚四周，还胆大包天地往人脸上猛撞，如果说话时嘴巴稍稍张大一点儿，它们就敢往人嘴里飞。

刘武的农家院里也成天嗡嗡地飞舞着一群一群的大蚊子，其他的像蜈蚣、蜘蛛、壁虎、蛐蛐、螳螂、蚂蚱、飞蛾等也都蹿出来了。这让住惯城市楼房的壮壮十分不适，他被这些无处不在的小动物搞得搔头抓耳的，心里总是感到乱糟糟的烦。

空气中还萦绕着各种粪便的臭味，尤其是小雨过后，壮壮感觉路边的泥土都散发着粪便般的恶臭。偶尔路过刘佩琪家的猪圈时，更是让他觉得整个山沟都被这猪粪味笼罩了。

晴天的时候，炙热的太阳焦烤着大地，仿佛每一个人都被蒸干了身上的水分，只剩下被汗浸湿的衣服油腻腻地紧贴着肌肤。可能这些炎热也让村民们变得慵懒起来，农忙结束后，村路两旁总散落着破纸壳、塑料布、砖头块等杂物，村子变得凌乱不堪。

一到傍晚，知青农家院就变得十分嘈杂，总会有几个半老不老的村汉来小卖部买冰镇啤酒喝，他们光着膀子，卷着裤腿，趿拉着绿胶鞋，用黑黄色的牙齿咬着烟头，吧嗒吧嗒地嘬着，坐在走廊上搓脚丫子，还不时地清嗓子随地吐痰。

各家的老人也常带着孙子孙女们来农家院的小卖部买冰棍和汽水，孩子们尖叫着在院子里追逐打闹。有时常大爷还跑来跟刘武杀几盘象棋，引来一大堆人围观。

但奇怪的是，好像只有壮壮特别看不惯这些人，连贾姨都对这一切熟视无睹，有时她甚至还跟常大爷一起和刘武杀上几盘。壮壮觉得自己好像变成了村里的异类，除了练功和农活以外，半步也不愿意离开自己的房间。

时间终于熬到了 7 月中旬，玉米地、乌米大棚和山下的菜地里都已经找不到活干了。一个凉爽的阴天，壮壮上午跟贾姨练完功，回到小院后看到刘武跟小帅在下象棋，他完全不感兴趣，又不想独自在房间烦恼纠结，突然想起表弟说下次来时要攀登主峰，就决定带着刘富贵去平定山那边溜达溜达，给表弟打打前站，顺便散散心。

山间弯弯曲曲的野路很不好走，有时走着走着就没有路了。刘富贵紧紧跟在壮壮身后，好像生怕被壮壮丢弃在这野山里似的，有几次壮壮都差点踩到它的脚。只要壮壮一停下脚步，刘富贵就屃了吧唧地靠在他脚边，嘴里还哼哼唧唧的。

天变得更阴了，还起了风。壮壮刚想打消攀登计划，忽然看到侧方不远的半山腰的森密的山林里，神神秘秘地露出了一座古建筑屋顶。壮壮不知道从哪里冒出来的勇气，决定去古建筑那边探探险，他很好奇这里怎么会有这种古建筑。

远方突然传来清脆的童音，大声喊着："叔叔……壮壮叔！"

壮壮顺着声音望去，只见童童背着一捆柴火正站在山下冲自己挥舞着双手。壮壮也赶紧冲着童童挥了挥手。

童童又大声地喊道："叔叔，要下雨了，你赶快回去吧。"

壮壮也冲山下的童童高声喊道："好，我知道啦！我去那边的房子里转转就回去，你先回去吧！"童童听完，再次向壮壮挥了挥双手，转身一跑一颠儿地回村了。

虽然那座古建筑看起来很近，但山路崎岖不平，路线一曲一折的，壮壮走了半个多小时才到了古建筑附近。他登上一段陡峭的台阶，终于来到了古建筑的院外，发现这里竟然是一座陈旧而幽静的小寺院。

寺院大门外的两侧种了一些细竹，一进门，左右两边各有一间简陋的砖房，院子中央还有一个大水缸，里边长着一朵含苞待放的莲花，缸底还游动着几条小金鱼。院子中间的空地面积有百十平方米。

迈过佛堂大门一尺三寸的高门槛，在五十来平方米的房间正中，有一个水泥砌的底座，上边端坐着一尊一人多高的铜佛，壮壮也认不出是哪位佛，反正既不是观音也不是弥勒佛。供盘里放置着新鲜的苹果，花瓶里插着野花，一盏长明灯燃烧着小火苗，旁边还有一把散开的长香。整个佛堂被打扫得干干净净、一尘不染，应该是有人经常打理。

左侧的偏房，与佛堂相通，透过门框，可以看到地面上有一些木柴与散碎的煤块，里边靠近窗户的位置，有一个极简的灶台，上面摆着一小袋塑封好的大米和一桶没开封的食用油，灶台旁边还有一个水缸。

佛堂右侧的房间门关闭着，壮壮喊了几声，无人应答，他也不敢随意进去。此时天空中突然出现了一道闪电，随后响起一声滚雷，入夏以来的第一场暴雨，说下便下了起来。壮壮也没带伞，只能暂时在这小寺院中避雨。

四周的光线变得昏暗，壮壮掏出手机一看，没有信号，时间刚过下午 5 点半。铜佛半眯着眼睛，神态十分安详，壮壮一屁股坐在了佛前的拜垫上，学着和尚们的姿势，双手合十在胸前，自言自语地跟佛像说起话来。

起初壮壮态度十分诚恳地说道："佛爷啊佛爷，我给您烧炷香，您给指点指点吧，我到底该不该回北京去做那个短视频平台项目？虽然我都不知道您是哪位，也不知道您有什么法力，您就看着办吧。对了，您顺便能不能让这雨快点停，我好赶紧下山回家睡觉，谢谢佛爷！"

他说完拿起一根长香，在长明灯上点着了，插进了香炉，觉得拜佛这事还挺好玩的，就心血来潮拿出贾姨送的榆木疙瘩，盘上腿，将榆木疙瘩当作木鱼在供台上连续敲打起来。他还将左手伸在胸前，假装念经和尚的样子，嘴里碎碎念着："佛祖保佑，我想要媳妇……阿弥陀佛……好多好多的媳妇……"

这时有脚步声传了过来。壮壮回头一看，只见一个身材瘦小的人走了进来，此人身穿雨衣，头上戴着斗笠，肩扛着一个大竹筐。

来人见壮壮好像正在念经，就纳闷地问道："施主怎么这个时候做功课？"听他的声音，感觉岁数不大，而且一时间也分辨不出他是男是女。

壮壮赶忙起身解释说："嘿，我瞎念着玩呢，抱歉打扰了，我路过这里，被大雨困住了。"

那人摘下草帽，脱掉了雨衣说："咳，没事，我这儿一年到头也没多少人来进香，不怕打扰。"壮壮定睛一看，此人是个细皮嫩肉的秃头，还居然是个女的……

年轻女子卸下了肩头的大竹筐。壮壮看到筐中都是被雨水打湿的大土块，好奇地问女子："你是个女和尚？"

女子歪着脖子看了看壮壮，又看了看他手中的榆木疙瘩，一副很新奇的表情对壮壮说："哦！原来是你啊，差不多吧，管我叫啥的都有，你咋叫都行。"她说完还走过来摸了摸趴在拜垫旁的刘富贵。

壮壮立即惊呆了，心想这荒山野岭的，她一个女人住着，究竟是一种怎么样的体验？于是又问道："你就自己在这里住吗？安全吗？不害怕吗？"

女子很轻松地说："咳，没事，这深山里连贼都懒得来，也没有游人和大猛兽，我都在这儿住了三年多了。"

壮壮听完感觉很不可思议，感慨地说："哎哟，你胆子可真大，你平时都在这里干吗？"

"修佛像啊，这附近山上的溶洞里，有很多清代遗留下来的老旧佛像。我偶尔还烧烧土窑，做些泥碗泥罐拿去北京琉璃厂的赤翎窑卖，那是我师兄的店，卖些钱，好买些修复佛像的材料。”

“和尚不都是化缘吗，你怎么还做买卖？你是真和尚，还是假和尚？”

女子被问得一愣，她歪着脖子看着壮壮反问道：“你觉得什么是真和尚，什么是假和尚？”

“真和尚就是参加过剃度仪式，每日在寺院里吃斋打坐念佛的出家人呗。”

女和尚听完轻笑了一声，又问道：“那什么是假和尚呢？”

“假和尚就是开着奔驰宝马，到处讨要香火钱的骗子呗。”

女子听完咯咯地笑了起来。壮壮追问这寺院的来历，女子表示自己也不知道，她刚来时，这里简直残破不堪。一次下山化缘时，她看到刘武正在修建知青农家院旅馆，就站在知青农家院里念了一个礼拜的经，赚了些建筑材料，修复了寺院。

壮壮感叹说：“以前听说过终南山里有修行的隐士，我以为那些都是传说呢，没想到今天让我遇到了真人。”

女子听后苦笑着说：“听师父说，前些年有个美国老头跑到终南山里住了些日子，然后就写了本关于隐士修行的书，吸引了很多人过去。现在那儿已经变成旅游区了，没法修炼了。我也是游走四方，难得遇到这座山和这座清静的小寺院。”

两人攀谈正欢时，天上亮起了一道耀眼的闪电，紧接着一声巨雷滚过，屋外的雨下得更大了，似瓢泼。佛堂的大门和窗户被大风吹得乱摆，女子起身去关门。壮壮担心是自己乱问了什么不该问的话，要遭雷劈了，吓得他也赶快起身去关窗户。佛堂里一下变得更加昏暗，基本接近于全黑了。

壮壮一时不知道该怎么办，只得站在原地不动。女子凭直觉摸索着把大竹筐拎到了厨房，并在厨房的墙壁上摸索了几下，拽了一下灯绳，厨房里立即亮起一盏明亮的节能灯。她又拿出一盒火柴，点着了佛堂供台上的两根蜡烛。

壮壮望着暗淡烛光下的佛像无奈地说道：“唉，看来我刚才求您的事，您是没有答应啊，这雨反而越下越大了。”

女子转身回厨房，蹲在灶台前用火柴点着了一张废纸，并慢慢引燃了细柴火，她问：“这灶台上的粮油是你送来的？谢谢啊！”

壮壮赶紧解释说：“不是我送的，刚才我一进来就在那儿了。”

“哦……这雨恐怕一时半会儿停不了，我给你煮碗粥喝吧。”

壮壮问她：“电线也是你从农家院那边拉过来的吗？”

女子满脸天真地用手指冲屋顶指了指说：“上边有块太阳能。”

壮壮走进厨房，在一旁静静地看着女子煮粥。女子蹲在灶台前头也不回地说：“那边有马扎，你搬来坐吧。”壮壮在一个破柜子旁边找到了一个小马扎，靠近灶火坐了下来。

灶台里的火烧旺后，女子掀开锅盖，从小水缸里舀了两瓢水到锅中，然后打开了那个塑封的米袋子，往锅里倒了一些米，并取下悬挂在墙上的大木勺，在锅中搅弄了几下，随后就扣上了锅盖。她关上节能灯，又蹲在了灶火旁。

可能是这昏暗的环境和屋外滂沱大雨的原因，两人突然变得特别安静，一起看着柴火燃烧时跳跃舞动的火焰，一起听着大雨坠落屋檐时接连不断的水滴声。壮壮心里如毫无涟漪的湖面一般平静，他仿佛突然对任何事情都没有了期待，对任何人也没有了挂念，就只是这么安静地坐着，完全忘记了这几日的纠结。

直到锅中开始沸腾，女子起身拽开节能灯，屋里再次明亮，那种平静才被大木勺在锅里搅动的声音所打破。

壮壮问女子平时都是吃得这么简单吗，她回说：“是啊，施主们送来什么，我就吃什么。”

壮壮又问她为什么会到这山里来，为什么不找一家僧人多的寺院修行。女子机灵地看了壮壮一眼，笑嘻嘻地说：“因为我不想追着人家要香火钱呗。”

壮壮被她机智的回答逗得直笑，才反应过来还不知道女子的姓名，于是问道：“我该怎么称呼你呢？”

女子满不在意地开口道：“你刚才不是已经给我起了个名字吗？女和尚。”

壮壮突然想起来，女子出家应该叫尼姑，刚才叫人家女和尚真是太不礼貌了，他赶紧道歉说：“哎呀，抱歉，刚才我就是随口一说。哎，对了，你们出家人不是都有个类似悟空、悟净的法号吗？”

女子又笑嘻嘻地回说：“那你就叫我静音吧。”

壮壮一听这名，立即想起了电脑桌面右下角的扬声器……他嘴里轻声重复了一遍静音，感觉有点奇怪，就问自己能不能管她叫静音师父。女子稍稍犹豫了一下后，点了点头，又是笑嘻嘻地回说：“干脆你跟贾施主一样，叫我小师父吧。”

粥煮熟后，小师父用木勺盛了两碗粥，又从一个酱菜缸子里夹出两条咸菜放进粥里。锅中的粥没有多余一点儿，正正好好两碗。

这时一直在佛堂上趴着的刘富贵睡醒了，它跑到了厨房，卧在壮壮的脚边，也看着灶火发呆。壮壮掏出一小袋狗饼干喂给了它。

两人一起吃过粥，喝过野草茶，大雨依旧没有停。壮壮看了看手机，时间已经过晚上 8 点了，不免开始担心自己这么晚还没有回去，父亲会不会着急。现在他十分懊悔自己在山里乱跑的行为。

过了好一阵子，屋外的瓢泼大雨变成了中雨，雨声不再像刚才那般嘈杂，风也小了许多。壮壮推开佛堂的大门，清冷湿潮的空气迎面扑来，一扫连日来的燥热，纠结的情绪也渐渐平静了许多。于是他坐在佛堂的门槛上，静静聆听雨落的声音。

没想到自己也有“听雨僧庐下”的时候，还好没有到“鬓已星星也”的岁数。壮壮突然发觉自己读书太少，曾经读过的那些关于雨的散文与诗歌，大都跟自己的心境不符合。尤其是近几年，人到中年以后，他从未在雨中感受到过什么愿景或期盼。每当春秋这两个季节的下雨天时，壮壮只想躲在温暖的被窝里闷头睡大觉，躲避着窗外泥泞潮湿而又孤独冷漠的世界。

那绵延不绝、细如丝线的春雨，留给壮壮的，更多的是笼罩在灰暗天空下的阴郁，是黄昏华灯初上的街边自己孑然一身的影子，以及行人手中那一把把隔开人与人之间距离、遮盖心与心之间交集的大伞。

而冰冷萧瑟、连绵不断的秋雨，给予他更多的是万物即将凋零的悲怆，是落叶与枝干之间不舍的别离，是鬓角萌生的白发对青春荷尔蒙的留恋。

只有这风驰电掣、如银河倒泻般声势浩大的夏雨，才能令人心底产生血脉偾张的冲动，就像在热闹喜庆的节日里，等待夜空中绽放出绚烂的烟花。

落入大地的雨滴，终将汇聚成涓涓水流，奔涌流淌，冲刷净大地上的污浊，涤荡去俗世间的浮尘。壮壮此时很想冲进雨中，让这大雨洗涤自己的迷茫，平息内心的骚动。

又过了许久，雨声渐息。壮壮坐在佛堂高高的门槛上抬头仰望，天空已经高高挂起一轮皎洁羞涩的蛾眉月，只见它半遮半掩地躲在一团棉白色的浓云后面。四周群星也被雨水冲刷得晶莹剔透，与皎洁的月光一起，映亮了雨后的夜空。

小师父不言不语地走到壮壮身旁，也坐在了门槛上，支着脑袋，歪着头，跟他一起看天。刘富贵今天好像被封印了似的，不叫不闹，也不随地拉尿。它踉踉跄跄地爬过高高的门槛，乖乖地卧在壮壮和小师父中间，与两人一起静静看着天空中的星月。没有人说话，气氛有点尴尬。

壮壮忽然想起，以前在电视剧、电影里总看到得道高僧为世人答疑解惑，就也想请教一下小师父，让她帮自己解除事业和爱情方面的烦恼。可是壮壮琢磨了许久，仍不知道该从何问起，他憋了半天只是轻声对静音说："小师父，我看你岁数好像还没我大呢。"

小师父轻轻地"嗯"了一下表示肯定，然后慢条斯理地说："我1987年出生的。"

壮壮一听她比自己还小两岁，便想她怎么可能帮自己解除疑惑？而且她久居这深山之中，如何了解大山外的世间百态，加之中国发展速度那么快，她又怎么可能跟得上时事？

但壮壮转念又一想，万一小师父跟唐僧一样，前世就是出家人呢？于是壮壮又问道："你什么时候开始出家的？"

小师父扭过头来，看了壮壮一眼，缓缓地回答说25岁，随后两人再次陷入了尴尬的沉默……

除了屋檐落下的雨滴的声音和院外细竹随微风摆动的声音，整个世界都是静默的。壮壮只觉得时间过得好慢好慢，慢得好像分秒不移，慢得好像寸阴若岁，好像这小寺院与知青农家院并不在同一时空之内。但壮壮此刻又不知道应该去思念谁，甚至不知道现在应该去想些什么，大脑里边一片空白。

小师父突然动了动，端正着坐直了身子，盘上莲花腿，双手在怀中结起手印，并闭上眼睛开始打坐。壮壮学着她的样子，也想盘上腿，但是搬弄了半天小腿都无法把腿盘成小师父那种两个脚掌心都翻上来的姿势，最后只得随便把双脚压在双腿下，把双手放在怀中结印，闭上眼睛跟小师父一起打坐。

壮壮的大脑再次放空，用练回春功的呼吸方法，平稳了情绪。又过了许久，小师父开始轻声念起一段简短的佛经，她吐字清晰，念得很慢，字字缓缓灌入壮壮耳中：

> 如是我闻，一时佛住舍卫国祇陀园给孤独精舍。时已深夜，有一天神，殊胜光明，遍照园中。来至佛所，恭敬礼拜，站立一旁，以偈白佛言："众天神与人，渴望得利益，思虑求幸福，请示最吉祥。"世尊如是答言……

小师父持续念着佛经，壮壮虽然在心里写了一个大写的"尴"，但觉得佛经中每句话都很有道理。

小师父佛经念完时，一多半的内容壮壮都忘记了，只记得："勿近愚痴人""居住适宜处""置身于正道""从业要无害""八风不动心""宁静无烦恼"。

最让壮壮奇怪的是，里边怎么还有一句：不是好品德。他想问问小师父，这到底是什么经文，并想亲眼看看这佛经的原文。

小师父念完这段佛经，静默了许久。壮壮睁开眼刚想问她念的是什么，没想到还没开口，小师傅就又开始轻声地用一种悠缓的曲调唱念出一首他根本听不懂词的歌曲。

壮壮此时在脑海里又写了一个大写的"尬"，甚至想起了电影《大话西游》里唱着 *Only You* 的唐僧，但壮壮又不能像孙悟空敲唐僧那样，去敲小师父的脑壳，只得忍住心中的尴尬与疑问，再次闭上了双眼，聆听小师父反复唱念着"嗡阿吽班杂咕噜叭嘛悉地吽"……

伴随着小师父的唱念，壮壮心中渐渐产生了一种空灵意境，仿佛身体正在慢慢地悬起，融入云天星月之中。他低下头，甚至能看到那个端坐在小师父旁边，正闭目打坐的自己。

这时壮壮眼前忽然浮现出很多往事，如高考后选专业时与母亲发生争执，执意不肯选医科专业；大学毕业后放弃公务员考试，为了高薪跑去游戏研发公司；拿到新房钥匙后，从北京大杂院的老房子搬离；每日披星戴月，像流水线上的小鸡仔似的拥挤在地铁里，随着汹涌的人潮逐流；在公司里，整日没日没夜加班赶工；身体每况愈下，却仍旧拖着病痛艰难地去上班；为快速涨工资，盲目跳槽；受到小丽的鼓动，决定买豪车；对事业失望，学会应付差事，被同事当面冷嘲热讽或背后指指点点；被辞退那天，与同事大打出手；小丽拖着行李箱离去，自己颓废在家……

总之，从高考到现在，将近二十年来发生的重要的事情，又一幕幕地在壮壮脑海中重现了一遍。同时伴随这些画面出现的，还有每一个阶段，自己内心的起伏感受：从一开始的雄心壮志，任劳任怨付出，到渐渐开始麻木，再到一次次的沮丧与失望，再到厌恶人心的狡诈与乌烟瘴气的都市生活，对人生失去信心。

壮壮发现自己好像从一开始就选错了，当人生一个又一个的选择题摆在面前时，无一例外全部选错了。壮壮心想：如果一个将死之人在回望自己的一生时，突然意识到自己全部的选择都是错误的，将是一种怎样的悲哀，会不会懊悔得难以瞑目？

此时壮壮突然理解了那个成天抱着音箱坐在小区长椅上的古怪老大爷。一个人晚年拒绝与人交往，用冷漠将自己隔离保护起来，究其原因是没有勇气面对自己惨淡的人生，也无颜将自己的失败与他人分享，因害怕被他人嘲笑，就用寂寞保护自己脆弱的自尊心罢了。

壮壮分不清此刻究竟是梦境，还是清醒地在回忆。他感觉不到时间的流逝，就像是在看一部由自己主演的老电影。再次睁开眼睛时，天空中的弯月已经淡去，天边微微泛出了晨光，小师父也不知道跑到哪里去了。

壮壮慌忙站起来四处寻看，还是不见小师父的踪迹，他喊了几声："小师父？"也不见有人回应。寺院里安静得好像根本不曾有过静音这个人似的。院外林中传来清脆的鸟鸣，天空渐亮，壮壮恭恭敬敬地给佛祖鞠了个躬，就离开小寺院，下山了。

布 施

壮壮回到村里时，胖婶家的大公鸡已经开始打鸣。再次看到知青农家院的大门，有种恍如隔世的亲切感。小帅又是第一个起床的，他正打扫着雨后的院子，看到壮壮回来十分关切，并告诉壮壮昨天童童来送柴火的时候，告诉大伙他去了小师父的寺里，加上昨晚雨太大，刘武就没让大伙出去寻人。

跟贾姨练完功休息时，壮壮想起了贾姨以前跟自己说过，她每周都会去主峰找小师父喝茶。于是就主动跟贾姨谈起了静音师父，还问贾姨"勿近愚痴人"是什么经文，贾姨想了半天也没想出来，壮壮又学舌了一遍"嗡阿吽班杂咕噜叭嘛悉地吽"的歌词，贾姨听后笑说，那不是歌，而是《莲花大士心咒》一种梵语发音的佛咒，念诵者可以净化自己的心灵，提高自己的修行和觉悟。

壮壮觉得贾姨说得神乎其神，心想难道这世上真的有咒语这种事情？就追问贾姨，这佛咒到底是什么意思，怎么就能净化心灵、提高觉悟了呢？

贾姨扶了扶眼镜，若有所思地回答说："对佛咒公认的解释，是说佛咒是佛祖留在人间的法宝，帮助修行之人扫清障碍、增加定力。但是我个人理解，佛咒就是浓缩了多部佛经含义的咒语，所以念经与持咒本身并没有什么区别。”

壮壮听完瞬间想起了面向对象编程中，关于类和函数的概念，立刻兴奋地说：“噢噢！我知道了，佛咒就是一个类，佛经就是这个类里的函数方法。”

贾姨听完一脸蒙，显然她没有明白壮壮说的是啥意思。壮壮反应过来，贾姨是不懂编程语言里的概念的，于是他继续追问：“那佛经是佛祖写的吗？”

贾姨没加任何思索地回答说：“不是佛祖写的，而是佛祖亲口说过的话，由佛弟子记录整理传于世人，教世人起信、印心，并据根器不同而教你修持的方法。很多佛经的开头，都写着‘如是我闻’，就是我听佛祖如此说过的意思。”

贾姨耐心地回答了壮壮很多关于佛教方面的问题。壮壮问得太多、太细，贾姨无奈地摇了摇头说：“你这些问题都太具体了，你自己上网查询吧，就不用我来告诉你了。但有一点，你一定要注意，既然你已经和佛结缘了，就还是弄明白的好。”

“哪一点？”

贾姨十分严肃地说：“你记住，佛不是神，千万不要像求神一样去求佛，只能发心，并且要持正念、发正心，看到什么佛就要发什么心，拜佛烧香是去发心，不是去贿赂！千万不要听骗子们跟你胡说八道！让你拜佛求升官发财的都是骗子！”

“原来是这样……那佛不是神，是什么？”

贾姨站起身来，拍了拍身上的浮尘说：“佛就是觉悟世间和宇宙万物运转根本逻辑的人，人人皆可成佛，你也可以成佛。”贾姨说完，起身往山下走。

壮壮追赶上贾姨的脚步，问道：“跟‘王侯将相宁有种乎’

是一个道理？”

贾姨轻蔑地笑了笑后道：“王侯将相才到哪层？不过你这么理解也行，对佛法的参悟每个人都不同，真正的佛弟子不会跳出来说自己领悟得完全正确。所谓佛法者，即非佛法，我也只能解答你一些初浅的问题，至于你以后能参到哪层，还是要靠你自己慢慢去觉悟。”

贾姨一边说着，一边大步流星地走了，壮壮磨磨蹭蹭地在后边回味着贾姨话中的意思，突然想起昨夜打坐时，做的那个亦真亦幻的梦，就冲着贾姨高喊道：“我昨天跟静音一起打坐时，好像把一辈子都回顾了一遍，这又是怎么回事？”

贾姨听后立即停下了脚步，立在原地直直地回望着壮壮，没有说话。壮壮紧赶了几步，追上贾姨，看贾姨表情有些木讷，就接着说：“小师父就哼唱着那个莲花大什么咒，我也不知道是做梦还是清醒着，就感觉到自己慢慢飘到空中，低头看着自己，还能回想起自己的过去。”

贾姨用耐人寻味的口气说：“看来你与小师父缘分不浅啊，她那是在引你内观。”贾嘉雯没想到自己供养了小师父两年，她都没有引导自己内观过一次，壮壮只跟她见了一面便得到了。难道在小师父心里，自己还不如一个偶然路过的中年男人？想到这里，她心里不由得再次犯起争强、善妒的老毛病。

壮壮又忙问什么是内观，贾姨却低头不愿再回答，只说让壮壮定期上山去看望小师父，还说小师父在山里清修，生活得很艰苦。

回到农家院的时候，月娥正用打火机点燃一个小草球一样的东西并扔在了院子里。顿时滚滚浓烟升起，一股浓烈刺鼻的烟味铺散开来，把壮壮呛得差点摔跟头。

壮壮问月娥这是什么东西，怎么这么难闻。月娥说这是艾草球，驱赶蚊蝇用的。她说完，还来劲似的，也往后院里扔了一颗。

壮壮翻着白眼说："希望蚊子能在我被熏死之前离开这里。"

壮壮躲进自己的房间，开始查阅各种佛教资料，手不释"机"地了解起各种佛学知识。壮壮难以置信短短一篇《吉祥经》居然是佛祖释迦牟尼在两千五百年前说过的话，并包含了如此深刻的道理。更神奇的是，每一句都依然适用于当今世人。

壮壮还特意查找那句"不是好品德"，原来是"布施好品德"，又查看了一下"布施"的意思，虽然字面上是将自己的财物发散与人的意思，但是壮壮此刻却又想起了那部看了一百八十多遍的电影 *Into the Wild* 里，男主角生前写下的最后一段日记：只有分享才是最大的乐趣。

这些日子以来，壮壮一直纠结于是否要做出改变，离开这个小山沟，重新回到城市中继续所谓的职业白领生活。斯宾塞·约翰逊在《谁动了我的奶酪》一书中曾经说过"唯一不变的是变化本身"。可是壮壮发现自己纠结的点，其实不在于是否改变，而在于要怎么改变，他期望能寻找到一种可靠的、实在的、正能量的东西。

小矮人哼哼在现实生活中，一开始是根本不存在的，因为大多数平凡的中年人，都曾经像小矮人唧唧那样，做过一次又一次所谓的改变，寻找到了自认为香甜的奶酪。但结果发现自己盲目寻找奶酪的初衷就是错误的、不快乐的，还要麻烦地花费时间去闻一闻它是否变质，因为不是所有奶酪都是自己想象中的那般可口美味的，至少有的是不适合自己的。人们在经历一次次的失望后，才最终变成了矮人哼哼，只有心中不存在奶酪时，才会造就厌世颓废的行为。所以人更应该想想到底什么改变才是适合自己的，中年人在体会过百味人生后，更应该关心到底应该去寻找什么样的奶酪这个点上。

也许这就是很多人听过很多道理却依然过不好这一生的原因之一吧。因为太肤浅或文化差异过大的故事与道理，是很难去落地执行的。只适合讲给涉世未深的年轻人去听而难引发中年人的共鸣。它们无法有力地说服中年人真正发心去改变，更难以支撑飞速发展的社会中实际遇到的种种复杂情况。

千年流传的《吉祥经》中，简单的几句经文，却能字字珠玑、句句触动壮壮。比如“勿近愚痴人”“居住适宜处”“置身于正道”“从业要无害”“领悟八正道”“八风不动心”，不正好解答了壮壮多日以来的纠结吗？为什么还要为了获得从前自以为正确的奶酪，又盲目地重新回到迷宫之中呢？

至少壮壮现在不需要回到迷宫，这个小山沟就是他的奶酪C站，这里有取之不尽的奶酪——由他自己亲手创造出来的奶酪。

觉悟到这些道理后，萦绕在壮壮心头多日的纠结一下就被解开了。为了表达对小师父的感谢，隔天下午，壮壮从自家菜地里摘了些蔬菜，还去后山采了些水果，跑到寺院看望她。

壮壮一进寺院大门，就看到小师父坐在院子里，在一台小型拉坯机上为一小块泥巴塑形。寺院左侧角落里那间简陋的小屋敞开了门，里边不时散发出来阵阵炙热的空气。

小师父见壮壮来了，并没有感到意外。她松开手中的泥巴，起身与壮壮打招呼。壮壮递上带来的东西，小师父没有拒绝，礼貌地谢过后，从容地洗净了沾满泥浆的双手，接了过去。

壮壮问小师父前天清晨去哪里了，怎么一大早就寻不到踪影了。她挠了挠脑袋，有点不好意思地说：“嘿，我就是太困，回屋睡觉去了。”

壮壮问她是不是念咒发功，引自己内观。小师父转脸对壮壮嘻嘻一笑，并没有正面回答问题，而是和悦地说：“你拿马扎来坐会儿吧，马上开窑了，我给你烧了一个小玩意。”

小师父说完，又坐下转动起了拉坯机上的转盘。她聚精会神地扶着泥巴，小心翼翼地用双手护住泥巴块，在转盘中心塑出一个圆柱形。然后双手改变姿势，用虎口轻轻掐住圆柱形中间的位置，把圆柱形中间掐细，随后松开了双手，左手张开贴在圆柱形上端，右手护住圆柱形，大拇指慢慢地往泥巴里抠。

快速转动的转盘将圆柱形转成碗状后，小师父又收紧碗口，将其慢慢拔高，变成了一个鼓肚细口的小泥壶。最后小师父双手轻掐壶底，把小泥壶从转盘上取了出来，放在了院落中的一个架子上。

之后小师父又陆续做了很多小茶盏、小罐子、小瓶子等陶器。这些陶器个头都不大，感觉很不实用。可能小师父制作这些小陶器的目的，并不是让人用来吃饭喝茶的。

她还在那些已经晾晒干燥的陶器上，用毛笔描绘了很多复古图案，有的不过是几条简单扭曲的竖线或者旋涡，有的像儿童简笔画里的小太阳，有的则是围绕着陶器周身的一圈渔网或者一条条小鱼。这些小陶器有点像远古人制作的粗陋小器皿，秀气可爱，让人很想摆在家里做装饰。

壮壮观摩了良久后，小师父终于放下了手中的毛笔走进简陋的砖房里，还兴冲冲地摆摆手唤壮壮过去。壮壮起身一脸茫然地走了过去。只见小师父一脸期待地站在一个方形的小气窑边，缓缓拉开了厚重的窑门。

如风铃一般清脆悦耳的美妙之音，随着气窑中炙热的空气迎面传来。窑中各式小陶器上仍余有高温，它们像是被十几只筷子不停轻轻敲着似的，持续发出丁零零的声音。壮壮第一次了解到，原来烧窑也是有声音的。

小师父用小铁钳夹出了一个与茶盏一般大小的袖珍小钵，然后仔细地查看了一下说："看，我给你烧的小玩意，再冷却一会儿，你就可以带走了。”

壮壮走近端详了一下这个小瓷钵，发现与别的那些原始粗陋的小陶器相比，明显精致了许多。小瓷钵通体都是明亮的红色，钵体外围用金笔描绘了一朵盛开的莲花，莲花的右上方画了一个带有静音字样的仿古印章，下方还画了一条头望莲花的小鲤鱼。钵底没有上釉，明雕了一个佛教万字符，周围还刻有一圈看不懂的六字梵文佛咒。

又过了一会儿，小师父从佛堂取来两片金箔，把小瓷钵四周用薄纸片包好后，在钵底和钵里都贴上了华丽的金箔。

壮壮不明白小师父为什么要送自己一个精美的袖珍钵碗，难道想让他也去云游四方、吃斋化缘？可是这钵实在是太小了一点儿，钵里顶多能放进去一个小饺子，要是用这个钵去化缘，自己肯定会被饿死。而且壮壮不知道把它放在哪里才安全，揣兜里怕挤碎，捧手上怕摔碎，只得拜谢小师父后，匆匆离开了小寺院，一路战战兢兢地托着小瓷钵，回到了父亲的农家院。

壮壮把这小钵拿给贾姨看时，她脸上明显有一丝嫉妒，甚至还有些挖苦地对壮壮说道：“好好端着你的新饭碗吧，千万别摔碎了！”

壮壮追问贾姨小师父为什么要送自己这么一个玩意，贾姨若有所思地回答说：“我也不知道小师父是怎么想的，她从未送过我如此精美的东西，榆木疙瘩倒是送过好几根。”贾姨说完又无奈地叹了叹气，转身就要回房间。

壮壮反倒安慰起贾姨来，他说：“嘿！你们道家讲究养生之道，送你榆木疙瘩更实用一些，不像佛家，认为身体只是一副空皮囊。”贾姨听完愣了一下，好像宽慰了不少，又转头冲壮壮欣慰地笑了笑。

钢子和月娥看到这小瓷钵后，一脸惊诧，好像是看到什么稀世珍宝的样子，月娥感叹道：“这啥呀？金的噢？这小和尚咋还能有金子呢？”

钢子则一脸瞧不上月娥的表情说：“你懂啥！这是给佛像贴的金箔，那小和尚不是会修破佛像嘛，手里有这玩意也不新鲜。”

月娥咂摸着嘴，一脸羡慕地说：“赶紧收好吧，这玩意可是好宝贝，可别给摔了。”

壮壮一想到存放问题，确实有点犯愁，不知道这么精致的小宝贝摆在哪里才合适，摆到明面上怕被谁不小心碰到摔碎了，而且房间里好像也没有适合的位置；收到盒子里又觉得可惜，如果每天都看不到，岂不是跟没有一样？壮壮就让钢子帮忙想想办法，问他能不能做一个木壳子之类的东西，既能固定住瓷钵，又不影响观瞻。

钢子稍稍思索了一下说：“要是用木架子，那碗底和外边的图案都会被阻挡住，你想既安全又不影响观看的话……”钢子说到这里，好像有什么重大发现似的问壮壮，“你知不知道有一种透明的水晶滴胶，叫什么环氧树脂的东西，可以用这种胶把你的小碗封起来，这样既美观，又抗摔。”

壮壮突然想起来自己在短视频里看过类似的东西，就忙拿出手机，查找到一个类似的视频给钢子看了看。钢子瞟了一眼手机里的视频，不屑地说道：“哎呀，我知道……这些我早都看过啦，就是这玩意，我觉得能行。”

于是壮壮决定按照钢子的提议试试看，就联系了一个淘宝上的水晶胶卖家，购买了五公斤的硬水晶胶，还特意叮嘱卖家让他发中国邮政。

三天以后，中国邮政的工作人员骑着绿色的两轮摩托车送来了水晶胶，壮壮跟钢子一收到货，就立即钻进后院的木工房里研究了起来。

调制好胶水后，壮壮决定先做个实验，再正式浇筑瓷钵，于是钢子学着短视频里的手法，在一个长方形的模具里倒入了一点儿混合好的水晶胶，斜插了一小朵野花进去后，继续把模具里灌满水晶胶。没想到胶水里出现了一串小小的气泡，让壮壮觉得实验有点不太完美。

第二天中午，模具中的胶体已经凝固，只见小野花被紧紧包裹在邦邦硬的水晶胶中，好像被封印在了冰块里。那一串小小的气泡，好像一串晶莹的泪滴，让小野花产生了一种永不凋零的诗意之美。

壮壮觉得这个实验作品没有失败，这种用水晶胶浇灌的办法非常完美。他决定就用这个办法保护小师父赠予他的珍贵小瓷钵。

钢子把水晶小野花举在眼前，若有所思地看了良久，他皱着眉头看着壮壮说："这水晶胶的优势不单在于透明性和保护性上，我们更应该挖掘它的立体感，你的小碗如果就这么随便地封住了，有点没意思，我觉得应该给它增加一点儿意境。"

壮壮觉得钢子说得很有道理，但不知道增加点什么意境好，他疑惑地说："一个钵碗能有什么意境？就是吃饭用的呗，难道还真往里放个饺子不成？"

钢子冲壮壮做了一个呆傻的表情后，无奈地说："也行，那我就给你放个饺子进去。"

说完钢子拿出了两条小木头，用刻刀七下八下地雕刻出一副小筷子，还在打磨机上抛光了。随后又拿出一块小木头，在打磨机上磨成扁圆状，雕刻了一个啤酒瓶盖大小的饺子出来。

钢子又给饺子刷上了白漆，还刷了一点点淡黄色在饺子褶上，让它看上去很真实，很能诱发人的食欲。钢子说要等油漆晾干，让壮壮别着急，说完又钻进木工房，还神神秘秘地关上门不让人看。

此后的日子里，钢子只要一有空，就独自在木工房里闷头忙。时间过了一个多礼拜，壮壮等得都有点绝望了，心想：看来钢子毕竟是做家具出身的，这种小工艺的活，还是玩不转啊。但他又不好意思催促，只能耐心地继续等待。

走 失

刘武对钢子突然着迷于木匠活的态度有些不冷不热，月娥不免有些难为情。一方面多年不见钢子对新鲜事物有兴趣了，她感到很欣慰，另一方面看到刘武的态度，她又感到有点过意不去。最终月娥只得加倍干活，把钢子的那份活也抢了过来干。可刘武还是一副忧心忡忡的样子。

临近 7 月底的一天，壮壮在屋顶喂鸽子。原先的两枚鸽子蛋已经孵化出两只白色小鸽子，大白鸽像个警卫员似的时刻守在鸽笼里，母鸽子慈爱地站在小鸽仔身旁喂食，整个鸽笼里充满了温馨的家庭氛围。

壮壮正望着鸽笼，羡慕着它们一家四口的美好生活，不料刘武却爬了上来，跟儿子没话找话地聊起天来。

壮壮听出来父亲表面上是找自己闲聊，实际上却是想打听钢子和月娥的事情。壮壮就把托表弟和二姨帮忙整理材料举报的事情和钢子帮自己弄水晶滴胶的事情简单叙述了一下，刘武听完若有所思地低头抽着烟袋锅。

壮壮对刘武的态度表示不解，便问他最近为何总是忧心忡忡的。刘武表示对钢子和月娥不舍，并担心如果月娥和钢子离开了，知青农家院会人手不足。还说摄影家下个月可能就要离开这里了，画家罗庚也有三个月都没有交房租了，他担心今年的农家院会入不敷出。

壮壮问为什么不把后院木板楼的小二层收拾两间客房出来。刘武摇摇头，告知壮壮这木板楼是房东的，楼内还有房东的家具，说不定哪天房东就回来了，不能乱动。壮壮忽然想起来这北方的院子里怎么会有南方的建筑样式，就问刘武缘由。

刘武轻描淡写地告诉壮壮，这个农家院原先的主人年轻时与自己有过命的交情，是一户姓魏的老头，他的老婆是从南方嫁过来的，为了缓解老婆的思乡之情，所以就盖了这种木板楼。老魏的老婆死后，刘武就从老魏手中租过院子，老魏不久后也死了，老魏的儿子就远走他乡了。刘武保留了这座木板楼，只是在前院另起小楼，办起了农家院旅馆。

壮壮也回忆起，小时候每次来柴火沟时，住的那户人家的房子就是这木板楼。

这天傍晚，大家正在餐厅里边吃饭边看国际新闻有关于新冠病毒肺炎疫情的报道。钢子突然兴冲冲地跑进来，把壮壮拉进了后院的木工房里。

壮壮一进屋就看到工具桌台面上大大小小摆了七八件造型各异的水晶块：有一块深蓝色的水晶造型就像一个大钻石，里边星罗棋布地点缀着许多闪耀的银白色星月；另一块长方形的浅蓝色水晶块里，底部的木托上布了一层细沙，沙子上面放着一簇红色小珊瑚，水晶中央游荡着一只飘逸的白色小水母，整体造型看上去就像一个精致的小小水族箱；还有一个正方形的透明水晶里，底部用木头雕刻成嶙峋的山石，黑色的大地上伸出一只佛手托举着一朵美丽的小荷花，在荷花的上方还做出了烟雾缭绕升空的造型。其他造型的主题还有：沙漠中的仙人掌、月色池塘中盛开的荷花、白雪皑皑下的冰山、岩浆迸发着的火山……

仿佛小小的水晶里，包容了整个大千世界，涵盖了天下芸芸众生。看得壮壮是目瞪口呆，瞬间就感觉到，自己与钢子在意境这个词汇的理解上，有着如此巨大的差距。

壮壮此刻已经完全感觉不到下巴的存在了，他张着大嘴流着哈喇子，痴痴地看着一桌无与伦比的精美工艺品，只想立即向钢子献上自己的膝盖。

站在一旁的钢子重重拍了壮壮一下，得意扬扬地说："怎么样？小老弟，看傻了吧！"

壮壮呆若木鸡地扭头看着钢子，连话都说不出来了，只会傻傻地一直点头，钢子又嘚瑟地从一个木盒里取出了一个正方形的水晶，壮壮一看里边正是小师父送的小瓷钵。

红色的小瓷钵悬在水晶的中心，水晶的棱角处，被钢子打磨成了冰块一样的造型，边缘还做成了渐变的浅蓝色，小瓷钵中自然叠摞着两个白色的小饺子，侧悬在小瓷钵上方的两只小筷子则夹着另一个被咬了一口的小饺子，好像空中有一只看不见的手，正夹着饺子津津有味地吃着。壮壮仔细看了看被咬掉的饺子里居然还用一小块啤酒瓶打磨成翠绿色的玉石，镶嵌在里面模仿饺子馅。

壮壮一脸诧异地看着钢子问："你这饺子咋是小白菜馅的，我爱吃猪肉大葱的。"

钢子扇了壮壮脑瓜顶一下骂道："没看画着佛印呢！猪肉大葱你个头啊！"

壮壮彻底折服于钢子精湛的木工手艺和天才一般的艺术细胞，兴高采烈地抱着水晶给大伙看。

众人也夸赞着钢子的好手艺，并瓜分掉了钢子的作品，贾姨要走了钻石星辰主题的水晶，月娥则喜欢"黑暗中佛手托莲花"，小帅钟情于"白雪冰山"，摄影师大爷看上了"火山爆发"，罗庚选中了"海底世界"，刘武挑来拣去看上了壮壮的小瓷钵，可壮壮死也不肯给，最后把“沙漠绿洲”给了刘武。最后一个“荷塘月色”壮壮打算送给小师父。钢子看在一旁露出了灿烂的笑容。壮壮从没见过他如此得意，第一次从钢子眼中，看到了那种对生活恢复信心的光芒。

之后的日子里，钢子恢复了做木工的劲头。他钻在木匠屋子里打制了一个方形的厚实木板，还在木板的正反面，暗刻了围棋和象棋的棋盘。还雕刻了很多兵、炮、车、马等立体造型的小木件，并用水晶滴胶，在模具中把小木件浇铸成了透明的象棋子，那外观看上去根本就不是供人戏耍的棋子，简直就是一件精美绝伦的水晶艺术品。

壮壮再次见到小师父的时候，她刚迈出寺院大门的门槛，身后背着一个装满货物的大竹框，手里还拎着一个小煤气罐。壮壮关切地询问她去哪里，小师父说要去琉璃厂的赤灵翎窑把烧好的陶器卖掉，顺便再换罐煤气。

壮壮立即提议开车送她，小师父却摆摆手说：“卖掉这筐陶器再换完煤气，也剩不下几个钱了，还不够你车油钱的。”壮壮却不以为然，执意要送她。

小师父单手作礼，十分严肃地说：“阿弥陀佛，你想布施也需量力而行，很多问题都不是要靠花钱去解决的，村中有很多更需要帮助的人，你能向越多的人行布施，才能获得越多的快乐。”

小师父说完，就低头径直往山下走。壮壮以为小师父生气了，赶忙追上前去，把荷塘月色的水晶送与了她。小师父把水晶拿在手中观瞧了一会，眼神里冒出了欣喜的亮光，脸上也泛起了女人特有的甜美笑容。

告别了小师父，回去时壮壮一路上都在寻思着小师父的话。最后他决定，向村民们提供一些力所能及的帮助，并要亲自动手改善柴火沟村脏乱的地方。

回到小院，壮壮在网上找了很多视频资料，与钢子一起给丁奶奶做了个暖水壶的木架子。这样她再从暖壶里倒水的时候，只要轻轻扳动木架子上的扶手就可以了，不必再把沉甸甸的大暖壶提起来。

可壮壮屁颠屁颠把壶架子送到丁奶奶面前时，她又是老倔驴似的不肯接受礼物。还好有童童“从中劝解”，最后丁奶奶还是给了壮壮 10 块钱，才答应收下。

壮壮悄悄地拉着童童问家里最需要什么帮助。童童寻思了一下后，从房间的抽屉里翻出一张皱皱巴巴的百元钞票，递到壮壮手里说：“家里其他都能凑合用，就是这窗户玻璃实在太烂了，叔叔你能不能帮忙买一些新玻璃？”壮壮没有接过钱，爽快地答应了下来。

壮壮和钢子准备好材料后，因为怕施工的时候遇到丁奶奶的阻拦，两人便跟胖婶商量好，把丁奶奶引走，并趁丁奶奶不在家的工夫，换好了她家各个房间的窗户玻璃。

尤其是厨房，两人为了节省时间，把六块小玻璃更换成了两大块长方形的大玻璃，并将其改装成了推拉窗户，还安装了个排风扇。丁奶奶家原先昏暗的小厨房，立即变得通透明亮起来。

这之后的几天里，壮壮又学着网上的视频教程，用铁丝和细纱网做了几个捕苍蝇的笼子给郭场长、刘佩琪和胖婶家送了去，以减少他们院里牲畜圈中的苍蝇。

郭场长家的牛棚挂上捕蝇笼后，苍蝇的数量明显少了很多，短短两个小时，鸟笼一般大小的捕蝇笼里就抓到了满满一笼的苍蝇，看上去既解气又恐怖。

郭嫂开心得简直要飞起来了，拜托壮壮再多做几个送来。本来壮壮很是得意，但临走前，郭嫂又抱怨起美凤来：“给美凤打了几次电话，她说暑期忙，顾不上回来看娟娟，最近孩子太想妈，哭闹得很厉害，你也去劝劝美凤吧。”壮壮听后，也感无奈，好像连郭嫂也把壮壮当成美凤的准老公了。

刘佩琪对壮壮的态度却是180度大转弯，他冷着个脸，对捕蝇笼不屑一顾，对壮壮本人也是爱答不理。还是胖婶好，依旧对壮壮乐呵呵的，大赞他的捕蝇笼厉害。

壮壮又把村民们遗留在道路上的垃圾全都清理干净了。刘武看在眼里，第一次对儿子伸出了大拇哥。刘武建议壮壮在道路两旁种上向日葵，这样不但可以美化环境，秋天的时候还能结出些葵花子来，给大伙炒着吃。

这天壮壮种完向日葵归来，看到大伙正一起在前院乘凉。刘武打开一个大邮包，壮壮看到邮包的最上层有一个古老的信封，上边用一手漂亮的小楷体写着“刘武亲启”几个字。壮壮对这种用纸墨进行通信的方式很是好奇，便趁刘武不注意，一把夺了过来，拆开信封，打开信纸就大声念起了信中的内容。

刘武贤兄砚右：

六月时已收到你的来信，得知你与儿子重逢的消息，不禁粲然而笑。真是替你高兴，本应该更早些时日给你回信的，但不巧我这里也突发了一些状况，现虽已无大碍，然没有能给你及时回信，表达我的恭贺之情，实有些不妥。在这里我必须先跟你道个歉后，再祝你父子相聚之喜，还望武兄你能略迹原情，多多包涵。

还记得五年前你来我家中时，与我一起在山中种下的那许多竹苗吧？它们现在已经长成茂林深篁了，一年四季里都可以挖到些竹笋，我又多了道美味。每次进山看到竹林都会想起你，并感激武兄你的恩赐。今年的烟叶长势也很好，我们一起挖的虾塘也是丰收了。

我还有幸收容了名中年悔悟的回头浪子，他不计回报地出了很多力，帮了我不少忙。虽与我素昧平生，但托他的福，今年休渔期一结束，我这把老骨头又能出海打鱼了。晒网的日子，我就用自制的竹篮烹煮了些鱼饭，带到集市里去贩卖。生意火爆得很，客人们都怪我做得太少，很多人等好几次也买不到一篮。

可惜鱼饭保质期短，加之路途遥远，无法给你邮寄品尝，所以今年除了烟叶和竹笋，我只能再送上一些风干的海货给你，微微薄礼以表歉意。

你我自上次一别，已有五年未见，甚是想念，吾兄身体别来无恙吧？你不喜南方海边的潮湿，又怀念插队时山区的环境，而我又难舍故乡的海岸，你我兄弟二人只能一南一北，遥望两处，不能再续部队时的欢畅，这让我每每想起都只得望洋独叹。

我们已年近古稀，不知道此生还能有几次相聚，我很希望过年时，你能来福建看看我们客家人的春节。每年春节全村寨人都会齐聚在土楼里的祠堂前，摆上两排供桌，各家也都会制作一些饭食贡品。还会请来舞龙舞狮队的师傅，男女老少都会身着传统的服饰，燃香跪叩祭拜先祖，届时宾朋满座、锣鼓喧天、鞭炮齐鸣，好不热闹。

再等到大年初二，我家中儿女们聚齐，还会摆上一桌岁饭，你也来尝尝我家的酥花、煎堆、松糕和艾饭，都是离了客家村寨，便无处可寻的独特味道。

我俩晚年的志向，虽同为追求返璞归真的田园生活，但我还是觉得南方的田园更能产出珍馐美馔，更配得上武兄你高超的厨艺。愿你能乘顺水船，与我共观碧波群飞，齐听浩浪涛涛。

寥寥几字，难尽言表，顺候起居，尚文手书，庚子年八月。

壮壮读完信，众人都听得入迷了，尤其那个罗庚，孜孜不倦地打听这发信人的地址。摄影师大爷也频频点头，心里若有所思的样子。刘武却怪儿子多事，没事瞎念什么私人信件。还抱怨着南方春夏的阴雨和秋冬的寒湿，还说自己是北方人，不会离开这个山沟。

不想第二天，罗庚就不告而别地离开了知青农家院。摄影师大爷也结算清了这月的房租，收拾东西准备离开了。这一下，壮壮心里也开始担心起农家院的经营来。房客们离开了，房租少了一多半，如果钢子和月娥的案子办成了，他们肯定也会离去，到时候连种地的收入都会减少。

未来农家院可能只会剩壮壮、刘武和小帅三个人。小帅的存在，突然变得尤为重要。壮壮甚至暗自希望小帅能晚几年找到自己的生身父母，这样就能多留在知青农家院里几年。

壮壮跟月娥收拾罗庚房间的时候，发现罗庚留下了一张字条，上边写着：

我去南方的海边寻找新的景物了，十分抱歉无法还上房租和贾姨的一万元借款，我把这两年多以来的画作留给你们抵债，让武叔和贾姨把画分了吧。

壮壮大骂这个罗庚不是东西，居然还管贾姨借了钱。月娥却没有多说什么，拿着纸条下楼找刘武和贾姨去了。

壮壮翻看着罗庚的画作，发现他的作品大多是描绘风景与人物的，那幅麦收图也在，其他的内容还有：牛群与放牛的小孩、侃大山的村民、破寺院中扫雪的小和尚、奇怪小山顶上的一座奇怪的小堡垒和山中拾柴的小男孩，还画了很多室内场景的破瓶子和烂茶碗。这些画看上去模模糊糊的，人物也大都歪七扭八的，面部刻画通常只是一个轮廓而已。

壮壮没有那份艺术细胞，欣赏不了这种绘画艺术，只在心里咒骂罗庚坑人。他认为这些怪画，白送都没人要，居然抵掉了一万五千块钱，简直是无耻。

就在壮壮等待贾姨和刘武一起挑选画作的时候，一幅江南古镇的画作突然吸引了他的眼球。这幅画一改罗庚惯有的大片模糊的绘画风格，画得特别写实。

画里描绘了一个阴雨蒙蒙的古镇街道上，一个头戴苗族帽子、身穿蓝底白花上衣的中年少妇，正呆坐在一座木板楼下的大门前，她表情木讷，一脸茫然地看着天空，仿佛失去了生命中最珍贵的东西。少妇双臂软软地垂在身体两侧，白色套袖上满是油渍，身前架着一口油锅。

画作的视角也很奇特，是一种仰望的视角。除了中年少妇，街道上只能看到行人的腿部和模糊的剪影，好像是从一个孩子的角度看过去似的。壮壮仔细看了看那中年少妇的脸，简直就是女版的小帅，眉眼间画得非常逼真传神。

原来罗庚真的按照壮壮的描述，帮小帅绘制了这幅关于他儿时记忆的画。壮壮刚刚对罗庚的那份怨恨，顿时减了不少。壮壮卷起这幅画，准备给小帅送去，不想刚走进厨房就听到刘武与小帅在谈话。

壮壮听到刘武正在询问小帅，如果今年的收入不到去年的一半，他是否打算离开。小帅很仗义地表示，只要能吃得上饭，他就不会离开这里。

言语中壮壮感觉到刘武对小帅的不舍和为难，便自私地没有把这幅画交给小帅，而是偷偷藏到了房间的柜子里。

8 月底到 9 月初这几天，眼看就要到收玉米的时节了，山中却下起了连日不绝的大雨。

这天一大早，雨刚停，天色仍然阴沉。郭嫂突然火急火燎地跑到农家院，询问壮壮是否看到了娟娟。她说不知道娟娟去哪里了，早起就不见了踪影。众人纷纷表示没有看见，壮壮这才反应过来娟娟应该是走丢了。

老郭一家发动全村人，找了一上午的时间，寻遍了山沟，也没找到娟娟。壮壮急中生智，让刘富贵闻了闻娟娟的衣服，想靠刘富贵灵敏的嗅觉帮忙寻找。刘富贵的狗鼻子贴着地面一阵猛嗅，并跑动起来，壮壮紧紧跟随。正在这时远处的刘佩琪突然大叫了一声，原来他在村口发现了娟娟的发卡，害得壮壮一下分了神，没有跟住刘富贵。等他回过神来，心头顿时一沉，这下可好，连刘富贵也丢了……

到了下午，山中再次下起瓢泼大雨。不少帮忙寻找娟娟的村民各自找了些理由，就躲回家了。寻找娟娟的队伍，就只剩刘武农家院全体和刘佩琪与郭场长一家。

大家顶着大雨在山中继续寻找，最终，连后山和小师父的寺院都找了个遍，依然不见娟娟的身影。此时已是傍晚，郭嫂已经崩溃，大叫着报了警。

壮壮分析是不是娟娟自己跑去山沟外找美凤了。郭嫂立即反应过来，头天晚上娟娟的确哭闹过要找妈妈。众人让壮壮给美凤打个电话，问问是否看到了娟娟。壮壮只得硬着头皮在电话里告诉了美凤娟娟走丢的事情。

不出所料，电话里的美凤也崩溃了，她大喊大叫着冲壮壮怒吼不停，还大骂壮壮是浑蛋，没有按照约定帮她照看好娟娟。刘佩琪听在一旁，只偷偷捂嘴乐，也没有接过电话安慰美凤些什么。

郭嫂和月娥留在郭场长家里等警察上门，小帅和郭大爷继续在山中寻找，壮壮和刘武开着五菱宏光往南边北京方向沿路搜寻，钢子和刘佩琪开着老皮卡车往北边搜寻，郭场长则骑着两轮摩托车，去了最近的长途汽车站和镇上几处旅馆中搜寻。

壮壮通宵寻找了一夜，不肯放过一丝可能找到娟娟的线索，但依然没有任何发现。美凤不断地用来电轰炸着他的手机，烦得壮壮也快要崩溃了。

雨下了一整夜都没有停，壮壮各处都找遍了，不知道还能去哪里寻找。他盲目地开着车在路上搜寻着，最后……壮壮和刘武的手机都被美凤轰炸没电了。

壮壮总觉得下一个拐弯处，或下一个村庄的路边，就能看到娟娟哭泣的小身影，他甚至退而求其次地想，哪怕是看到刘富贵的狗影也行啊！壮壮感觉一下子丢了两个孩子，好像自己的灵魂也丢失了一部分似的，他不敢相信，娟娟和刘富贵已经丢了，只是在脑子里不停地模拟着他俩可能行走的路线。

壮壮一路搜寻到了美凤打工的酒店，还是没有寻找到娟娟。美凤也发动了一些同事在寻找。她顶着大雨，也没有打伞，看壮壮的眼神里闪着冰冷的寒光，好像壮壮是她的杀父仇人一般。

美凤恶狠狠地抛下一句："找不到娟娟，我就去死！拉着你和郭场长全家一起去死！"然后就转身离去，逢人就抓住打听是否看到了一个五岁的小女孩。

壮壮无奈，跟刘武又折返回去，再次沿途搜寻。刘武体力明显有些不支了，时不时磕头虫似的犯困。一直搜寻到下午 3 点，时间已经过了一天一夜了，壮壮实在扛不住了，才往回开。

车行驶到通往柴火沟唯一的入口—— 一线天路段时，碰巧遇到了接送孩子们的黄色校车。因为雨太大，校车司机开得很慢。壮壮也不敢贸然超车，只得跟在校车后边，缓慢地行驶着。刘武早就开始呼呼大睡了，壮壮也已困得没了人形，又是抽自己嘴巴，又是拧自己大腿，煎熬着坚持开车。

突然一声爆炸似的巨响过后，黄色校车猛地停了下来，车尾部还跳动了一下，微微翘起腾空离地了十几厘米的距离。

壮壮发觉校车并不是因为司机踩刹车停下来的，车轱辘先是猛转了一会儿，才逐渐停了下来，好像司机此时不但没有踩刹车，反而是正在大力地轰踩油门。壮壮被吓得一激灵，转脸看到身旁的刘武睡得好像昏死过去了一样，歪在副驾驶位置上，没有睁眼。

壮壮赶忙冒着大雨下车去查看情况，等他走到校车旁边时，立即被眼前的一切吓得瘫软了双腿，一屁股坐在了路上。只见校车的驾驶位顶部已经被一块两三米高、像大墙一样的巨大山石，死死地压在了下边，只能看出司机把住方向盘的那一小节手臂还是完整的，上半身其余的部分已经被压变了形。更恐怖的是校车司机已经被压得没了脖子，脑袋缩进了胸腔里。这让壮壮瞬间联想起了乐高玩具车里没脖子的方脑袋小人。

壮壮顿时感到一阵强烈的反胃恶心，加上连续二十四小时的奔波，体力已经严重透支，他立即哇哇地猛吐了起来。四周此时还在不停地散落一些碎石块，击打着校车的车身，发出刺耳的撞击声。校车里还有七八个小学生，正大声尖叫哭喊着，吓得都已经失了人声。

壮壮眼前冒起一片金星，脑子里一片空白，裆下一股暖流涌出，下意识发了疯似的喊着："妈！爸！爸！救命啊！"

塌　方

不知道是雨声太大淹没了壮壮的呼喊声，还是刘武真的累昏死过去了，壮壮连哭带喊了半天，也不见父亲下车来帮忙。

这时一个熟悉的男声从校车的车窗里传了出来："叔叔！你冷静点，别喊了，叔叔！你镇定！！"

壮壮寻声望去，只见童童打开了一扇车窗，拍打着校车窗玻璃冲着他大叫。童童见壮壮终于停止了乱叫，又慌忙喊道："你快打119，打电话叫人来帮忙，快啊！快打电话！！"

壮壮试着镇定了一下情绪，哆哆嗦嗦地从裤兜里掏出手机，用颤抖的手指按了几下手机键盘，这才想起来手机早就没电了。壮壮更慌了，冲着童童喊道："没……没电了！"

童童崩溃地尖叫了一阵，又很快镇定了下来，继续喊道："只能靠你了，你站起来，快站起来把我救出去，快站起来呀！"

壮壮踉踉跄跄地爬了起来，差点又摔个大马趴，双腿还是颤颤巍巍的有点站不稳。他走到车窗前，把童童抱出了校车。可当壮壮准备去抱第二个孩子时，发现这校车里都是些低年级小学生，所有的孩子都像傻瓜一样，坐在座位上猛哭，咧着嘴大喊着："妈妈！妈妈！"有一个很像娟娟的小女孩吓得已经没有表情了，只是愣愣地站在车里，望着其他几个猛哭的小伙伴。

壮壮急怒了，冲孩子们大喊着："别哭了，快过来！我救你们出去！都别哭啦！"但是他的叫喊全然无用，这些孩子只管哭，根本顾不上周围的动静。

正当壮壮对着这些被吓傻的孩子们吼叫时，童童猛地扽了扽壮壮的衣服，让他再把自己抱回车里。壮壮纳闷地看着童童，不知道他要干什么，童童却疯了似的使劲拍打他，嘴里喊着："抱我回去！快抱我回去！抱我回车里去！"

童童见壮壮傻呆呆的不执行命令，便一意孤行地自己蹬着车轱辘，往车里爬去。壮壮的大脑已经停转了，只因看到童童爬得吃力，就顺水推舟地又把他扶进了车窗。

童童一上车，就把那个傻站着的小女孩连推带搡拽到了车窗边。壮壮这才反应过来童童是要回去救人。童童英勇的行为震撼了壮壮，他想着自己总不能输给一个 11 岁的孩子。他顿时也鼓起了勇气，他甚至突然感到，自己要是因为救人而死，不但可以弥补前半生的遗憾，后半生还能落得个光荣的结局，这强过作为失败者苟且一生百倍。他平稳了情绪，赶忙接过了小女孩，把她抱出了车窗。

童童又走到其他学生跟前，把他能拽动的学生都拽了过来，让壮壮把他们一一抱出车箱。有一个抱着毛毛熊的女孩十分抵触童童营救自己，她死死地缩在角落里，任凭童童怎么拖拽也不肯离开座位。最后童童急中生智，一把抢过女孩怀中的毛毛熊扔出了车窗，那女孩立刻疯了一般追到车窗边，哭喊着要拿回毛毛熊，结果被壮壮一把薅了出来。

一个小男孩好像终于缓过神来，他一边大哭着，一边自己往车窗外爬，差点头朝下栽出车外，还好壮壮反应快接住了他。不想这小子双脚一落地，便疯了一样往沟外边乱跑。壮壮赶忙跑过去追他。好在壮壮的腿脚比前几个月利落了不少，三步两步就把他抱了回来。

他双腿乱蹬着叫喊道："放开我，留在这里会被砸死的。"

壮壮猛摇晃了几下这个孩子，差点给他一个大嘴巴子，大声呵斥道："你瞎跑更容易被砸死！老实蹲在车旁边！"

这时刘武终于结束了昏睡的状态，他迷迷糊糊地从五菱面包车里钻了出来，立即被眼前的一切惊呆了。很快就反应过来这是遇到了山体塌方，刘武大喊了一句："这是要塌方啦！快离开这里！"他喊完便马上抢过壮壮怀中的男孩，塞进了面包车，又赶忙跑到校车旁边，把其他孩子也抱进面包车。

此时车里只剩下了童童和一个与童童年纪相仿的小胖墩。童童在他面前显得有点瘦小，无论童童怎么使劲，这小胖墩的屁股就是纹丝不动，急得童童大叫：“快下车，留在车里危险！”

那小胖墩这时也哭累了，他哽咽地叫道：“出去才危险！这里好歹有车顶撑着，不会砸到头！”

童童猛力地晃悠着小胖墩的身体，继续大叫道：“快出去，还会有大石头落下来的，这车顶撑不住的！”

胖墩死拧死拧地涨着通红的胖脸喊叫着：“不可能！我爸说了这校车都是加强钢板的，比装甲车都结实，肯定撑得住，你不要管我！我哪儿也不去，我的命我说了算，你放开！”他说完还猛地把童童推倒在地。

童童站了起来，照着小胖墩的脸上就猛挥了一拳，小胖墩也丝毫不示弱，立即与童童扭打在一起，一副死也不肯下车的态势。这小胖墩，让壮壮想起了曾经跟自己打架的同事毛灼鑫，就想放弃营救这个小浑蛋，可是自己又不能不管童童。

壮壮脚蹬着车轱辘，站在车窗外冲着车里大喊：“小胖墩，你去死吧！我坚决不会救你！童童你快出来！”但他俩就跟没听见似的，继续扭打。壮壮急得要疯了，转到车另一侧也推不开车门，自己又太胖钻不进车窗，够不着这两个小疯子，只得毫无办法地继续等待他俩自行处理。

刘武见壮壮迟迟没有再救出孩子，就把五菱面包车掉了个头，带着几个已经被救出来的孩子，猛冲出了落石区。不想这落石好像是有人故意瞄准后再推下来似的，面包车刚一开走，一大块落石就重重地砸了下来，刚刚好砸在面包车刚才停的位置。

壮壮被这一幕吓得立即变身成了《人猿星球》里疯狂的大猩猩，玩命拍打着车窗玻璃，晃悠着车身，冲着童童狂喊道：“你别管他了，让他自生自灭吧！我求求你们别打了，童童你赶快给我出来！！”

话音未落，一大块巨石“咣”的一下，重重砸在了校车顶部的正中心，震得壮壮从车轱辘上跌落了下来，一屁股摔在了地上。壮壮再次缓过神来的时候，发现校车顶已经严重变了形，几乎整个车厢都被砸扁了，壮壮惊喊道：“童童！童童！你听见了没有！你回话啊！”

壮壮忙站起身来，围着校车转了好几圈，向已经不成形的车厢里望去，寻找童童的身影。他喊了半天也没有人回应，顿时心头一凉，绝望地吼了一声后，扶着车开始哭喊：“你管那死胖子干什么！他自己愿意去死，你还搭上自己一条命值吗？丁奶奶啊，这世上还有比你更惨的人吗？童童他本来能活的啊！”

壮壮一边哭着，一边回忆着第一次与童童见面时的情景，脑海里浮现出了他天真的笑容和他调皮地学怪物走路的样子，背着柴火站在山下喊自己时的样子，还有他刚刚英勇地爬回车里营救小伙伴们的样子，泪水止不住哗哗地淌了下来。壮壮哭得上气不接下气，他这辈子还从来没有如此伤心绝望地大哭过。

壮壮第一次切身体会到，人在极度恐惧和悲伤的时候，是会产生一种狂怒情绪的，他声嘶力竭地用拳头砸着校车，吼叫道：“小死胖子！你妈的，老子要把你挖出来，碎尸万段！”

这时车尾传来了敲击声，壮壮立马停止了哭泣，跑过去查看，只见童童正无力地望着自己。童童还活着！此时车里的空间已经很小了，只有车尾两侧还有点空隙。壮壮立即找了一块大石头，猛砸车尾部的侧面玻璃，尽管这钢化玻璃已经严重变形，布满了裂纹，但是没有破洞，人力还是很难把它砸碎的。

壮壮机械般地奋力砸着玻璃，不放弃最后一点儿希望。童童拍了拍玻璃，指了指车尾另一侧，提示壮壮去那边，壮壮转过去发现，玻璃上破了一个小洞，可以用手扒开。

壮壮登上车轱辘，又照着破洞的玻璃一顿猛砸，将其砸出了许多裂纹，然后不顾一切用手扒出一个大洞，并示意童童钻出来。

不想童童又去回头看那个面如死灰的小胖墩，并让小胖墩先钻出来试试。小胖墩胆怯地让童童先钻，童童喊道："笨蛋！我要先出去了，叔叔就不会救你了！"

小胖墩听完，愣了一下，乖乖地把头伸出了玻璃洞外。但是这个洞明显比他的身体小，壮壮只能继续扒开其余的碎玻璃。这时刚才停面包车的位置再次落下了一块巨石，死死地堵住了通路，几人很快就要被封死在这一线天的道路里了。而且更为恐怖的是，校车还没有熄火，不断有滚滚浓烟，呛得壮壮和童童直咳嗽。

童童见状慌忙与壮壮一起扒玻璃。壮壮也加快了手速，一个不小心还把手掌划出了一道长长的大口子，疼得他哇哇乱叫了一番。小胖墩好像终于被两人感动了，也开始用肉肉的小手扒起了玻璃。

三人很快就把所有的玻璃都扒了下来，但是车窗已经严重变形，那该死的小胖墩还是钻不出来，他屁股死死地卡在了窗户框上。童童大叫着让壮壮使劲拉小胖墩出去，可后轱辘离车尾的车窗有点远，壮壮侧着身，根本用不上力。最后壮壮干脆跳下了后车轱辘，站在车下，拽着小胖墩的双臂，借助自身的重量，死命拽他出来。

壮壮一边使劲拽，一边还大声质问他说："叫你胖！叫你吃那么多！叫你喝可乐！说！以后还敢胡吃海喝吗！回去减不减肥？"

小胖墩被壮壮拽得生疼，连哭带喊地说道："减！我一定减肥！你怎么知道我爱喝可乐，呜呜呜呜呜……"

壮壮脑子这时变得十分清醒，他心想宁可给这个小胖墩的胳膊拽断了，也比让他丧掉性命强，于是一个狠劲，把这小胖墩拽了出来。小胖墩重重地趴在壮壮后背上，把他压趴在地。

壮壮挣扎着质问小胖墩："我的妈呀，你这是有多少斤啊？"

小胖墩稳稳地坐在壮壮身上，心有余悸地回答说："开学刚称的体重，特好记，123 斤！"

壮壮气得赶忙把小胖墩从自己身上抖弄下去，翻身站起来去接童童，终于把童童救了出来。壮壮紧紧抱着童童护在怀里，生怕有落石砸到他。壮壮四处张望着寻找出路，最后发现校车前方还有一道缝隙可以钻过去。

但小胖墩畏畏缩缩地蹲在校车旁，不敢动，气得壮壮照着他的大屁股就是一脚，让他赶快起身跑到缝隙那边去。小胖墩先是犹豫了一下，然后突然闭上了眼睛，双臂在空中狂抡，大声尖叫着从缝隙处钻了出去。壮壮看后心头一惊，心想：那道缝隙小胖墩都要侧身才能钻过去，那我肯定是钻不过去了。

壮壮抱着童童跑到缝隙前，把童童塞了出去。童童出去后，见壮壮钻不出来，就站在巨石另一侧不肯离开。壮壮大叫着让童童赶紧跑，童童终于哭了出来。他试图回头去找那个小胖墩帮忙，可那该死的小胖墩早就跑没影了。

壮壮大喊着让童童快跑。虽然连续几次落石把童童吓得惊慌不已，但他却不肯抛下壮壮，一直不停地哭着。壮壮只好劝童童说："你快回村叫人去，我可以翻过去，你快走啊！"童童听完这才犹犹豫豫地往后跑了几步，还不时地回头看。

壮壮尝试着寻找一些可以攀登的落脚点，企图翻过三米多高的大石头，但是明显臂力不足，拉不起二百多斤的体重，而且因为下雨湿滑，令他一个没踩稳，脸贴着石壁滑了下去。壮壮顿时感到自己的左脸皮好像被磨破了，火辣辣的疼，但他依然没有放弃，继续尝试着翻过塌方的岩石。

壮壮终于找到了条可以攀登的路径，眼看着就要登上岩石顶了，突然一声巨响，校车爆炸了，整个车厢燃起了熊熊大火。壮壮被吓得一下没抓稳，再次从岩石上跌落了下来，这次他的右脸也被磨破了。

壮壮气得捶击着胸口，仰天怒吼："老天爷！你装他妈什么孙子！老子马上就爬出去了，你玩我是吧？好啊！你来砸死我啊，不就是死吗？我告诉你，老子根本就不怕！快来砸死你爸爸，来啊！来！"壮壮喊得有点脑缺氧，瞪大了眼睛，张开双臂，一副一心赴死的架势。

别说，老天爷还真是一点儿都没惯着壮壮。一块鹅蛋般大小的石块沿着陡直的山体滚落了下来，就在石块滚落到壮壮头顶一两米高的距离时，被另一块突出的岩石改变了方向，鹅蛋大的石块照着壮壮的脑门就拍了过来！他眼前瞬间一黑，恍惚间感到脸上的雨水好像都变热了，然后就失去了意识，仰面朝天地躺了下去。

壮壮感到自己的身体在无限制地快速下沉，好像穿透了地表，又穿过了地幔。四周一会儿是岩石层，一会又好像浸到了水底。他心里却一丝恐惧都没有，只是无聊地任凭自己下沉。

也不知道过了多长时间，壮壮的身体依稀感到一种炙热，他想是不是快到地心岩浆了？他甚至开始兴奋起来，琢磨着穿过地心后自己会不会从地球的另一端冒出来，地球那头到底是哪里呢？大概是美国，也没准是新西兰。是从城市里冒出来，还是从乡村里冒出来呢？或者是从一片汪洋大海里？他满怀期待地继续下沉着……

突然一双有力的大手拉住了壮壮，一个声音喊叫道："俺的个娘欸，他还活着呢，快上担架！"壮壮有点生气地想睁开眼，但眼皮沉得要死，他费了半天劲只把眼皮抬起一条缝，模模糊糊看到一个头戴钢盔的消防战士正直直望着自己。他见壮壮睁眼，就拍拍壮壮的脸，唤他醒醒。

壮壮感到有人在抬自己的脚，一个战士冲着另一边高声喊道：

“不行，俩人整不动，快！再过来两个人。”

四个消防战士，分别抓住壮壮四肢，高喊了两遍“一、二、三！”的口号，才把他抬上了担架。壮壮感到特别臊得慌，他觉得万一因为自己再搭上几个战士的性命，简直是太不值得。

这时一个口气很像领导的声音喊道：“不行！司机不行了，快走！全体迅速撤离这里！”他喊完就和另一名战士一起跑到壮壮这里。他俩拉起担架的两侧，分担了不少重量，随后六个人抬着壮壮，小跑着离开了塌方区域。

就在被抬上急救车的那一刻，壮壮眼看着整座山头都坍塌了下来。黄色的校车好像是一个被丢弃的小玩具，被彻底埋进了乱石里。然后壮壮再次失去了意识……

壮壮做了一个好长好长的梦，梦里光怪陆离，电光火石，荒诞离奇，他看到很多个怪影，好多张怪脸，周围的建筑和物体以前完全没有见过，一会儿仿佛风驰电掣的蹿上了浩瀚的宇宙，一会儿又好像安安静静地站在田野里随微风摇曳，好像过了很久很久、很久很久……

壮壮忽然听到父亲轻唤的声音：“儿子，儿子？”

壮壮缓缓地抬起眼皮，发现自己正躺在医院的病床上。窗外的天空已经放晴，一束刺眼的阳光直直地照射在被单上。窗台上摆着花篮和水果篮，房间整洁、安静，应该是个挺高档的单间。

刘武、小帅、钢子、月娥和林书记都围在壮壮身边，关切地望着。月娥一见壮壮醒了，就跑去叫医生。壮壮嘴里干巴巴的，张嘴第一句就问童童是否有事。小帅抢着说童童没事，钢子也急着对壮壮说：“别操心了，都没事，就你昏睡了三天，医生差点就判你植物人了！”

壮壮欣慰地笑了笑，刚要张嘴问娟娟是否已经找到，美凤就抱着娟娟推门闯了进来。美凤慌忙走到床边，向壮壮道歉，表示前几天她太冲动，说了些狠话，让他别放在心上，还说娟娟已经被巡逻的民警找到了。

听美凤讲述后壮壮才知道，那天刘富贵真的凭着气味在沟外的路边上找到了娟娟。但是突然下起了大雨，娟娟就抱着刘富贵在麦地的小窝棚里躲了一夜的雨。

刘武给壮壮倒了杯水。壮壮这时的心情就像销毁魔戒后的弗罗多躺在大床上看到小伙伴们与甘道夫时的样子，他感到自己的灵魂深深地沉浸在一种劫后余生的强烈幸福感中。这种幸福感有多强烈？可能比壮壮大学时第一次破雏外加拿到新房钥匙都开心。

医生查看过壮壮的伤情后，让大家放心，只要静养几天就可以完全恢复了。林书记听说壮壮已无大碍，对他简单地慰问了几句，让壮壮安心养伤，并告知住院期间的各项费用，县里全包了。

两个礼拜后，壮壮基本已经康复。出院回柴火沟路过一线天时，看到塌方的石块已经被清理干净，道路早已恢复通畅。

回到知青农家院后，壮壮做的第一件事，就是拥抱亲吻久违的刘富贵。它见到壮壮时狂甩着尾巴，并用舌头狂舔壮壮的脸，兴奋得几乎快要昏过去。

壮壮回到房间，看到衣柜里罗庚的画，意识到了自己的自私，赶忙把画交给了小帅。

小帅看到画后痴呆了很久，然后激动地询问壮壮这画是哪里来的。壮壮说是罗庚按照自己的描述画的。小帅默默擦着眼泪，轻声抽泣着，盯着画看了整整一个晚上。

第二天，小帅百分百确定，这个画中的女子就是自己的生母，连家门口的街道都一模一样，画作跟他脑海中的记忆完全一致。壮壮发现小帅的眼里也泛出了与钢子眼中一样的光芒。看他兴奋的样子，壮壮心里暗自庆幸自己没有做出错误的事情。

这些日子，农家院小卖部的生意突然火爆了起来。原来政府为了柴火沟村民们的出行安全，决定拓宽一线天的道路，并准备沿途修筑起拱形隧道，以防再次发生山体塌方事故。

壮壮真的搞不懂政府的想法，心想就这穷山沟里产生的那点GDP，恐怕十年也赚不回拓宽道路和修筑隧道的钱。看来在党和政府心里，老百姓的性命绝对是大于经济利益的。

施工队的民工们在山沟里搭建起了住宿的帐篷，每天下了工都会跑来刘武的小院买些啤酒、熟食消遣一番，他们偶尔也会跟刘武点上几个菜改善改善伙食。壮壮也不再嫌弃这些人粗陋，只觉得院子里成天热热闹闹的，很有生气。

听村里人说，遇难的小学校车司机被追评为烈士，他的家属还领到了政府颁发的一大笔抚恤金。童童因勇敢营救同学的光荣事迹，也被评选为河北省年度十佳少先队员，一道杠升级成了三道杠，变成了大队长，还获得了学校的一小笔奖金。连校车的路线也被调整了，柴火沟村由倒数第三站，变成了最后一站。

因为刘武和壮壮两人的户口是北京的，河北省自然不会颁发给爷俩任何荣誉与奖励，壮壮为此有点恼火。一次看到林书记时，壮壮半开玩笑地闹着要奖励，有些不屑地对林书记说道："舍不得奖金就算了，锦旗颁一个让我们挂农家院里也好啊！凭啥北京人就什么也不奖了，不都是中国人嘛！"

林书记则一副不卑不亢的样子，笑呵呵地说："就你还80后呢，怎么还寻思那些虚头巴脑的玩意？我觉得你能经历这么惊险刺激的事，给予你人生体验的奖励才是最重要的。"

壮壮一寻思也是，这辈子好像是头一回做了一件有意义的大事，他突然意识到人的追求与理想是会随年龄的增长而改变的。尤其是人到中年以后，对于一些过度娱乐，或者过度荒诞、滑稽且没有实际意义的事情是会厌烦的。这跟大多数心智正常的人长大后，不会再成天与小孩童一起玩耍，更不会每天抱着电视看幼儿动画片，是一个道理。

所以壮壮不愿意从事赌博类棋牌游戏开发工作，除了行业本身创造出来的成果有害社会以外，一部分原因也是他想要找一份有意义的工作。

壮壮突发奇想地问林书记："哎，你说我能不能干点什么有意义、造福国家的工作，比如像你一样，做个村干部，给老百姓谋点福利？"

林书记诧异地看了壮壮一眼，还谨慎地看了看周围，然后小声地说："你以为这村干部是个人就能干呢？我可是正经八百通过公务员考试，又做了好几年基层村干部才提上来的。你都多大岁数了，马上过35岁了吧？来不及啦，小老弟！"

壮壮听后有点沮丧，又回过神来继续说道："那我给政府的电商平台做做后台开发的工作也行啊，类似国企啊，央企的工作都行啊，总之我想干点正经事业，不想再做什么破游戏继续玩闹下去了。"

林书记撇撇嘴，神态鄙视地看着壮壮说："你以为国企、央企很好进啊？过去都是托关系才能进的，现在中央反腐抓得这么厉害，托关系你都进不去了，那都是百里、千里挑一的人才竞争！而且你听我一句劝，就你这直肠子、大大咧咧的性格，进去了也是受罪。"

林书记这话让壮壮有点恼火，他气急败坏地说："那你意思，我只能继续在村里种一辈子地了是吧！"

林书记见壮壮有点生气，又转脸安慰道："你做老本行有什么不好？人要想干成一件事，那必须要深挖井。中国游戏行业虽然创造了很多财富，但是艺术高度还明显不足啊，还没有一款游戏能做到向外进行文化输出，做到世界知名的。你看美国的《荒野大镖客》，多经典的游戏，这样的游戏中国一部都没有呢。让一个美国牛仔享誉全球，是对中国文化最大的浪费。你要对中国游戏行业有信心，连中国电影都能拍出《流浪地球》和《红海行动》那样突破性的作品了，中国游戏也一定可以的。帮助中国对外进行文化输出，也是一件有意义的事。”

壮壮听完心里无奈一笑，想起国内游戏厂商们制作的那些挂着羊头卖狗肉的广告类游戏，那些拿着大刀砍鸡，只知道在玩家之间制造矛盾，逼着玩家们“充充充”的传奇类游戏，也懒得跟林书记这个外行解释那么多，不屑地辩驳道：“你可拉倒吧！中国游戏跟中国足球一样，要钱有的是，但创意和情怀都买别墅、游艇去了。”

林书记友善地拍了拍壮壮的肩膀，叹了口气说：“实在不行，你做点有益于民生的事情也行啊，我有很多以前在公司里上班的同学，现在都在做送餐员、快递员啊，或者嘀嗒快车司机什么的，这些工作也很有意义啊，革命工作分工不同，造福民生不就是造福国家嘛！”

壮壮听后，立即用一种莫名其妙、不可理喻的表情看着林书记，心想：林书记是不是在寒碜我呢？这个小哥们跟我这满口仁义道德的，原来他内心里是如此瞧不起我。

于是壮壮草草结束了与林书记的对话，转身离开了。打算找份有意义工作的想法，也就此不了了之。

小 聚

9 月下旬的一天，农家院外的葡萄架上，结满了一串串青白色的葡萄。钢子蹬着梯子，摘下几串，给壮壮尝了尝。葡萄很香甜，有股浓浓的蜂蜜味道，口味非常新颖。

壮壮表示以前没有吃过这种口味，钢子说这个是林书记带进村的新品种，但村里人都怕新口味没有人买，都不敢种，前年又是刘武第一个带头种的。

壮壮发觉时间过得真快，转眼间已经来到柴火沟近半年了。想起以前几个相处不错的老同事，不知道他们都找了些什么新工作，国庆节大概也有不回老家过的吧。壮壮决定邀请几个前同事，在国庆假期的时候来知青农家院小聚一天。现在有两间客房空了，正好也有地方可以住宿。

于是壮壮先给当年与自己一起被裁员的张伟发了条微信，询问他愿不愿意国庆假期的时候，找几个老同事一起来这边的度假村聚聚，也可以住上一天。老张收到信息后，显得特别激动，表示愿意积极响应号召，一切听从组织安排。

蓝宇收到聚会邀请的信息后，则显得有点冷淡，没有立马答应也没有拒绝，他仔细地打听聚会的人员和地点，以及费用怎么分摊的问题。壮壮随便回了句 AA 制，蓝宇表示一定准时出席。

壮壮想了半天还叫谁，后来觉得要有个妹子才有意思，于是给毛毛发了条微信，问她愿不愿意来。毛毛一开始很委婉地想要拒绝，但她一听到蓝宇也来，便立马改变了主意，答应参加。还问壮壮能不能带上自己的闺蜜室友，不然闺蜜自己一个人留在出租屋里过节，很可怜。

壮壮看后扑哧一笑，立即回复她道：全世界的男人，都希望女人参加聚会时能带上闺蜜。

确定聚会人员后，壮壮把大家拉进了一个微信群，并发了地址和地图位置，还提供了些行车路线的建议。然后就通知农家院全体人员国庆节会来些同事聚会，可能还会再住上一晚，让大家帮忙做些准备工作。

月娥听后询问壮壮收多少钱合适，壮壮突然想起来老张和毛毛没提费用的事情，不能让蓝宇一个人AA制，于是就跟月娥说是请客。月娥冲壮壮翻了一个白眼。原来她以为壮壮是在给农家院拉生意，没想到他要请客，一个劲地说他缺心眼。

刘武倒是没有反对，欣然接受了壮壮要请客的想法。他说今年中秋节跟国庆节要一起过了，还烤制了一些月饼，准备留一部分月饼招待客人，其余的都让壮壮挨家挨户送出去。

壮壮偷偷问过父亲，总是这么大方送村里人东西，就不怕农家院经营不下去吗？可刘武一脸无所谓地告诉儿子，自己每月还有6000多块退休金，够花。看来刘武之前纯是舍不得钢子和月娥走，跟农家院的经营，没有关系。

国庆节这天一大早，壮壮开车带着刘富贵，带上啤酒、饮料，还有提前准备好的各种肉串和一些野炊烤箱设备，来到柴火沟外，站在国道岔口的牌子下等待同事们到来。没想到却看到了思齐的轿车打老远处开了过来。思齐一个刹车停在了壮壮面前，下车后冲壮壮帅气顽皮地一笑。

“Surprise！”思齐摘掉墨镜，摆了一个准备拥抱的造型。

壮壮有点蒙圈地看着他问：“哎呀！你咋不打招呼就来啦？”

思齐发现表哥脸上的瘀青，一脸狐疑地盯着壮壮问：“表哥你脸怎么啦？”

壮壮变得有点得意，拿着劲地回答说：“这可说来话长了，等晚上吃饭我跟你们好好说说。别打岔，你还没告诉我，怎么不打招呼就突然跑过来了？”

思齐笑得特别灿烂，一把搂住壮壮的肩膀说：“你难道不觉得这种不请自来特别可贵吗？你想想现在有多少产生人生美好回忆的地方都不复存在了，在这世界上，能有一个地方能一直保持一种状态，一直停留着、存在着，你可以不用提前预约地随时过去体验一些美好，是不是特别浪漫，特别难得？”

壮壮有点埋怨地说道：“我的亲弟啊，你早说你要来啊，我就不请同事们来聚会了，他们马上就要到了，我怎么有空陪你啊？”

思齐有点尴尬地笑了笑，欣慰地说道：“真好，都恢复到开始组局的程度了。没事，你们聚你们的吧，我来是跟钢子和月娥说点事，说完就走。”

壮壮一寻思，其实也没啥，几个同事岁数也跟思齐差不多，多一个人更热闹，有点后悔刚才的语气，于是让思齐干脆留下一起。

思齐摆出一副被伤了心的样子，还是打算办完事就离开，还神神道道地说回去有什么泳装 party、大佬酒局、高尔夫，还什么随时可以约个妹子来一场说走就走的旅行，总之整个国庆长假，多得是乐子等着他去随时玩耍。

思齐说完，顿时让壮壮感觉是自己不识好歹，是不懂得珍惜亲情的傻缺。于是又赶紧向思齐赔不是。可思齐依然一副难过伤心的样子，还假装撒娇似的转过身，背对着表哥。

壮壮被思齐有点娘们唧唧的样子给气笑了，忙学着父亲对付母亲的那副死皮赖脸的劲头，拉扯着思齐，给他赔礼道歉。

正当壮壮和思齐闹得正欢的时候，一辆白色宝来轿车停在了马路对面，驾驶室里传来一个糙老爷们的声音：“喂！刘壮壮，你干哈呢？”

壮壮定睛一看，原来是老张开车带着蓝宇和毛毛过来了。赶紧停止与思齐打闹，并把思齐和同事们相互介绍了一下。毛毛和她的闺蜜看到思齐后眼前一亮，两人小声嘀嘀咕咕了几句，窃笑了一阵。

壮壮开着五菱宏光领着思齐和老张的车，再次来到后山，故技重施地又表演了八仙池冰镇啤酒，还带着大家上山摘了些野柿子，并给众人讲述了自己遇到山体塌方英勇救学生的故事。

毛毛听到司机被压死的惨状和山石滚落的部分时，嘴里一个劲地发出“咿咿呀呀”的惊叹。蓝宇和老张也对壮壮钦佩不已，尤其是老张，表情最为夸张，好像钦佩中还有一些羡慕。思齐则始终跟毛毛的闺蜜走在队伍的最后边，两人眉来眼去的，表情含蓄。看得壮壮心里有些许奇怪。

最让壮壮意外的是，到桑葚树附近的时候，看到自己春天时围的一圈石头正中，竟然长出了一枝不知名的小树苗来，壮壮看着小树苗感到既惊奇又好笑，指着树苗傻乐了半天，搞得大家全都一脸蒙。

傍晚壮壮在溪边架起了烧烤架，点起了篝火。众人一边喝着在八仙池冰镇好的啤酒和饮料，一边吃着烤串和蜂蜜葡萄聊天。在一派惬意和轻松的氛围里，他们聊起了公司大裁员以后发生的事：

毛灼鑫因与壮壮打架而被行政拘留了五天后，一回到公司就办理了离职手续，估计他也是没脸继续在公司干下去了。

蓝宇听 3D 项目组的人说，本来他前妻要跟他复婚，这么一闹就没复婚成功。辞职后他拖欠银行的购车贷款也还不上了，为此得了抑郁症，一直在家颓废着不肯出门。最后还拖欠了好几个月的房租但死活不肯离开，房东就报了警。他被收容所遣返回了原籍，之后就没有任何关于他的消息了。

闻小开又找了家新的游戏公司，还是做棋牌游戏。但是听说那家公司后来又倒闭了。不久后他在程序群里扬言已经在国外的游戏公司找到了超高薪职位，再之后他也没了消息，谁也不知道他的去向。

最可悲的是老严的结局。裁员当天他昏厥后，被抢救了过来，但送去医院做各项检验时，被查出已经是肝癌中期了。检验结果是裁员以后才查出来的，公司就以此为理由拒绝增加赔付金。老严拖着病体跟公司打起了官司，可官司拖了很久，老严拿到赔偿后不久，就撒手人寰了。他媳妇和孩子都在老家，没了老严这个依靠，不知道一家人今后的日子该怎么过。

那些中层管理人员在大裁员之后日子也不好过了。产品总监老袁跟新来的 CEO 小于之间的和谐被打破了，他俩内斗得很厉害，大家又纷纷重新站队。

老袁想拉着重点项目组的产品经理姚伟一起把小于搞走，结果姚伟把老袁出卖了，还偷偷把自己跟老袁的对话录了音，拿给老板听。老袁从此就被踢出了局，连赔付都没有就草草离了职。姚伟摇身一变，被 CEO 任命为新的产品总监。其他那些从前在老袁身边马首是瞻的舔狗们，也都陆续被公司以各种奇葩的理由开除了。

但公司的业绩依然越来越差，小于实在扛不住老板的问责，只好自断臂膀，拿运营总监邹莹做“背锅侠”，把邹莹也开除了。但是小于还算有点良心，给她要了不少赔付金。

壮壮听到这里只觉得这剧情很狗血，可是真正的现实往往就是如此。这种狗血剧情在各个城市、各个公司里每天轮番不断地上演着。其实核心原因，还是体制外的公司人员流动太过于频繁。很多同事甚至还来不及相识就匆匆拜拜了，谁都不会在意日后如何相处，全都只在乎眼前这一刻而已。从壮壮刚上班到失业这十几年间，中国民间商业从个人到公司都处于一种目光短浅的浮躁氛围中。

壮壮喝了口啤酒，无奈地看着思齐问：“听到了吧，我就在这么个 low 爆了的公司里，干了三年。哎，你们公司也这样吗？”

思齐正跟毛毛的闺蜜一起烤肉串，听到壮壮问话，抬头寻思了一下说：“表现方式可能不同吧，但其实内核逻辑是相同的，区别就在于做的业务不同。”

壮壮愤愤地说：“得嘞！看来500强也是那么回事啊。”

思齐反驳道：“我听了半天，感觉问题不是出在员工身上，而是出在董事会或者决策层的策略制定上。一个企业的盈利项目是否平衡，是否具备抗风险能力，是要决策层和老板结合市场大环境及时调整的，中层管理层斗来斗去没有任何作用。”

毛毛听后立即说道：“没错！就是老板的问题，中国抓棋牌赌博游戏都这么严了，老板还在做着打法律擦边球的美梦，结果最后全都完蛋了吧！”

壮壮一听这话，赶忙问道：“全都完蛋了是什么意思？公司倒闭了？”

蓝宇回答说：“直接倒闭就好了，公司最后让人举报被查封了，那天我正好请假，才幸免于难，听说来了十几辆警车，抓了好多同事进去。”

毛毛反驳说：“不是举报的，是被公安局卧底了。美术组有个做UI的叫简秋的妹子，她真实的身份其实是警察，是卧底！咱们公司早就被盯上了。”

老张听完噗的一声，差点把啤酒喷出来。他猛咳了几下，不可思议地看着毛毛问：“什么什么？我靠！连卧底都用上啦？”壮壮听到这里也很诧异，他跟美术很少有交集，回想了半天，也没想起来那个简秋是谁。

蓝宇也一脸不可思议地看着毛毛说：“我之前也一直在公司来着，我咋不知道还有卧底的事？编故事呢吧你，一个美术UI卧底能干啥？”

毛毛翻着白眼说：“嘁！你当然不知道了！简秋只跟我一个人说了，公司的程序代码还是我发给她的呢，她把公司全套的产品文档、美术资源和程序代码都搞走取证了。”

蓝宇一脸茫然，心有余悸地看着毛毛说："我的神啊，真没想到啊，你这么可怕呢！啧啧啧……这以后谁敢娶你啊，真替你发愁！"

毛毛一脸不乐意的样子反驳道："哼！你真不识好人心，不是你跟我说不想干了，马上就要辞职了吗？再说，那天要不是我提前得到消息，拉着你请假出去玩，你也要被抓进去的！"

蓝宇立刻双手作揖，装作要跪地求饶的样子对毛毛说："我去！那我还谢谢姑奶奶您大恩大德，饶了小的一命。哎，您还有什么雷霆手段，赶紧再跟我们说说。"

壮壮这时插话道："不对啊，咱们公司不是把风险都控制在代理那层了吗，取咱们公司的开发资源作证也不怕啊，从法律角度讲，咱们游戏还算合法的啊。"

没等毛毛回答，老张就抢话道："哦哦哦……我知道了，是金币场项目组出事了吧？好像很早以前，姚伟他们跟着老于接了几个海外'菠菜公司'的外包项目。"

毛毛听后，立即斩钉截铁地回答道："对！就是这块出事了。"

这时壮壮也反应过来了，立刻问毛毛："是不是代号 X 的项目，我还给他们写过服务器端游戏逻辑呢！我靠，原来是这样，那后来呢？"

毛毛吧唧吧唧嚼着肉串，很轻松地说："后来？后来就没什么了啊，我们这些无关紧要的小兵就离职啦，出去继续找工作呗。朱老板带着小蜜跑路了，CEO、CTO 和几个主管都判刑了，连姚伟和二帆他们几个核心成员也都被关进去好几个月。听说 CEO 最惨，被判了三年吧好像，其他人现在早就放出来了。"

听到这里，壮壮心里不禁有点后怕，心想：还好自己被裁员了，不然留在公司，肯定也逃不开干系，也会一起被抓进去吃牢饭。现在的警察可真厉害，居然都能潜伏到游戏公司里做美术来了，真的是太让人意外了。

这时老张突然冲壮壮伸过了双手，大声说道："壮壮啊！万幸啊！那外包项目的运维环境和支付环境都是我搭的啊，万幸啊咱们俩！"

壮壮也立即紧紧握住了老张的双手，学着老张的口音说道："可不是咋地！"俩人顿时相拥在一起，上演了一幕老泪纵横、抱头痛哭的大戏，逗得众人哈哈大笑。

大家酒足饭饱后，围坐在篝火旁聊天。一开始聊了些近一年的工作情况和个人问题，但没一会儿大家就都觉得有些乏味了。两个妹子开始打起了刘富贵的主意，对它进行着各种调戏。

壮壮身为聚会组织者，有责任不让聚会出现冷场。他便提议大家玩点诸如成语接龙的小游戏助兴，众人反应平平但也都表示同意。试玩了一圈后，大家发现了个问题，毛毛的这个闺蜜是个南方妹子，而老张是哈尔滨那旮瘩来的东北老爷们，一轮到他俩接龙，就因为口音问题，闹出各种啼笑皆非的笑话。

老张胡乱打趣着说一群程序员玩成语接龙简直是笑话，他说自己带了扑克，提议大家改玩天黑请闭眼的杀人游戏。毛毛却嘲笑老张落伍，说95后早都不玩那老掉牙的玩意了。

毛毛说着拿出手机，从一个微信小程序里找出了一款叫《谁是卧底》的小游戏。讲述了游戏规则后，招呼大家一起玩了起来。

六人开心地玩了很久，不知不觉中夜已渐深。大家玩得有些疲惫，壮壮提议回去休息，毛毛却有点意犹未尽似的说："哎呀，难得玩得这么开心，真不舍得回去，就这么结束真有点不甘心啊。"

蓝宇看着毛毛，一脸狐疑地问："怎么，你还有什么节目给我们表演表演？"

毛毛摇摇头，噘着小嘴有点无奈地说："反正就是觉得这么直接回去了，有点不圆满。”

思齐看了一眼毛毛的闺蜜，开口说道：“我带了吉他，给大家弹一首曲子，就让今天圆满地结束吧。”

毛毛立即兴奋地表示同意，思齐起身从车后备厢里拿出了吉他，又坐回原位后，便轻轻撩动琴弦，弹奏起一首不知名的曲子来。

琴声悠扬，小溪潺潺，篝火通红，大家静静地聆听着吉他声，享受着这一刻的岁月静好。壮壮拿出手机，对着篝火拍了一张照片。毛毛的闺蜜也拿起手机偷偷地给思齐拍了一张照片。

思齐弹的曲子太陌生，很难与其他人形成共鸣，于是老张让思齐弹首 Beyond 的歌来听听。思齐表示不会，把吉他递给了老张，示意让老张来弹。可老张的脑袋立即像拨浪鼓似的摇晃着，表示拒绝。

思齐收回吉他，寻思了一下，开始轻轻弹奏起那首德国著名的民歌《小小少年》。思齐一边弹奏着，一边用德文唱了起来。

毛毛和蓝宇终于听到了熟悉的曲调，也一起用中文跟着思齐轻轻哼唱起来：“小小少年，很少烦恼，眼望四周阳光照。小小少年，很少烦恼，但愿永远这样好。一年一年时间飞跑，小小少年在长高。随着年岁由小变大，他的烦恼增加了……”

壮壮本想跟着他们一起唱，但实在觉得这歌有点低幼，不好意思开口，于是就跟老张相互对望了一眼。老张也很是尴尬地捂着脸看壮壮，两人都捂上嘴偷偷乐了起来。

毛毛察觉了两人的异样，眼神突然变得犀利，使劲清了一下嗓子，瞪着老张更大声地唱了起来。老张一看毛毛要生气，就立马修正了自己的错误，毫无廉耻地跟着一起拍手，用特大嗓门傻愣愣地唱了起来。壮壮简直要被老张这副傻缺样子给逗疯了，捂着肚子肆无忌惮地大笑了起来。

毛毛的闺蜜也跟着拍手哼唱了起来，她的声音很小，不一会儿却默默留下了泪水，声音有点颤抖。她快速地擦拭掉眼角的泪水后，继续跟大家拍手唱歌。

机敏的毛毛察觉到了自己闺蜜的哭泣，立马递上一张餐巾纸，大声问道："可欣你怎么了，好好的怎么还哭了呢？"

众人一听有人哭，就立即停止了弹唱，关切地望着毛毛这个叫可欣的闺蜜，可欣很不好意思地看着大伙，又快速地擦了一下眼角，吸了一下鼻子，笑了笑回答说："不好意思，我也不知道自己这是怎么了，就是觉得现在这一刻很美好，我的心不知道被什么深深吸引住了，以前从来没有过这种感觉。"

她文文弱弱的声音很好听，加上文静的外表和梨花带雨的气质，壮壮的心立刻就融化了。可转念一想，这妹子是毛毛的闺蜜，至少小自己十岁，瞬间意识到自己的年纪已经错过了全世界的 95 后。

毛毛听后下意识地看了一眼蓝宇和思齐，又转头轻搡了一下可欣说："吓死我了，还以为你受什么委屈了呢！"

思齐和蓝宇的表情略微有点尴尬。还好有不解风情的老张在，他完美地岔开了话题，感叹着说道："唉！是啊，很久没有玩得这么开心了。羡慕你啊，小老弟！你们北京人连失业都能找到这么好的地方躲清静。不像我，为了老家的老婆孩子，只能硬着头皮死扛着，现在这活都不好干啊，我是降薪 30% 才找到这家新公司的，都一年多了一次薪水也没涨过。"

蓝宇立刻反驳道："谁不是啊！你好歹也能拿到三万多吧，年底也有年终奖。我挣两万出头都多少年了，一直没涨过，现在这公司是创业型的，可能连年终奖都没有。"

毛毛更不乐意了，开口说道："别气人了，我才刚上万呢！"

壮壮一听大伙开始攀比起薪水，就赶紧打断了话题，招呼大家回农家院休息。

回去的一路上，壮壮想着公司裁员后的众生态，没想到自己的结局还不算最惨的，心里居然感到了一丝安慰，看来那句“一切都是最好的安排”，说得还真挺对。

再回想自己在蓝宇这岁数的时候，公司里一般都是每年普涨两次工资的，年底的时候还有大笔的年终奖金，连新年联欢会时，老板们都会大手笔地发些红包或搞一些现金抽奖活动，而自己还不满足地总想着跳槽。

再想想毛毛这代95后程序员更可怜，很少有人体会过大幅度涨工资和年终各种奖金拿到手软的激动，也几乎完全没有人相信或期望过获得什么项目分红和那些永远也不可能兑现的期权。

有人说90后比80后幸运，可是壮壮怎么想都觉得90后和80后同样活得既悲催又快乐。大多数平凡的80后们回忆青春时，还能高呼着刘翔和姚明的名字，内心起伏着北京奥运会和中国首次冲进世界杯时的激动。

可大多数平凡的90后，想买房又买不起，想买车那块车牌却成了望眼欲穿、有钱也搞不到的奢侈品。80后们年轻时，网络支付和借贷还不发达，而欠着一屁股外债的90后们，若再不去寻求自己精神上的家园，恐怕最后只能剩下永不愿褪去的童真。

田　鼠

第二天，钢子、月娥两人在思齐的指导下，通过吉木市纪检监察网，对涉事的基层干部进行正式举报。思齐还带来了钢子和月娥老家的信件和照片，这让夫妇俩激动不已。

壮壮依依不舍地送别了老同事们，老张还主动向壮壮的支付宝里转账了800块钱。

壮壮的大学同学老曹，看到朋友圈里的篝火照片后，也想带着老婆孩子过来转转。他发了条消息给壮壮说：这场疫情闹的，我媳妇的公司倒闭了，我们今年也不打算去远道旅游了，娘俩都憋坏了，去你那儿转两天吧，明天过来接我们一趟呗。

第二天下午，壮壮开着面包车，把老曹一家从北京城里接到了柴火沟。老曹还算有良心，给壮壮带了两盒稻香村的月饼。

壮壮开车路过村口的菜地时，看到邻居们都带着自家狗站在村口的地头边，壮壮还在人群里看到了美凤和娟娟。

原来今年丁奶奶家的花生地里田鼠猖獗，赵主任和郭大爷便组织全村养了狗的人家，一起去丁奶奶家地里抓田鼠。胖婶的儿子和儿媳妇也都放假了，带着孩子回了村，他们一家也正带着土狗妮儿往地里走。

壮壮一听有这种"捕鼠大戏"看就来了劲头，决定也带着刘富贵参加，顺便还能给老曹一家看出好戏。郭大爷看了看不到一岁大，耳朵刚刚立起来的刘富贵，轻蔑地摇了摇头。虽然没有反对它参与，但也断定刘富贵肯定会一无所获。众人也纷纷嘲笑着刘富贵，都说还是拉倒吧。壮壮却很不以为然，拉着刘富贵硬上。

郭场长家的边境牧羊犬艾伦、胖婶家的土狗妮儿、刘武的土狗黑牛、常大爷家的德国黑背和刘佩琪家的狼青立即组成了一个五犬捕鼠战队，各自在主人的牵领下，跃跃欲试地叫着。

刘富贵显然被这阵仗吓坏了，夹起尾巴远远地看着。壮壮几次叫它过来，它都缩着脖子不肯，但又好像十分好奇似的并没走远。气得壮壮把刘富贵抱在怀中，强制它观看。

郭大爷手拿着一把大叉子，站在最中间，刘武、胖婶的儿子、常大爷、郭场长和刘佩琪五人牵着狗，离着郭大爷两三米远的距离围站着。

郭大爷把叉子深深地铲进土里，用力一翻，一只麻雀那么大的小田鼠，就被翻了出来，它立即撒丫子往外边跑。胖婶的儿子立即松开了妮儿的绳索，妮儿一个箭步就冲了出去，三步两步就追上了小田鼠，一嘴咬住后使劲晃悠脑袋，几下就甩死了小田鼠。围观的众人，立即拍手叫好。

妮儿首战告捷后，大大地鼓舞了其他几只狗。尤其是那只德国黑背，它一边疯狂地叫着，一边蹬直了后腿站了起来。常大爷已经快有点拉不住了，吓得刘富贵直往壮壮怀里缩。常大爷催着郭大爷快点挖，可郭大爷几叉子下去，也不见再有田鼠出来。

突然！随着郭大爷翻动，三只田鼠同时蹿了出来。它们分成三个方向，飞身逃走。只见常大爷的黑背、刘佩琪的狼青和刘武的黑牛配合默契地分别追向三只田鼠。黑背几乎是直直扑过去的，一口就咬死了被自己追逐的田鼠，狼青和黑牛也都追上了各自的目标。第二战又胜利了。

村里的孩子们见状，都跳着脚叫喊着。童童像个孩子王似的，带领着几个小男孩站在外围。他们手里都举着棍子，时刻准备击杀漏网的田鼠。

老曹的儿子小曹比童童小两岁，他很快就融入了童童的捕鼠队伍中。童童为了表示对小曹的欢迎，还特意给小曹捡了一条品相非常完美的树枝作为武器。小曹高兴得完全无视身后妈妈的叫喊，一蹦一跳地跟着童童在地里疯跑。

现在只有艾伦没有开张了，它远远地站在地头的另一边，随时等着捡漏。这时，刘富贵好像终于看明白了到底是怎么回事，开始冲着地里狂叫。还时不时回头看壮壮，示意壮壮放自己去抓田鼠。

壮壮把刘富贵扔到了地里，煞有介事地冲它喊了一句：“上！”刘富贵立刻奔跑到艾伦身边，学着艾伦的样子，时刻等待捡漏。

艾伦看到自己儿子跑过来，冲着刘富贵叫了几声，然后就远远地躲开刘富贵。刘富贵不识趣地追在艾伦后边，被艾伦转头又呵斥了几声，只得臊眉耷眼地独自留在原地。看得壮壮很是纳闷，不明白艾伦为什么突然对刘富贵这么凶。

这时思齐和钢子、月娥他们也都赶了过来看热闹，站在老远跟壮壮挥手示意。

常大爷不时指导着郭大爷，让他换个地方挖鼠洞。一开始郭大爷还很不乐意，但连续几下都铲不出田鼠，只得听从常大爷的建议，换了个地方继续挖。

不想这一叉子下去，地里的田鼠瞬间像开了锅似的，呼啦一下同时蹿出六七只来。黑背的反应真是神速，它左一扑、右一扑就闪电般咬死了两只田鼠，妮儿和黑牛也各自追上一只田鼠咬死了，那狼青盯住一只跑得最快的田鼠死追不放，愣是追出了二里地。艾伦则俯下身子盯住一只漏网之鱼，它快速平移了几米，正正地站在一只埋头猛跑的傻田鼠前方，坐等着田鼠往自己怀里跑，然后一个精准的扑杀，咬住了它，看得郭场长一家大声叫好。

这时只剩一只胖胖的漏网之鼠了。这只胖田鼠直愣愣地往刘富贵身边跑去，壮壮激动地大叫：“儿子上啊！抓住它！”

刘富贵左右瞄准半天，却不想胖田鼠突然调整方向，使得刘富贵非但没有扑到它，自己还摔了个四脚朝天。还好有童童的围捕队在。童童一个飞石砸蒙了胖田鼠，几个小男孩立即冲上去，乱棍送胖田鼠归了天。

这时狼青叼着田鼠界的刘翔跑了回来，刘佩琪见后得意地大声喊道：“哎呀，壮壮啊，你家刘富贵还是差得远啊，我看你还是拉倒吧，别让它搁这儿丢人现眼啦。”众人听后立刻笑炸。

壮壮却没有灰心，冲着刘富贵喊道："刘富贵！你要坚持住！胜利是属于我们的！"刘富贵也不知道到底听没听懂壮壮的呼喊，它踉踉跄跄地站了起来，晃了晃脑袋定了定神。

童童率领着小伙伴们也跟着壮壮喊了起来："刘富贵加油！刘富贵加油！"

思齐和钢子、月娥三人也在另一头高喊着："刘富贵加油！"

就在这时，郭大爷的叉子再次深深地铲进了地里，他吃力地翻起一个超大土块后，冲着众人喊道："大鼠洞啊！这里肯定有大家伙！"说完又往地底深处铲进了叉子，猛地一下翻出一只硕大无比的大肥田鼠来。

这田鼠的个头比加菲猫都大，肥嘟嘟、圆滚滚的，它刚被翻出来时并没有立即逃跑，而是愤怒地冲着郭大爷发出刺耳又恐怖的尖叫。有几个娟娟那么大的小女孩被吓得也跟着尖叫了起来，童童他们几个小男孩也都被吓呆了，愣在了原地。连胖婶家的妮儿也夹起了尾巴，缩到胖婶的儿子脚边，显然也被这庞然大鼠给吓到了。

郭大爷的胆子也不白给，他照着大硕鼠的脑袋就拍了一叉子。不想那硕鼠挨了一叉子就跟没事人似的，转头就朝妮儿所在的方向冲了过去。它企图从狗群最薄弱的位置逃跑。

狼青第一个追了上去，它一口咬住了大硕鼠的肚子，然后甩动着自己的头，想把大硕鼠折腾死。可是那硕鼠真的太肥了，瘦弱的狼青根本甩不动它，它俩扭滚在一起，硕鼠一使劲，一脚蹬开了狼青，紧接着一个急转身逃开了。

黑背见状立即跑过去帮忙，它一口咬住大硕鼠的后脚，那大硕鼠疼得再次发出杀猪一般的恐怖尖叫声。黑背死死咬住不肯撒嘴，愣是把硕鼠的后脚给生生咬断了，顿时鲜血直流。

那大硕鼠仍然不放弃任何一丝活命的希望，不顾自己被咬断的后脚，尖叫着往外逃窜。可能是剧烈的疼痛让它昏了头，它不小心跑错了方向，一头撞在了刘佩琪的小腿上。吓得刘佩琪一个躲闪不及，一屁股摔在了地上，引得小孩子们一阵哈哈大笑。

黑牛见状也扑了过去，但是可能是有点畏惧这只疯狂的硕鼠，它扑了个空，只能眼巴巴地看着硕鼠冲出了狗群的包围圈。

最外围的艾伦并不急于跟硕鼠正面拼杀，它平移着调整了自己的位置，冲着硕鼠叫了一声，逼着硕鼠改变了逃跑方向。那大硕鼠竟直直地冲着刘富贵所在的位置跑了过去。

刘富贵此时大概还没有从刚才失利的阴影中走出来，它发蒙地站在原地摇晃着脑袋，惊恐地看着跟自己个头差不多的大田鼠向自己冲来。

那硕鼠显然也没有把刘富贵放在眼里，只是尖叫着玩命奔跑，急得壮壮恶狠狠地失声大叫："刘富贵你干什么呢！"刘富贵听到壮壮的喊叫，这才缓过神来，它蹬住了后腿，运足了气，大声地叫了一声后，冲着大硕鼠迎面扑了上去。

一瞬间空气好像都凝固了，众人都屏住了呼吸，直愣愣地看着即将英勇就义的刘富贵。壮壮转过头，捂住脸不敢再继续往下看，脑海中闪过大硕鼠蹂躏刘富贵的各种画面。

这时，四下里突然传来了众人的惊叹声，刘武拍着腿大声喊道："嘿！好样儿的！"壮壮赶紧转头看，只见刘富贵死死地咬住了大硕鼠的脖子，任凭硕鼠怎么蹬踹自己，就是不肯松口。钢子立即拍手欢呼了起来。

黑背、狼青、艾伦和黑牛也都扑上去帮忙，一顿猛烈的撕咬过后，大硕鼠被惨绝人寰地五狗分尸了，由于场面过于血腥，美凤还挡住了娟娟的眼睛。

壮壮冲天挥舞着拳头，丧心病狂地放声高喊道："无敌啦！刘富贵你天下无敌！啊哈哈哈哈！"他赶紧跑过去一把抱起刘富贵，上去就亲了一口。

老曹媳妇看后惊讶地尖叫道：“妈呀，壮壮你疯啦，它可刚咬死了只老鼠！”壮壮听完一阵作呕，逗得老曹前仰后合得笑了半天。美凤也抱着娟娟跑了过来，对刘富贵表示赞赏。老曹看到美凤后，对壮壮投以怪异的目光。

在一片欢呼与掌声之中，今天的围猎田鼠活动圆满结束了。回到农家院后，壮壮决定奖励刘富贵一个狗窝，并简单画了一个狗窝的图纸给钢子，拜托他赶紧开工。

壮壮还问父亲借了笔墨纸砚，给刘富贵的狗窝写了一副对联，上联为“哮天神犬再现世”，下联为“花开富贵满人间”，横批“绝世好狗”。刘武看着儿子七扭八歪的毛笔字和这副并不严谨的对联，挖苦道：“横批应该写：‘狗屁不通’！”

第二天，思齐穿戴着登山的各式装备，还扛着一团绳子，他早就做好了挑战平定山主峰的打算。也不顾壮壮的劝告，独自继续爬山去了。

壮壮带着美凤、娟娟和老曹一家去后山转。一路上美凤很会照顾人，有一瞬间，壮壮感觉自己好像已经跟美凤结婚了，两家人正在一起愉快地旅游。

可相处没一会儿，美凤就开始话里话外、明里暗里侧面打听老曹两口子是做什么工作的，家住在几环，开什么车来的。这种奇怪的问题，让老曹媳妇十分反感，但不好意思当着壮壮面直说。

下午的时候，壮壮跟老曹在屋顶放飞鸽子，并绘声绘色地讲着后院落下鸽子的事。老曹看着一脸无忧无虑的壮壮说：“你后半辈子真打算就这么过下去了？”

壮壮听完一愣，转脸笑说：“嗯，就这样吧，这里挺好的。”

老曹递给壮壮一根烟，壮壮摇摇头示意不抽。老曹一脸惊讶的表情问：“真的假的？戒烟了？”

壮壮又抿嘴笑了笑，看着老曹点了点头，“嗯”了一声。

老曹张着嘴很惊讶，又无奈点了点头，半自言自语似的说：“行，也好，戒了好。”他说完，自己点起烟，深深吸了一口。

壮壮看着老曹，忽然发现他的鬓角又多了几丝白发，抬头纹和川字纹更重了，脸又微微圆了一点儿，壮壮感到他这段时间过得好像并不美好，就随口问了一句：“你怎么样？”

老曹吐出一口浓重的烟雾，瞥了壮壮一眼，叹了口气说：“还那样儿呗，每天上班、下班、买菜、回家做饭、吃饭、哄孩子、睡觉。”

壮壮瞅着心事重重的老曹说：“这不挺好嘛，这日子我想过都过不上呢。”

壮壮嘴上虽然这么说，但是他心里清楚，老曹在单位的角色，不过是一名科级不挂长的小吏，并没有什么实权。其实每每看到老曹行尸走肉似的过日子，壮壮都不敢去想他那个谁都能干、谁都可以去代替的工作，二十年后到底会把他变成什么样子。

老曹又抽了一口烟，笑了笑说：“当年毕业时你非不听我劝，死活瞧不上事业单位，不然你现在好歹也能有个工作。”壮壮敷衍着笑笑，沉默着没有说话，气氛变得有点沉重。

老曹咳嗽了几声后，掐灭了手中的半截烟头，开口说道：“别聊这些了，说说吧，上午那带小孩的女人是咋回事？”

壮壮有点得意，还有点不好意思地回说：“她就是这村里的，是个寡妇，她想跟我凑合搭伙过日子，我一直没答应。”

老曹低头寻思了一下说：“兄弟，不是我打击你，你跟她在一起，还不如回去把戴曼丽再追回来呢。”

壮壮看了老曹一眼，好像没有在逗自己的意思，就反问道：“就因为她是农村人？”

老曹见壮壮有点冥顽不灵的意思，拍着壮壮的肩膀说："跟农村人没关系，我明白你心里怎么想的，你是觉得这寡妇挺漂亮的，又不嫌弃你是个失业的死胖子，你觉得自己都这么大岁数了，怕过了这个村就没这个店了，对不对？"

壮壮听后有种被人一眼看穿、赤身裸体的尴尬感，没有反驳老曹。

老曹看壮壮没有回嘴，又开口说道："可是你想想，你妈能同意你俩在一起吗？你能保证后半辈子像对待亲女儿一样对待她的孩子吗？你知不知道养一个孩子有多累？可累了半天还不是自己的亲闺女，你真的能做到视如己出吗？你问问你自己是圣人吗？那个寡妇又有多爱你，她为你做过什么，真的值得你为了她去隐忍一辈子吗？"

壮壮被老曹劈头盖脸的这一堆问题给问蒙了，一时答不上话来。老曹又拿了一根烟出来，点上抽了一口，他一把搂住壮壮的脖子，语重心长地说："你兄弟我也没什么大本事，就是个过着最普通日子的平凡人。可是你要明白，你现在这个岁数，如果再走错一步，后半生恐怕连这平凡的普通日子都过不上了！"

壮壮被他说得脸上有点挂不住，就回敬了老曹一句说："得啦，你就别操心我的事了，我活得下去，你媳妇以后咋办？"

老曹无所谓地说道："她才32岁，还好说，最近在家带带孩子，准备参加明年的公务员考试。"

壮壮听后再度意识到了自己这尴尬的岁数，于是又沉默了。

老曹看壮壮彻底无语了，又再次说道："咱们哥们之间就别装了，你事业问题我虽帮不上忙，但我真要最后劝你一句，婚姻问题是大事，激情退去后，唯一的动力就是孩子。我是怕你再受一次打击，万一得了抑郁症可就麻烦了。"

老曹的话让壮壮不得不再次去面对与美凤的感情问题。壮壮发现，其实自己和美凤已经真的很难再往前走了。壮壮不可能去北京包农家乐，美凤也更不可能跟壮壮在这个小山沟里避世，两人三观首先就不合。但他也没有必要跟美凤说分手，因为两人其实也算不上什么真正的男女朋友。壮壮想只要不去再招惹美凤就可以了。

但美凤显然没有对壮壮放弃希望，她第二天就跑来找壮壮，让他开车送自己回酒店。壮壮只得让思齐帮忙送走了老曹一家。

美凤一路上又是不停地对壮壮进行鼓动，她说就算不去常雨的公司，壮壮也可以找家其他的公司打工，怎么都比窝在这山沟子里强。可壮壮全当没听见，气得美凤耷拉着小脸下了车。

回到柴火沟时，知青农家院外停着另一辆崭新的吉普车，原来是两对 95 后小情侣在蓝宇的介绍下，来山沟里旅游。在茶余饭后的攀谈中，壮壮得知小情侣中的两名男子也是程序员。壮壮像一名扫地僧一样，解答了两人在技术上的疑问，着实让他们不可思议了一会儿。胖婶的儿子和儿媳妇带着孩子已经返城了，她又恢复了来农家院找月娥和刘武聊天的日常。

姥　姥

十一长假很快结束，又到了山里的农忙时节。收完沟外的玉米，种上今年的冬小麦，还要再收掉大棚里的乌米，各家各户都连续忙了一个多礼拜。林书记联系的电商平台，以大家都满意的价格收走了乌米，今年的脱贫任务算是再次圆满完成了。

郭场长家今年收入颇丰，郭大爷一高兴，也买了辆二手皮卡车。为此郭家老小最近有事没事就喜欢往县城里跑。郭嫂还新买了一部华为手机，自己在家无聊时，便跟着网络短视频学学各种流行舞蹈，甚至还组织了一支由中年村妇组成的舞蹈小分队。有次她们练习动作时被壮壮撞见了，几人虽不好意思地龇牙咧嘴、嘻嘻哈哈，但还是强行拉着壮壮观看了一会儿。壮壮感到尴尬和受宠若惊的同时，还感到了一种充满民俗情感的快乐。

丁奶奶家今年也多收了 2000 块钱，她托胖婶给童童买了新衣、新鞋。壮壮还偷偷送给了童童一个新书包和新文具盒。小家伙一身行头焕然一新，步伐明显比从前矫健了许多，浑身散发着自信的朝气。

收玉米的商人来村里时，钢子兴冲冲地拉壮壮上秤，壮壮很不情愿地站了上去。收玉米的师父拨了拨秤盘，一脸瞧不上壮壮的神情说："呦呵！ 220 斤妥妥的，哥们！你该减减了。"

壮壮听后则简直不敢相信自己的耳朵，220 斤？比刚来柴火沟时，瘦了整整 40 斤。钢子高兴地大声喊道："我靠！果然瘦啦？"

没想到短短几个月的时间，壮壮只是做到心情放松、饮食起居有规律和简单地练了练回春功，根本没有刻意减肥就瘦了这么多。

壮壮也兴奋地大喊："居然瘦这么多！"收玉米的师傅听完俩人的对话，瞬间一脸蒙。

下半年的农忙结束后，已经进入 10 月下旬了。这天，壮壮和贾姨上午练完功回来，刚到门外，就看见胖婶一脸阴沉地走了出来。

壮壮主动跟她打招呼，不想胖婶狠狠白了他一眼，也不搭理人，扭头就走上山回家了。壮壮被胖婶一反常态的样子，搞得十分郁闷，嘀嘀咕咕地走进了院子。

今天的小院不知道为啥特别冷清。连刘富贵都意识到了气氛的反常，它走在壮壮前边，在院子里四下转了转，还汪汪叫了几声，也不见有人回应。壮壮立马跑进厨房查看，月娥和钢子都安静地坐在马扎上不说话，小帅和刘武都不见了踪影。

壮壮刚要开口问钢子出了什么事，一个尖锐的女高音突然喊道："刘壮壮！"

吓得壮壮顿时一股尿意席卷裤裆，差点就瘫坐到了地上。他惊恐地瞪大了眼睛看着月娥，却不敢回头往身后看。月娥一副爱莫能助的表情，低头假装认真地择菜，钢子则好像完全没有看到壮壮似的，看都不看他一眼。

那个女声再次高喊道："刘壮壮！你耳朵聋啦？听不见我叫你啊？"

壮壮意识到这下自己肯定是躲不过去了，就缩着脖子慢慢扭回头看去。一个自己无比思念又无比恐惧的老女人，正双手叉腰，皱紧了眉头，像个看到猎物的母狮子似的盯着他。

壮壮脸上挤出一丝苦笑，颤抖地喊了一声："妈……"

壮壮的母亲郑春芬立刻大叫道："你还知道你有个妈啊？"

壮壮立刻卖弄着笑脸，低三下四地问母亲说："没没，我可不敢，妈！您老人家怎么来了？"

春芬生气地回应说："废话！你以为你们爷俩躲这山沟里，我就找不到你们啦？我告诉你，你的事我全知道啦！一会儿就跟你算账！"

刘武这时不知道从什么地方钻了出来，他手里拿着烟袋锅，装腔作势地附和着春芬说道："对，找他算账！这个小兔崽子，也不跟你打个招呼，就敢私自跑来我这儿！"

不想春芬一转脸，又冲着刘武歇斯底里地怒吼道："还有你个老兔崽子！儿子跑这里来也不告诉我一声！我告诉你，就算离婚了，老娘照样收拾得了你！"

刘武吓得立马缩脖子抱头地紧闭眼睛，一副完全被吓废了的神情。他连忙给春芬赔着不是，连连安慰春芬道："好了好了，孩子也不容易，差不多就行了。我去给你做几个你最爱吃的菜，你就消消气，饶了我们吧！"

春芬犀利地瞥了刘武一眼，又看了看刘武手中的烟袋锅，骂道："几年不见，你长本事了是吧，还抽上烟袋锅了？你少搁这儿耍贫嘴，赶紧滚厨房做饭去！"然后一把拉住壮壮的胳膊，拽着壮壮坐在了石鼓凳上，开始对他进行各种审讯。

刘武识相地"滚"去了厨房。月娥为了灭掉春芬的火气，冒着生命危险给春芬上了一壶茶，也匆匆逃走了。偌大的院子里，就只剩下壮壮和母亲。

壮壮把自己被公司裁员、戴曼丽与自己分手后跟了别人和找不到合适的工作颓废在家一年多的事情都告诉了母亲，也把来到父亲农家院后，受到贾姨、月娥、钢子、小帅和村里人的照顾，逐渐恢复身体健康和精神状态的事，以及8月底遇到的那场可怕的山体塌方事故，都一五一十地告诉了母亲。

春芬一开始表情很严肃，还十分愤恨，过了一会儿表情缓和了不少，当听到壮壮浑身是病卧床不起、贾姨给针灸的事情后，春芬眼睛里又转动着泪花，当听到山体塌方的事情时，脸上又泛起了一丝惊恐。

壮壮讲述完这两年的所有事情后，给春芬倒了一杯茶，并毕恭毕敬地递给了她，声音低沉地说道："我也是怕你担心，才一直瞒着你。"

春芬喝了一口茶，镇定了一下情绪说："糊涂！这种事能瞒我一辈子吗？那现在北京的房子怎么样了，你失业这么长时间了，贷款怎么还的？"

壮壮一听遇到最困难的环节了，有点哑巴，支支吾吾地说："房子我让思齐住着呢，我不是有存款嘛。我还把牧马人车卖了，这两年应该都不用担心贷款的事。”

春芬又皱起了眉头问：“那两年以后呢？存款和卖车款都用完了怎么办？”

壮壮被问到这些没有考虑过的事情，有点心烦，抓着头皮回答说：“两年以后……就把房子卖了呗，房地产热早就过去了，各城市房价都下跌了，以后房子肯定越来越不值钱了。”

春芬一听就急了，她狠狠地拍了一下桌子叫喊道：“放屁！我告诉你！中国房价就是跌出大天去，北京的房价都不可能跌！你别忘了，那是不到四万一平方米买的，是三环的房！为了给你买房我和你爸吃了多少苦，你说卖就能给卖了？做梦吧你！只要我还有一口气，你想都别想卖房的事！”

壮壮听完瞬间纳闷了，忙问母亲说：“我爸吃苦？关他什么事？”

春芬被壮壮问得一愣，又转脸说道：“废话，你是他儿子，他能不出钱吗？”

紧接着，春芬把她和刘武离婚后的情况一一叙述给了壮壮听：

壮壮小学快毕业的时候，姥爷去世了，深爱姥爷的姥姥茶饭不思，身体每况愈下，远在北京的春芬只能干着急，使不上劲。她本就火暴的脾气，稍微点火就炸。

刘武那时还在首府饭店做主厨，对那些成天公款吃喝的贪官很是看不惯，后来因为一个很小的意外，被区政府的一名姓朱的小吏叫到包间里狠狠羞辱了一顿，他一时气不过，把他看到的一些公款吃喝的事情，向纪检委进行了实名举报。

没想到那小吏竟然是副区长的亲弟弟，刘武实名举报的结果，换来的是自己丢了工作。至于朱姓小吏和那些被他举报的官员，不过是明降暗升地转岗到了其他部门而已，并未受到实质性的处罚。听说那姓朱的后来还在自己区长哥哥的庇佑下，在京西开了一家规模很大的建材城，赚了个盆满钵满。

父母在家庭和事业上的不顺，成了摧垮这个本就有些门不当户不对家庭的最后一根稻草。两人头脑一热，因琐事大吵了一架后，就离了婚。

离婚后，刘武并没有中断与春芬的联系。当他听说自己离家后，壮壮反而开始刻苦学习了，意识到自己之前溺爱孩子的错误，决定干脆不让壮壮知道自己对他的关心。只是经常在壮壮放学的时候，偷偷藏在学校附近，远远地看上一眼。连壮壮的大学毕业典礼，刘武也是偷偷参加的。刘武第二次离婚后，曾去过壮壮姥姥家一趟，并留给了春芬50万块钱，算是帮壮壮凑买房的首付款，还拿走了一些壮壮的照片和玩具，当然还有那座乒乓球奖杯。

春芬说到这里，轻轻地叹了一口气说："你跟那个小丽分手倒是好事，省得你走我和你爸的老路。"

壮壮不解地看着春芬说："你跟我爸性格差异那么大，还有些门不当户不对的，当初为什么要结婚呢？"

春芬再次叹气，摇了摇头说："这事也怪我虚荣心太强，想弄个北京户口。你姥爷是老革命，死也不肯托关系帮我调动工作、办户口，我插队时那么多河北同乡的干部子弟追我，我都没同意，就是看上你爸的北京户口了！"

壮壮用鄙视的眼神看着母亲，无奈地摇着头说："郑春芬啊，郑春芬！我真没想到，我爱慕虚荣的毛病原来是得了你的真传啊！"

春芬满脸不屑地说："你懂个屁！因为你姥爷一身的病，所以我一心想学医。那个年代，不来北京这种大城市，学医根本就没有什么好前途！"

吃饭的时候，钢子、月娥和小帅几人非常识趣地躲了出去，餐厅里只留下壮壮和刘武、春芬三人。刘武果然做了几道离婚前经常做给春芬吃的菜。

春芬喝了一口排骨莲藕汤。她显然对这久违的味道很满意，刚才紧绷的表情立即舒缓了很多。刘武用余光扫了一眼春芬，见她满意也跟着舒了口气，赶忙拍马屁似的，又给春芬夹了一块糯米莲藕吃。

看到这一幕，壮壮心里仿佛突然被一只毛茸茸的大手，温柔地抚摸了一下。他意识到，已经整整 23 年一家人没有在一起吃饭了。想到这里，鼻子不禁一酸。还好男人的泪窝深，眼泪没有流下来。

壮壮端起碗，疯狂扒拉米饭，想通过吃饭转移自己的注意力。不想刘武不识相地干扰说："哎呀！你怎么又开始了，这几个月不是已经改掉这狼吞虎咽的臭毛病了吗？"

春芬喝光了一整碗的汤后，很平静地说道："赶紧吃吧，吃好了跟我回保平。"刘武听完刚想说什么，又憋了回去。

壮壮听完愣了，慌忙问道："啊？为什么啊？我在这里待得可舒坦了，我不走！再说干吗回保平啊？那舅舅、舅妈他们不都知道我失业了吗？"

春芬并没有生气，而是很平淡地说了句："姥姥走了，你去送送。"

壮壮听后呆住了，泪水再也忍不住地流了下来。刘武一见儿子哭，也跟着掉了眼泪，但还是安慰壮壮和春芬说："你姥姥走得很平静，终于跟你姥爷团聚了，你妈熬了这么些年照顾你姥姥，也算是解脱了。"刘武说完，又给壮壮和春芬夹了几筷子菜，催两人赶紧吃饭。

吃完午饭，刘武从农家院的小卖部里拿了一条红塔山，又给壮壮的车里装了很多自己腌制的酱菜和自酿的葡萄酒，还摘了很多新鲜的蔬菜。收拾妥当后，一家三口开车回了保平姥姥家。

到达姥姥家的时候，壮壮的二姨郑小满和舅舅郑谷雨也在。他俩正在等着春芬回来，一起商量第二天怎么给壮壮的姥姥办理后事。看见刘武到来，谷雨显得非常惊讶。

壮壮连忙向舅舅和二姨问好。谷雨出于礼节跟刘武握手寒暄了半天，并请刘武上座。众人在姥姥家的客厅里坐稳后，谷雨也没忘记问壮壮："壮壮怎么这么快就从国外回来了？"

壮壮被舅舅问得一时语塞，支支吾吾地刚想编句瞎话搪塞过去，却被小满救了场："思齐说你国庆节就回来了对吧？他放假还去刘武的农家院玩了几天呢，听说你还召集了个同事聚会，还玩起卧底游戏，可热闹了是吧！"小满说完，还偷偷冲壮壮挤了一下眼睛。壮壮立马心领神会，连连点头表示肯定。

几个老家儿商讨着明天办理后事的流程。春芬的意思是，要按照姥姥临终的遗愿办，一切从简。可二姨小满说，一些简单的仪式还是要有的。就算自家再怎么低调，以姥姥的级别，市里多少也会派人来表示慰问的。这些都是姥姥的待遇中准许的。

谷雨没什么太多的想法，只是无奈地摇头说，自己的女儿晶晶在香港上大学不肯回来，他推荐壮壮明天作为最年长的外孙，负责抱姥姥的遗像。壮壮觉得自己形象太差，混得又这么失败，不配干这活，便推脱着让表弟思齐上。小满表示理解，但说思齐要夜里才能飞回北京，赶过来都要凌晨了。

第二天凌晨，壮壮的二姨夫、舅妈和表弟陆续都赶了回来。随后各家开着车来到太平间接姥姥的遗体，准备进行一个简短的告别仪式后，再前往革命公墓火化。

太平间里，众人准备最后再看姥姥一眼。工作人员拉开寒冷的冰柜抽屉，掀开盖在姥姥身上的白布单。春芬和小满立即喊了一声“妈”便凄厉地抱头痛哭起来，谷雨抚摸着姥姥的头发也默默流着眼泪。

太平间的工作人员，起先面无表情地转头看着窗外，片刻又转过头来生硬地说道：“看完了吧，我推出去啦！”

春芬一听立马大声呵斥道：“我看你敢！”吓得那工作人员一哆嗦。

刘武赶忙掏出两盒红塔山塞给太平间的工作人员，赔笑道：“师傅您辛苦，再等一会儿吧。”

工作人员接过红塔山，脸上浮现出一丝蔑视，满脸不乐意地再次向窗外转过脸去，但也不再催促什么。

壮壮的二姨夫李建国看在一旁，没有说话。又等一会儿后，他看到小满和春芬越哭越伤心，丝毫没有停止的意思，便走到工作人员身边说：“行了，推走吧。”然后又走到小满身旁说，“好了，你们俩都这岁数了，要注意节哀，别耽误了告别仪式。”

小满很自然地依偎在建国肩头，克制住了自己的情绪。刘武也想学着建国的样子过去搀扶春芬，不想伸过去的手被春芬一下甩开了，刘武顿时显得有点尴尬。工作人员看春芬不再阻止了，就一脸无所谓地把姥姥的遗体推去了灵堂。

灵堂里哀乐声声，两侧墙边都摆着写有挽联的花圈，其中有干休所所长赠送的，有军区政委赠送的，还有一些是老邻居、老部下送来的。

壮壮姥姥安静地躺在灵堂正中的花丛中，身上盖着鲜红的党旗，头前的不远处摆放着她中年时的黑白遗像照片。姥姥在照片里笑得很灿烂，好像一个民国时期的女明星，壮壮从来没有见过姥姥这张照片，他很难把照片中温婉美丽的中年女人，跟记忆中那张干瘪的褶子老脸联想到一起。

小满纪检委的同事们、干休所所长和市里派下来的两名慰问人员跟小满、春芬、谷雨一一握手，劝解大家要节哀。建国代表全家进行遗体告别致辞后，组织在场全员向姥姥的遗体三鞠躬，以向这位无产阶级革命者做出最后的致敬。

告别仪式结束之后，在全家人的一片哭喊声中，姥姥的遗体被推进了焚化炉。壮壮隔着老远似乎都能感受到焚化炉里令人窒息的热浪。此时，他脑海里不禁回想起刚刚二姨夫念的告别致辞：

各位来宾、各位亲友：

今天，我们怀着沉痛的心情，聚集于此悼念张桂芝老人，并向老人的遗体做最后的告别。在此，我谨代表老人的全体儿女，对张桂芝老人的去世表示沉痛哀悼，并对所有出席张桂芝老人遗体告别仪式的贵宾，表示衷心的感谢。

张桂芝老人，出生于1925年10月，逝世于2020年10月，享年95岁。老人于1943年，在国家危亡之际，毅然加入了中国共产党，成为一名光荣的地下党员。19岁时嫁于共产党员郑孝贤为妻，并与丈夫郑孝贤同志一起并肩作战，成为一把深入敌后、斩杀日寇、肃清汉奸的锋利尖刀。二老一生殚精竭虑、居功至伟，为我国的民族独立与人民解放事业做出了英勇非凡的卓越贡献。

中华人民共和国成立以后，夫妇二人完成在北京深造学习后，放弃留在北京工作生活的机会，毅然回到河北省致力于家乡建设，并于1951年与崔天云中将一起创建保平铁路大学，投入到我国的铁路建设与人才培养的工作中，曾两次被评选为河北省先进工作者、优秀共产党员，并多次评选为校级先进工作者。

张桂芝老人同时还是一名贤良的好妻子、慈爱的好母亲，她与郑孝贤同志一生恩爱有加，先后育有两女一子，她热爱家庭、体恤丈夫、关爱子女，深受儿女们爱戴。

这位祖国眼中的好儿女、党组织里的好同志、单位里的好同事、丈夫眼中的好妻子、儿女眼中的好母亲、邻居眼中的好朋友，今天走完了她人生最后的旅程，她的一生是光辉的，是勤劳的，是奉献的。我们要学习她不畏强敌、敢于赴死捍卫国家神圣的主权；还要学习她不惧辛劳、白手起家铺设故乡发展的基轨；更要学习她含辛茹苦、哺育儿女，为祖国的腾飞、民族的复兴培育出优秀的接班人才。

现在张桂芝老人即将踏上通往天堂的道路，让我们一起祝愿老人一路走好，我等晚辈子孙定将不负老人的期望，刻苦学习，努力工作，匡扶正义，建设祖国，以告慰老人的在天之灵。

二姨夫的这份悼词，深深震撼着壮壮的心灵，心里顿感百般的苦涩与羞愧，他觉得在自己这一辈后生里，也许只有身旁的表弟，才配得上做姥爷和姥姥的后人。与二老对于国家和人民的贡献相比，自己简直就是不堪一提、有辱家门的败类。一生就做了那么一丁点儿光荣的事，还恬不知耻地问林书记要锦旗，传出去真是让人笑掉大牙。

壮壮甚至开始联想到自己百年之后，会由谁为自己念悼词，那悼词的内容里，又能写些什么光荣事迹给后人呢？难道写贷款购买北京三环住宅一套？还是写曾经开发垃圾游戏若干款？想想自己 20 岁时真是太可笑了，居然把这些没用的玩意，当成了人生的目标。也许最后更大的可能性，是连个送行的后人都没有，就草草火化掉而已……

从此，壮壮萌发了一个想法：只要上天能再给我一次机会，我也要像姥姥、姥爷那样做一些轰轰烈烈的大事，坚决不做平凡的普通人。

重　圆

办理完姥姥的后事，思齐就匆匆赶回了北京。壮壮跟刘武在姥姥家里多留宿一晚，与全家人一起吃了顿便饭。

饭后小满悄悄地把壮壮拉到厨房，低声地说："吉木市的黑社会头子臧永强，上个月被抓了，你回去告诉那对东北夫妇，可以回老家收集相关的证据，准备起诉了。"

壮壮兴奋地看着小满问道："真的？团伙成员也都抓住了吗？他们现在回去安全吗？"

小满胸有成竹地说："抓啦，团伙的主要成员和涉事的基层干部全都抓了，吉木那边的人跟我说，他们手里可不止一条人命，肯定都要照死判了。你就叫他俩放心吧，大大方方地回去，没事，现在没人敢碰他俩了。"小满说完，递给壮壮一张手写的纸条，上边详细地写明了钢子需要提供的证据、证明，以及一些获取证明的方式和步骤。

壮壮替钢子和月娥谢过小满后，转身就要离开，不想又被小满拉了回来，她看了一眼正在客厅陪舅舅和舅妈说话的刘武，小声地说道："你爸又离婚了？"

壮壮很是纳闷地看着二姨说："嗯！是啊。"

小满一脸责怪的样子又问道："因为什么离的？"

壮壮就把那天在麦地窝棚里跟刘武聊天的内容，一五一十地叙述给了小满听。

小满听后若有所思地说："唉！这刘武也真是倒霉，挺好一个男人，愣是离了两次婚。”

壮壮一脸无所谓的表情看着小满说：“是挺倒霉的，咋啦？”

小满听完使劲拧了壮壮胳膊一下，假装生气地说道：“你这孩子是不是傻！自己亲爸亲妈摆在那儿，就不知道撮合撮合啊，他俩要能复婚，你不乐意啊？”

壮壮疼得直叫，有点为难地说：“我肯定是乐意啊，可谁知道他俩乐意不乐意啊！我爸一见到我妈，就跟老鼠看见猫似的。”

小满表情很严肃，一本正经地说：“这事你要听姨的。姥姥一走，这屋里平时就剩你妈一人了，这肯定会出问题的。干脆借着这个机会，让你妈去你爸农家院里住些日子，散散心。这些年，我和你舅舅工作都忙，你妈一直是照顾姥姥的主力，她也该享几天福了。”

壮壮对二姨的提议表示赞同，于是两人就商量着一会儿怎么演一出双簧，争取让春芬跟刘武一起回柴火沟去。

第二天上午，春芬收拾好了行李，就跟着壮壮和刘武回柴火沟的农家院。一路上春芬依然绷着个脸。壮壮担心母亲会跟农家院里的人相处不好，便把钢子、月娥、小帅、贾姨等人的情况都一一向她介绍了一下。

而当壮壮介绍到胖婶时，春芬不耐烦地说道：“我还不知道她？插队那会就跟你爸眉来眼去的，没少打你爸的主意！”

刘武立即解释说：“别瞎说啊，我跟她可没什么，她就是喜欢来院里跟月娥唠嗑。”

壮壮一听还有此等八卦旧闻，立马来了精神，便催着母亲讲讲过去的事情。

春芬哼着鼻子，似乎不愿意回忆那段陈年往事。但在壮壮的一再哀求下，春芬终于开口讲述起她和刘武相知相爱的故事：

那时候刘武是前往柴火沟参加“上山下乡”的北京知青，春芬则是以返乡青年的身份来到柴火沟的，因为春芬的家庭出身最好，所以被大队里任命为知青组长，掌管村里十几名知青的生活起居与劳动工作。

村里的知青分为北京帮和河北帮两个派系，但队里只有两名女知青，有点狼多肉少的意思。这些男青年经常为了春芬和另一名女知青而争风吃醋。河北的返乡男青年由于以干部子弟居多，从小娇生惯养的，打架时常常败阵，于是便拉拢当地的乡民青年一起联手对抗北京知青。刘武那时候留着满脸的络腮胡子，是村里有名的大傻个子，除干活不惜力外，打架还特别生猛，当地青年和河北帮的气势，都被刘武盖了过去。

有一次刘佩琪的爹刘根家里公猪配种，不巧两名女知青正好路过。年少无知的春芬看着一头巨大的公猪骑在另一头猪背上，感到十分好奇，就傻愣愣地张口问道："呀！刘大哥，你家这两头猪在干什么呢？"

刘根和几名围观的河北青年，都被春芬无知的样子给逗疯了。刘根的爹看到后，赶忙轰赶春芬，让她赶紧到一边玩去，别瞎看热闹。心高气傲的春芬见那么多男青年都在围观，心想凭什么自己就不能看，不乐意地辩驳道："那凭什么他们就能看？"

刘根爹有点不好意思地说："哎呀，就是两头猪打架呢，你快点走吧，没事。"

春芬仍心有不甘地说："毛主席教育我们要人人平等，猪也一样，猪不能欺负猪，快让那大公猪下来！"春芬说完，也察觉到了这大公猪神态的异样，她还探头望向大公猪的身下，用十分疑惑的语气说道，"咦？怎么这大猪双腿之间还有根毛衣针？"

几个正在围观的河北知青顿时乐得山呼海啸，连刘根和刘根爹也都无奈地跟着大笑了起来。另一名女知青显然也没有见过这等事情，但是她性格内向，只是站在旁边看并没有说话。这时年轻的胖婶恰巧路过，她见状赶忙把春芬拉到一旁，悄声地告诉了春芬那两头猪到底在干些什么。春芬听后，立刻捂住了脸，羞愧地跑回了宿舍，紧闭上大门，连续两天都不肯出来。

不巧的是，第二天山里下起了大雨，山路泥泞湿滑，村里运粮的小黑驴一不小心，蹄子打滑掉下了山谷，摔死了。傍晚的时候，村里的大喇叭就发出了广播，让各小队去大队食堂里分驴肉吃。

春芬作为知青组长，负责掌管着组里的印章，知青们要想领到驴肉，必须得让她给自己的粮本上盖章才行。可是现在春芬死说活说就是不肯出门，于是五名河北返乡青年，围在春芬的宿舍门前，敲着饭盆，集体抗议呼喊着："我们要吃肉！我们要吃肉！郑春芬盖章！郑春芬盖章！"

春芬坐在屋里哭喊着，让他们滚蛋，可在那个物资匮乏的年代，有谁肯放过一顿美味的驴肉大餐啊！大家伙就是不肯散去，逼着春芬出来盖章。

刘武和两名北京知青本来兴冲冲地端着饭盆，也想打几两驴肉吃，可跟着围观了半天，也不见春芬出来，就转身离去，放弃了。不想一个暗恋另一名女知青的河北返乡知青突然高喊道："郑春芬，你别装假清高了！不就看了场猪搭圈子吗？有什么大不了的，你赶快出来，别耽误哥儿几个吃肉！"

一直看在一旁的刘武，一听他们可能要转为对春芬的人身攻击，就不乐意了，又返回去上前维护春芬道："行了吧，组长不愿意出来，咱们就别逼她了，不就是几两驴肉嘛，有什么大不了的，又不是没吃过！放心吧，以后还会摔死驴的，都散了，散了吧。"

那河北帮的头儿听后，冷笑着回应说："呦呵，怎么着？你还管上我们了？我们乐意搁这儿喊，今天我们必须吃上肉，就是天王老子来了，也阻止不了！”

刘武听后就急了，他挡在春芬的宿舍门前，双手叉腰，大声呵斥道：“今天我还就要管管你们了，我看你们谁敢再乱喊！”

一名矮个儿的河北知青跳到了刘武面前。他踮起脚尖，一脸挑衅的表情，还张手在刘武面前晃了晃，见刘武神情木讷，以为刘武势单力孤不敢出手，便肆无忌惮地高喊道：“假清高郑春芬出来！”刘武见他敢咋呼，一点儿也没惯着他，照着他的鼻子就是一拳，打得那矮个儿知青顿时鼻血横飞，捂着鼻子惨叫。

另外几个河北帮的知青见状，立马摔掉手中的饭盆，冲上去对着刘武一顿胖揍。刘武一拳难敌四手，被几个人按着打，毫无还手之力。一名姓魏的当地青年和丁奶奶的儿子正巧路过，看到知青们打架，就赶忙过来拉。不想他俩拉开两名河北知青后，反倒是缓解了刘武的压力，刘武一脚蹬开了那个挑衅的小个子，不顾剩下两名河北知青的拳打脚踢，爬到窗台下，拿起一把镰刀回身就砍。还好那两名河北知青闪得快，刘武第一下没有砍到人。

刘武终于得到喘息的机会便站了起来，他已经被揍得气昏了头，双眼燃着愤怒的火焰，疯狂地胡乱抡着镰刀挥砍。几个河北知青行动还算矫健，刘武几下都没有砍到人。吓得围观的村民们开始大喊：“杀人啦！刘武要杀人啊！”那河北帮领头的一把扽住了刘武的胳膊，企图夺下他手中的镰刀，不想却被刘武一脚踹翻在地。刘武高高举起镰刀，照着河北帮领头人的脑袋就劈了过去。

春芬听到门外打架，还有人喊要杀人，也慌了神，终于开门从屋里跑了出来。正巧看到刘武要劈砍那河北帮领头人，她下意识地一跃冲到刘武身前，双手死死薅住了刘武的镰刀，大声呵斥刘武道：“刘武！你疯啦！你要杀人啊？”

另外两名北京知青听到打架声，也赶了回来，帮忙制伏了几名河北知青，场面终于得到控制。刘武见到春芬后，眼里的怒火一下就被浇灭了。他第一次触摸到春芬柔软的双手，一时间只顾与春芬对视，全然忘记了砍人的事。

大队长闻讯也赶了过来，他大声呵斥春芬道：“小郑你松手，你让他砍！刘武，你砍一个让俺看看！”

刘武这时才回过神来，木讷地看着周围惊恐的人群，又回过神看到春芬的左手已经被镰刀割得鲜血直流，一下子也慌了神，赶忙扔掉了镰刀，紧紧握住春芬的手说：“哎呀！组长，对……对不起啊，我……”

春芬不等刘武说完，一把甩开了刘武的手，愤怒地看着刘武，又转脸去看那些起哄的河北知青，从口袋里掏出印章，朝他们狠狠扔了过去，并失声喊叫着说：“拿去吧！去吃驴吧！都滚！都给我滚！”

另一名女知青胆怯地走到春芬身边，拉着她去卫生室包扎。刘武也在大队长的命令下，被郭大爷和刘根等几个当地青年压回了大队部，关了整整三天的禁闭。当时的大队长就是赵主任的爹，他下令任何人都不准给刘武送饭，要让刘武饿几天肚子，好好冷静一下。

可春芬却不忍维护自己的刘武受罚，每天半夜偷偷跑去给他送窝头，结果第三次送窝头的时候，春芬居然撞见了同去给刘武送窝头的胖婶，两人从此互看对方不顺眼。

刘武放出来后，因为割破过春芬的左手，心生愧疚，在地里干活的时候，总是有意分担春芬的劳作。为此胖婶没少找春芬的麻烦，各种跟队里打小报告，还好有丁奶奶从中化解。

渐渐地二人心生爱慕。春芬为了避开口舌，就提议采用文字的方式交流。直到刘武当兵离开柴火沟，两人还一直保持着书信往来。刘武也因此养成了喜欢用纸笔写信的习惯，为此还练就了一手漂亮的毛笔字。

春芬回忆到这里，时不时地傻笑着，刘武也不忘随时纠正春芬记忆中的偏差。壮壮听到这里，除了获取到八卦新闻的满足感外，更多的是对父亲的震惊。没想到他年轻时候居然是个如此生猛如此暴脾气的打架狂。更没想到，自己缺心眼的基因里，也有母亲的遗传……

这一路，三人仿佛重回到了20多年前。像正常的一家三口一样，一路聊着天，互相传递着矿泉水和水果，相互关怀着，回到了柴火沟的农家院。

三人刚一进农家院的大门，小帅就冲到刘武面前抱怨了起来。原来他们离开的这几天，村里出了大乱子。

知青农家院和邻居王老头家夜里不知道来了什么贼，把厨房折腾得乱七八糟，一些常备的食物被洗劫一空。

月娥一改往日的沉默态度，也抱怨说："几个工人师傅来餐厅里喝酒，我就趁机多做了几个菜，没想到当晚就出事了。往年小卖部里丢点零食就算了，现在连续两家厨房失窃，如此频繁的节奏，这些年来还是第一次，肯定是出了什么问题了。"

钢子附和月娥说："这位'黄大仙'最近可越来越不像话了，他的作案现场我都保留着呢。但武叔我听你的，报不报警你说了算！"

刘武听后做出十分懊悔的表情，他走进自己心爱的豪华中式厨房，看着一地凌乱，也是愁眉不展。但他还是不同意报警，只是让众人赶紧收拾厨房生火做饭，还让小帅把建国送的高档水果给邻居王大爷家送去，搞得全院人都很费解。

晚饭后，壮壮帮着刘武收拾好春芬的房间后，再次借机撮合两人，他假装随口说道："妈你就踏实先住下，不过等农家院来了新房客，你可要腾地方。"

刘武傻了吧唧地回说："你妈既然来了，少招一个房客就是了。"

听完刘武这话，急得壮壮直瞪他，埋怨地说道："嘶，我说你这个老同志，怎么这么笨，少一个房客，一年就少了小两万的收入呢！要我说啊，你们干脆复婚，都住一个房间里去得了，咱还能多赚点钱。”

刘武听后假装要抬手打儿子，但又斜眼去看春芬的反应，没想到春芬只是叹了口气，并没有生气，她缓缓地说道：“我跟你爸都这岁数了，怎么都好说，倒是你也老大不小了，连个女朋友都没有，我和你爸……”春芬说到一半，眼里泛起了泪花，她抽泣着继续说道，“我和你爸早晚也有走的一天，我们不想剩你孤零零的……连个伴儿都没有。”春芬说完，抹了一下眼角的泪水，捂着嘴轻声抽泣起来。

看到平时倔强好胜的母亲如此流泪，壮壮和刘武顿时慌了手脚。刘武无奈地拿出了烟袋锅，开始抽起来，壮壮忙着找了些面巾纸，给母亲擦拭眼角的泪水。

刘武沉默了片刻，有点犹豫地问壮壮说：“你跟那小寡妇到底能不能成？你要能接受她那小闺女，我这儿也没什么意见，你喜欢就行。”

春芬听后，像听到了什么大新闻似的，逼问壮壮小寡妇的事。壮壮说明了情况后，春芬坚定地摇了摇头说：“不行！寡妇和带小孩这些都好说，但她总不愿意回村，还逼你回去打工，摆明了不是冲着你人去的，肯定是图你的户口和钱，你不能走你爸的老路，坚决不行！”

壮壮也赶快安慰春芬道：“我也知道不合适，没打算跟她再往后发展了。”

刘武这时又抽了一口烟袋锅，叹气道：“让壮壮决定吧，他搞电脑网络的，现在那么多婚恋网站，实在不行就去网上征婚吧。”

“网上能靠谱吗？还是我发动一下医院里的老同事们，帮忙寻寻城里还单着的大龄姑娘吧。”春芬一边说着，一边盯着刘武的烟袋锅，一下就皱起了眉头说，“嘿？你还真长本事了，怎么？

年轻时候油烟没闻够，老了喜欢上抽烟了？”

刘武一看话题转到自己抽烟的问题上了，无奈地说：“咳！这不是我自己一个人闷得慌，抽口解解闷儿吗？这说孩子的事，咋又扯我身上来了？”

春芬嘴快地反驳道：“噢！解闷儿就非要抽烟嚗死玩啊？”

刘武嬉皮笑脸地说：“嘿嘿，你在，我就不抽了，再也不抽了。”他说完，立马磕了磕烟袋锅，把烟灭了。打这天以后，刘武还真的再也没有抽过烟，只是为了面子，习惯性地拿着烟杆子在手里比画而已。

刘武和春芬你一句我一句地聊起了壮壮的婚事问题，壮壮坐在一旁也插不上嘴。这时刘富贵可能是几天没见壮壮，终于听到了他的动静后，就从楼下飞快地跑了过来，嘴里还叼着个布料之类的东西。

壮壮兴奋地一把抱起了刘富贵，发现它嘴里叼着的居然是一个巨大的胸罩，看尺码至少是个 E 罩杯。

壮壮直接被震住了，脑海里晃过自己在村子里见过的所有女性，龌龊地回忆着她们胸部的大小。壮壮发觉包括胖婶在内，全村都没有能穿这么大尺码胸罩的女人。真奇怪这刘富贵是把谁家的胸罩叼了回来。

壮壮看着满脸兴奋的刘富贵，它那天真无知的样子，真像个孩子，心想：就算是为了能有个孩子，这辈子也要有个老婆，可是现在自己混成这个样子，谁又肯跟自己呢？

蹲　守

第二天，天刚蒙蒙亮，壮壮在后院房间里睡得正香，突然听到偏院大铁门有响动，他一下坐了起来，顾不得穿上鞋就开门查看情况，却正好撞见刚从偏院里出来的刘武。刘武正给大铁门上锁，壮壮这猛地一开门，着实也吓了他一大跳。

壮壮问父亲这是在干吗，这偏院里到底有什么，勾得他隔三岔五总往里跑。刘武这次的态度没有像以往那样反感，但还是欲言又止地摇了摇头，最后深叹了一口气，背着手转头走掉了。父亲的异常，让壮壮断定，这偏院里一定大有文章！

按照刘武的规矩，跟壮壮和思齐第一次来到农家院时一样，春芬既然已经入住农家院了，就也一定要有一个像样的欢迎仪式。而且与以往的欢迎仪式不同，春芬是这个村里的老熟人了，所以她的欢迎酒宴，规模肯定要更大些。

刘武通知了村里当年一起插队时关系处得不错的几户人家，准备明天在农家院的餐厅里，宴请大家，名单包括：丁奶奶和童童，郭场长的爹妈郭大爷两口子，刘佩琪他爹刘根，邻居家老王两口子，常大爷两口子，当然还有春芬曾经的情敌——可爱的胖婶。

第二天的中午，农家院里张灯结彩，还挂起了红灯笼。大家齐聚在餐厅里，坐满了两张桌子。贾姨虽不是当年一起插队的人，但也被刘武拉了进来。

两张餐桌上各自摆了八凉八热十六道菜，春芬最爱吃藕，刘武就做了莲藕排骨汤和糯米藕，还做了一道凉拌脆藕。这让壮壮想起了小的时候，刘武经常一边给春芬做藕吃，一边开着春芬的玩笑说：吃藕丑。

这次的松鼠鱼盘里，刘武也用萝卜雕刻了长腿的仙鹤做装饰，但与上次给壮壮欢迎宴上雕的单鹤独立造型不同的是，这次雕刻了两只：一只站立在百花丛中低头看着另一只，另一只也半卧着在一边仰头看着这一只。壮壮看着两只仙鹤一副含情脉脉、恩恩爱爱的样子，感觉有点哭笑不得。

席间春芬主动端起酒杯向各位乡亲一一敬酒，感谢这段时间大家伙对儿子的照顾。大家伙看到曾经那么清高的春芬主动向自己敬酒，也是受宠若惊般赶忙站起来碰杯。

丁奶奶的记性真好，都80多岁了还能清楚地记得春芬，还笑说春芬的样子跟年少时差不多，模样没什么大变化，逗得春芬得意地一阵窃笑。

丁奶奶虽然人老但心里并不糊涂，她几句话就拐到了让壮壮父母复婚的问题上，她干瘪的老嘴慢条斯理地说："武子啊，趁着今天大伙都在，你给芬儿说句软话，赶紧把婚复了吧，我这把老骨头也沾沾你俩的喜气，好多活几年，陪陪我这重孙子。"

大伙听着丁奶奶这话说得有理，也开始起哄架秧子。众人让刘武赶紧向春芬求婚，好像此刻他们不再是早已为人父母或者为人祖父母的白发老人，而是重又回到了那个风华正茂、血气方刚的年纪。

刘武起初在众人的哄闹下，不好意思地摆手推脱着，但他后来发现春芬也在偷笑着看向自己时，突然大吼了一个京剧亮嗓，斟了满满一杯酒，郑重其事并一脸骚地走到了春芬身边。刘武单膝跪地把酒杯举到春芬面前说："你接下这杯酒喝了，就算是同意了吧！"大家听后立即爆发出一阵掌声，更加卖力地起哄着让春芬接酒杯。那刘佩琪的爹刘根，还把手指含在嘴里吹起了响哨。

说实话，以往壮壮只在电视里或者那些繁华的商业步行街上，看过那些不相干的人求婚。可能是因为来自单亲家庭的缘故，壮壮每次看到求婚这种事就觉得很别扭。

壮壮这辈子还是第一次近距离亲身经历现场求婚，而且这求婚的双方还是自己的父母。这恐怕在全世界的范围里，也是鲜有人经历过的吧。不知道其他离异家庭的孩子面对这一幕时的感觉，反正壮壮现在的心情是激动又尴尬，那种滋味别提多诡异了。

春芬又装起了年轻时的清高，任刘武在大家伙的哄闹声中跪了两分多钟，也不肯接过他手中的酒杯。

急得胖婶站起来冲着春芬大叫道：“你咋恁急人，你再不接下来，那俺可就接下来了啊！”众人听完，又集体爆发出了大笑。春芬也被胖婶的话气笑了，她一把接过刘武手中的酒杯，一饮而尽。众人见后立刻拍手，大声地叫着好。

隔壁邻居老王犯起了坏，他猛地推了一把正在起身的刘武。刘武一个踉跄，一下子趴到了春芬身上。餐厅气氛一下子从知青回村的聚会，升级成了大闹新人的婚礼现场。

壮壮和钢子、月娥、小帅几个晚辈，自然不敢跟着这群老小孩一起胡闹，只是尴尬地坐在一边，仿佛每个人额头上都顶满了日本漫画式的黑线。壮壮甚至感觉自己头顶正在缓慢飞过一只呱呱叫的乌鸦。

月娥表现出很激动的样子，她一边招呼几个小辈人喝酒，一边说着祝贺壮壮一家破镜重圆的恭维话。

壮壮拿出二姨交给他的纸条，递给月娥说：“不光我家有喜事，你俩也有喜事啊。月娥姐，我答应你的事情，今天算是替你办到了。”

月娥瞪大了眼睛看着纸条，问这是啥玩意，壮壮就把吉木市公安局抓捕臧永强、纪检委抓获涉案基层干部的事，还有让他俩尽快回老家取证、起诉的事，都按照二姨郑小满的原话，一五一十地讲了出来。

钢子听后，没有如想象中那般大喊大叫、狂喜不已，而是抬起头紧闭着双眼，半天沉默着不出声。月娥激动得眼珠在眼眶里来回乱转，嘴里神神道道反复说着：“抓了？臧永强真的被抓了？真的抓了？”

月娥一边叨咕着，一边看向钢子，她晃悠着钢子的胳膊，带着哭腔叫喊道：“老公，你听见没有啊，臧永强被抓了，政府要判他死，你听见了没有哇，你倒是说句话啊，我们可以回家了……”

钢子依然仰着头，紧闭着双眼，默不作声，但一串快速划过脸颊的泪珠，出卖了这个倔强隐忍的东北汉子。月娥用喝饮料的大玻璃杯，满满地倒了一杯五粮液，再次唤着钢子说：“老公，你喝吧，今天咱们俩敞开了喝。”

钢子落下了扬起的头，借着胡噜脸的动作，擦掉了眼泪。他接过月娥手中的酒杯，举到壮壮面前说：“啥都不说了，你这辈子就是我的亲弟弟！全在酒里啦！”钢子说完，把一整杯五粮液都灌进了嗓子眼里。月娥见钢子有了动静，也终于捂着嘴哭了出来。

钢子又拿起杯子倒了满满一杯酒，示意月娥也向壮壮敬酒，月娥二话不说，接过玻璃杯子跟壮壮碰了一下杯后，就把一整杯五粮液一口干掉了。他俩喝完，并没有停手，又继续倒了满满两杯酒，互相碰杯喝了起来。

壮壮看着他俩像喝白水似的喝着白酒，吓得脸都白了，赶忙抢过已经见底的五粮液酒瓶子说：“我的乖乖，你俩都喝了，那我喝啥啊？”两人听后，又不好意思地笑了出来。

今天众人都很高兴，根本没有几个人顾得上吃菜，两桌酒席上都剩了不少菜。各自散去之后，钢子和月娥又干掉了一整瓶的二锅头，两人都喝大了，相互没羞没臊地说着土味情话，搀扶着回了房间休息。

刘武和春芬也喝了不少，也相互搀扶着回了房间。收拾餐厅的时候，就只剩壮壮和小帅两个明白人了。

壮壮的心情大好，也不知道是从哪里来的信心，莫名感觉自己的人生好像一片光明。但小帅却有点心不在焉的，不太开心。两人一边收拾着餐厅的烂摊子，一边聊起了天。

壮壮问小帅为什么不开心，小帅无奈地撇着嘴说：“也没什么，我其实挺替你们开心的，就是不知道自己什么时候能像你们那样打心眼里高兴。”

壮壮这才反应过来，小帅肯定是看到自己一家再次团圆了，就联想到了他与亲生父母团聚的事来。

壮壮问小帅寻亲的事情最近有没有新的进展，小帅麻木地说：“没有进展，我把自己的照片和罗庚的那幅画，连同自己被拐的过程，都登在各个寻亲网站上了，可并没有人回复。”

壮壮突然想起了那个炸糕寻亲计划，就问小帅说：“那你试没试过，去询问那几个有特色炸糕的地区。”

小帅看都没看壮壮一眼，淡淡地说道：“都试过了，不管炸糕的味道跟我记忆中是否相似，只要是有古镇又有炸糕的地区，我都试过了，也来过几个电话询问，但是我们对了对被拐时的年纪和一些家庭生活细节，都对不上。”

壮壮有些纳闷地问小帅说：“古镇？什么古镇？”

小帅立即放下手中的剩菜盘子，从兜里掏出手机，打开相册中罗庚那幅画的照片说：“你看画里描绘的，不就是一座古镇中的街道吗？”

壮壮不解地追问道：“他画古镇，你家就在古镇啊？你可别被罗庚的画给误导了，他最喜欢在画里胡说八道了。”

小帅听后愣了愣，但又很快反驳道：“不是的！肯定就是古镇，不然我娘怎么会在家门口卖东西，而且我清楚地记得家门前总是人来人往的，罗庚这幅画画得很写实，肯定不是误导。”

壮壮听后恍然大悟，一拍大腿叫喊道：“那还等什么，干脆就用遍历法得了，肯定能找到了！”

小帅没听明白什么是遍历法，壮壮就简单地解释说，就是一个挨一个地把所有南方古镇都找一遍，这种方法就是效率慢，但是一定有效。小帅显然已经习惯了失望，他听后没有兴奋，也没有失落，只是淡定地表示同意。

晚上睡觉的时候，壮壮躺在床上翻来覆去了很久才睡着，可能是这几天极度的大喜大悲令他的神经变得很亢奋，也好像是被院外的一个响声给惊动了，壮壮睡到半夜时突然醒了过来。

深秋时节，一旦失眠就很难再睡着了。因为一闭上眼，耳朵总会不自觉地去聆听窗外各种频率的虫鸣，它们就像一个永远都不会疲倦的交响乐团，咿咿啾啾地叫个不停。

轻风撩动窗纱轻摆，壮壮睁眼望去窗外，只见金色的上弦月高挂夜空。伴随着虫鸟们的鸣叫，山村里的秋夜，既不冷清又很安逸，不但身体得到了舒展，此刻壮壮的灵魂也是怡然的。

壮壮此刻心里有种莫名的暗流在涌动，他自己也说不清为什么会突然亢奋起来。他再次回想起在北京城中的那些伤心往事，好像突然之间一切都变得无所谓了，他甚至觉得那些曾经让自己愤怒或伤心不已的人，其实比自己更可怜。

现在壮壮决定原谅他们，原谅一切瞧不起自己和伤害过自己的人，原谅他们的同时也原谅了自己。带着这种原谅所带来的轻松感觉，壮壮再次甜美地睡了。

生活往往是反复无常的，农家院仅仅喜庆了一天，第二天一早醒来时，大伙发现厨房里再次出了事。刘武蹲在厨房门口哀怨地叹着气，小帅抓耳挠腮地发愁，春芬和月娥望着一厨房的狼藉也惊诧不已，连贾姨也被惊动了。

只见大冰箱的门敞开着，昨天壮壮和小帅装了满满一冰箱的剩菜剩饭，全被一扫而光，还洒了一地的菜汤残渣。

钢子气愤地再次嚷嚷着要报警，壮壮望着一言不发的父亲说道："您老这是晚上又吃了顿夜宵啊？"

刘武瞥了壮壮一眼没有说话。月娥好像突然反应过来了似的开口说道："哎，我发现一个规律，这些年每次有人家里做了好吃的，只要白天给咱们送来过，夜里厨房就准出事！”

小帅听后也恍然大悟道：“对对对！我也想起来了，上次隔壁王大爷家厨房遭窃前，他家包了饺子，王大婶还给咱们送来了两盘。还有上次咱们厨房遭窃，白天来了几个工人吃饭，是月娥和钢子招待的，还多做了几个菜。”

一旁的贾姨提出了更可怕的疑问，她支了支鼻梁上的眼镜，认真地说道：“那怎么昨天夜里，咱们院的黑牛也不叫唤呢？”月娥听后，吓得直哆嗦，并表示自己后背的汗毛此刻正在爆炸。众人也都倒吸了口凉气，一团不安的阴云，瞬间笼罩了农家院。

春芬听到这里，寻思了一下后犹犹豫豫地说：“这也太不可思议了，说不通。会不会是你们几个人里，谁有半夜撒癔症的毛病，自己白天知道了谁家有好吃的，半夜就无意识地梦游到厨房了，所以大黑狗看到自己人才没叫唤？”

大家伙听后相互望了望，谁也不知道自己有这种梦游的毛病，尤其是钢子和月娥两人，都给彼此作证，铁定是没有梦游的习惯。

壮壮担心贾姨会因为安全问题离开知青农家院，就赶紧提议道：“我觉得肯定不是咱们院的人，这样吧，我跟钢子从今天开始，每晚夜里开始蹲守，我倒要抓个现形看看，到底是谁半夜在村里作祟。”

钢子立即表示同意，并决定先抓住半夜偷吃的窃贼，晚些日子再回老家。小帅跳着脚也要加入。刘武也一改往日的反对态度，欲言又止地吞咽了一下口水，似乎默许了这个计划。

壮壮跟钢子开始着手准备一些防身的武器，壮壮学着《僵尸世界大战》里的布拉德·皮特，在自己的小臂上用宽胶带缠了一本厚厚的杂志。钢子则用粗壮的圆木，打磨了两根棒球棍一样的武器，为了能抓捕窃贼，他还做了一个大网兜。

一股保卫家园、保护至亲的责任感充斥着壮壮的内心。作为一名生长在北京——号称“世界最安全城市之一”的老爷们，他还是第一次萌发出这种强烈的防护意识。

钢子在坡上的健身器平台附近，找了一棵壮实的老槐树爬了上去。为了方便壮壮攀爬，钢子还在树干上安装了一些木制的扶手。小帅也很上心，他不知道从哪里找来一个望远镜，跟壮壮和钢子轮班。每天一过深夜 12 点，他们就爬上老槐树，监视着村里的一举一动。

可一连盯了三天，也不见村子里有什么异常。这天壮壮跟小帅趴在老槐树上，一边张望着村里的动静，一边轻声地聊着天，这感觉好像放哨的敌后侦查员。

壮壮看着像土拨鼠一样，抻着脖子、举着望远镜四处张望的小帅说：“哎我说，你上哪儿找了个望远镜来啊？这黑灯瞎火的，你能瞅见啥啊？该不会是你白天偷窥妹子用的吧？”

小帅听后不为所动，他依旧举着望远镜张望着说：“切！村里哪有什么妹子值得我偷窥的！再说，这可不是什么望远镜，这可是北约的装备奥尔法（ORPHA）DB550 型数码夜视仪，我要是能在 22 岁前找到亲生父母啊，我就去当侦察兵！”

壮壮一听这望远镜居然有如此高科技的称谓，就要过小帅手里的夜视仪，也举在自己眼前看了看。透过夜视仪，原本四周漆黑的环境，变成了墨绿的暗色，稍微有些光亮的地方，勾勒出了鲜亮的黄绿色的轮廓。

壮壮举着夜视仪望向远处的大山，画面一片模糊，看向近处的村落却很清晰，房屋、道路和树枝的轮廓清晰可见，清楚得好像都能看见树叶上的纹路。突然两个发亮的小光点在镜头里一闪而过，似乎是什么活物，吓得壮壮立马下意识地说了句“我靠”，再仔细一看，原来就是一只小野猫。

壮壮一边举着夜视仪看，一边对小帅说：“这玩意还凑合啊，可惜远处看不清，不然下次我回城，一定要借你的夜视仪一用，嘿嘿嘿……”

小帅一把夺回壮壮手中的夜视仪，不屑地说：“怎么可能，看远处的山也没问题啊，你等我给你调调啊。”他说完，又把夜视仪举到眼前，拨弄了几下夜视仪上的按钮后，又把夜视仪递给了壮壮。

壮壮再次望向了远处的山峰。这次的远山，一下变得清晰可辨，连岩石的棱角都看得清清楚楚，而且镜头里的颜色，从墨绿变成了灰白。他立即惊讶地说道：“我的个乖乖，这夜视仪可真是个宝贝，你哪里搞到的？”

小帅得意地说：“二手买卖网上买的，别人的淘汰货，就这还花了我 2000 多块呢！”

这些天连续蹲守，让壮壮和小帅的体力都有些透支。两人迷迷糊糊地一直守到天蒙蒙亮，也没发现有什么异常，便拖着疲惫的身体回农家院了。

睡醒觉后，壮壮身体有些酸软，连着打了几个喷嚏，头昏脑涨的。他意识到自己感冒了，还有点严重，便拖着软脚蟹般的双腿，来到前院跟医生母亲撒起了娇。

春芬摸了摸儿子的脑门，心疼地劝壮壮放弃蹲守。月娥也说时下已经快 10 月底了，这山里冷得快，别再把身体整垮了。壮壮是怕耽误钢子和月娥回老家办事，便也附和着说要放弃，钢子望着贾姨犹豫了片刻后，微微点了点头。

饭后壮壮用手机，查看着铁路 12306，准备帮钢子和月娥买火车票。月娥看着火车时刻表，挑了班中午发车的最便宜的车次。

钢子却一脸不悦地说，好不容易坐趟火车，怎么也要坐高铁。他让壮壮找一等座的高铁。可高铁票很抢手，好的时间段早已经被订满了，只剩下昂贵的商务座，月娥看着 4000 多元的票价，心疼得直嘬牙花子，玩命抢夺着手机不肯让壮壮按确定。

最后钢子也拗不过月娥，只得顺着她的意思，买了两张三天后下午 1 点半发车的二等座高铁票。这样钢子和月娥回老家的行程，又延后了几天。

傍晚童童又捡了些树枝送来知青农家院。小家伙郑重其事地告诉刘武，这个礼拜二下午没有课，正巧那天是自己的生日，问刘武可不可以在农家院的餐厅里，邀请几个同学举办一次生日宴会，并拿出两张百元纸钞，交给了刘武。

刘武并没有收下童童的钱，而是绷起了老脸，假装生气地问童童道："你生日要是在我这儿过了，那你祖奶奶怎么办啊？"

童童一脸自信地回答道："放心吧，我们已经商量好了，晚上我跟祖奶奶单过！"

壮壮听完也走到童童身边，用鄙夷的眼光注视着他说："哎哟？小家伙升官以后懂得搞饭局笼络人心了啊？"

童童一脸不好意思的表情回答道："咳！这不是夏天那会儿学校奖励了 1000 块钱嘛，一直没花完，这两个月我总参加同学们的生日宴会了，我还是第一次办自己的生日宴会呢。"

壮壮一下扶住童童的双肩，一本正经地对童童说："你以前还是小队长的时候，他们请没请过你参加生日宴会？"

童童一脸天真地望着壮壮想了想说："嗯……有的请过，有的人没请过……"

壮壮严肃地对童童说："那没请你去过的人，都是趋炎附势的熊孩子，不要跟他们一起玩。你就请那些在你还是小队长的时候，邀请过你的同学来就行了！"童童听完，一脸蒙，显然他还不知道趋炎附势究竟是个什么意思。

刘武打断了两人的对话，他说童童还小，不要把大人的逻辑强塞给他。一旁的春芬好像被什么提醒了，看着厨房墙壁上的挂历，突然开口说道："呦！儿子，这礼拜天也是你的生日。"

童童一听立马说道："真的？那叔叔咱们一起过生日吧。"

壮壮不屑地说道："唉！叔叔都这么大岁数了，就不过生日了。"

可是听在一旁的钢子，好像反应过来了什么似的说："过！必须过，就定在周二跟童童一起过！不然我和月娥周三就走了，赶不上给你过生日了，老弟你听哥一次。"

他说完，还掐了壮壮胳膊一下，冲他挤了挤眼睛。壮壮没太搞明白钢子到底是什么意思，但给自己过生日终归是件好事，况且他也有两年没有过生日了。

怪　物

之后的两天，三人停止了蹲守，白天准备着生日宴会，晚上都各自紧闭好门窗睡觉。壮壮的重感冒也见好转，只是偶尔还打个喷嚏，四肢还是有点无力。

可能是要回老家的缘故，钢子这几天表现得特别亢奋。有一天都半夜 11 点了，他还赖在壮壮房间里不肯走，聊着老家里的那些往事，临走还站在后院里高声喊着："你好好养病吧，我看也没什么事，那偷吃贼肯定不会再来了，咱们也不用再蹲点了。"

壮壮以为这就算钢子的告别了。谁知第二天晚上，钢子又跑过来聊天，他大喊着："小老弟哇，哥哥舍不得你啊！"两人坐在屋里，又聊着那些陈芝麻烂谷子的事。这次钢子更过分，居然聊到快午夜了，壮壮都困得睁不开眼了，他才悻悻地站起身出门。

他走到门口再次仰脖高声叫喊道："啊，你早点歇着吧，明天你生日宴，我给你买了个特大号的奶油蛋糕，还有寿桃、喜果、黏豆包和大酱肘子，你小子明天可要敞开肚皮，给我吃个痛快噢！”

壮壮纳闷地看着钢子，他觉得钢子简直要神经了，就一脸诧异地问：“你大爷的，我才35岁，要什么寿桃？哎，我说，您是在跟我说话呢吗？你没事吧？”可钢子就像没听见似的，也不回答就转头走掉了。

11月3日周二这天上午，钢子和月娥开车去县城里拉了一个三层高的巨型生日蛋糕回来。刘武又准备了八凉八热一共十六个菜，而且这次的雕花换成了一只白色的大水牛和一只可爱的白色小老鼠。

中午的时候，童童只带了三名同学赴宴。壮壮居然看到了那个该死的小胖墩，他还是一副胖嘟嘟的蠢模样，见到壮壮时，还敢嬉皮笑脸。

童童悄声地对壮壮说：“叔叔，他们都不是趋炎附势之辈，你就放心吧。”

童童的同学们走进挂满气球和彩纸的农家院餐厅，看到巨型的三层大蛋糕和满桌丰盛精致的菜肴，惊叹得顿时哇声一片，童童的自豪感瞬间就爆了棚。

席间钢子却一反常态，无论壮壮怎么劝酒，他都拒绝，并表示今天滴酒不沾，连月娥都看了个满脸蒙，壮壮无奈地摇着头叨叨说：“完了完了！”

而当壮壮斟满一杯酒，想送进自己口中时，钢子却一把拉住了他的胳膊，也不让他喝酒。气得壮壮再次摇头叨叨说：“疯了疯了！”

切蛋糕的时候，众人欢唱着《生日快乐》歌，壮壮握着童童的小手，一起把最上层的蛋糕平均切成了八份。带有一大一小两只小蝎子图案的位置，两人留下自己吃，其余的都分给了大伙。

而当壮壮要切第二层蛋糕时，钢子却一把抢过了他手中的刀，还把整个蛋糕塔都挪到了一边，示意不要再吃了。这可真是气着了壮壮和童童，急得两人一起抓着自己的头发，同时不解地大叫着：“为什么啊？”但钢子并没有说原因。

生日宴会结束的时候，钢子突然蹿到院子中央，他叉着腰大喊着：“童童啊，你们战斗力也不行噢，咋地这大蛋糕只吃掉这么一点儿，还剩这么多。你把蛋糕带回去给丁奶奶尝尝吧，还有这寿桃和喜果也都带回去，千万别跟你钢子叔叔客气哦，哈哈哈……”

童童有点被钢子咋咋呼呼的样子吓到了，他很纳闷钢子到底是怎么了，怎么突然变得如此疯癫。他抱着大蛋糕盒子，悄声地问壮壮说：“壮壮叔，钢子叔这是怎么了？”

壮壮把提前预备好的饭菜都装进食盒里，准备拎着饭盒跟童童一起回丁奶奶家，他低下头对童童说：“看见了没有，这就是人性。人生刚有点得意就飘了，你长大以后可不能学他。”

童童听完又是一脸迷茫，但也连连点头表示自己记住了。

傍晚的时候，钢子建了一个微信群，群里的成员只有壮壮和小帅，他简短地发了一条信息：都把手机充好电，戴好耳机和充电器，今晚擒贼！

壮壮一看立刻来了精神，回复了一条信息：奥利给！哪里集合？

钢子回复：夜里12点，半山坡健身平台老槐树下，注意保密。

壮壮虽不知道钢子葫芦里卖的什么药，也搞不明白他到底在防谁，但也没有声张晚上的行动计划。

夜里12点，壮壮先哄睡了难缠的刘富贵，把胳膊上缠好了杂志，蹑手蹑脚地拎着棒球棍来到半山坡的健身平台，钢子和小帅已经早早地等在那里了。

三人蹲在一起，商量着晚上的行动计划，钢子严肃地问道：“壮壮，你出来时，你爹不知道吧？”

壮壮很纳闷地回答道：“不知道啊，怎么了？”

钢子做了一个放心的表情说："我跟你说噢，小老弟你要冷静，可别害怕。你爹一直在咱们院子里藏了个人，这些年村里人厨房里的偷吃贼，就是你爹藏的那个人干的。"

壮壮听完感到脊背发凉，一脸不可思议地大声问道："什么？你说我爸养了个贼？你疯啦？这怎么可能。"

钢子立即比画了个安静的手势说："嘘！你小点声。"他镇定了一下后，再次压低了声音说道，"其实这事，我跟月娥早就察觉了，但是我们怕你爹是藏了什么逃犯，就一直没敢揭发。但是最近那贼人连续作案，你爹上次不是也默许了咱们抓贼吗？"

小帅听后犹犹豫豫地说："你怎么知道武叔真的藏了个人在院里？武叔为什么要藏他呢？他又藏在哪里了？咱们要真抓了那人，万一他真是个逃犯什么的，武叔会不会受牵连啊？"

钢子很淡定地说："不会，不是逃犯。那天夜里，我有点拉肚子，清晨起来上厕所的时候，看见武叔悄悄地离开了房间，我便跟了上去，眼看着武叔一路走进了偏院。"

壮壮立马反应过来说："噢！那人就藏在偏院里，难怪我爸总不让咱们进去。"

钢子点了点头又说："对，我怕进铁门的时候动静太大，就悄悄跑到院外边，紧贴着偏院的墙根，听到了你爹和那人的对话。"

小帅立马问道："他们都说什么了？"

钢子皱着眉头说："我也没听太清楚对方说什么，只是听到武叔说什么'都过去那么久了，你怎么还不能释怀，迈出这一步没有那么难，他们都是好人'。还说什么'别再祸祸乡里了，你想吃什么跟我说'。"

听到这里，壮壮倒吸了一口凉气，立刻回想起刚到农家院时的雨夜里，那个紧贴在房门外的低沉呼吸声和偏院破房子里一闪而过的怪影，壮壮怯生生地说道："我靠……我爸还真藏了个人，居然还藏在离我这么近的地方！这老家伙太过分了，就不怕吓死自己的亲儿子！”

小帅说：“听这意思，也是想让那家伙出来的，那肯定不会是什么逃犯，但是他到底因为什么要藏在偏院里呢？”小帅说完，嘴里嘀嘀咕咕，掰着手指好像在数着什么，然后惊讶地说道：“我靠，如果那人真的藏在偏院里，那他至少已经藏了三年了啊！天哪！这也太不可思议了。”

钢子听后点了点头说：“是啊，你比我和月娥来得都早，在你来之前，他就已经藏在里边了。武叔看来也是有什么难言之隐，不好意思自己动手解决，我马上就要回老家了，在我走之前，必须要帮武叔处理掉这件事情。”

壮壮此时的心情一下激动了起来，甚至还感到十分刺激。他哆嗦着打了个寒战，有点结巴地问钢子说：“那……那你打算怎么抓他？”

钢子再次压低了声音说：“那家伙总出来偷吃人家的厨房，我分析他肯定是个馋鬼。所以这两天我为了引他出来，特意促成了你和童童的生日宴。我还大声地喊说让童童把蛋糕带回去，这山村里奶油蛋糕可不是经常能吃到的东西，我估计他今晚肯定不会放过丁奶奶家的厨房。”

“那咱们就去丁奶奶家附近蹲守不就得了？”壮壮接着钢子的话说道。

不想钢子却犹豫了一下说：“不行，咱们不能在一起，万一他没有去丁奶奶家，而是在咱们院里祸祸，或是去了其他人家，那就抓不到他了。我看这样吧，小帅你埋伏在咱们农家院附近，时刻留意偏院的动静，壮壮你行动不便，就埋伏在丁奶奶家外的山上吧，我在这老槐树上，随时准备支援。”

小帅问：“那如果他真的出现了，我们该怎么办？”

钢子寻思了一下说道："一旦他真的出现，咱们都别着急动手，等确定了他的作案地点，再集合一起上。"钢子说完便站起身来，四下张望了一下，又赶忙蹲了下来，补充说道，"对了壮壮，你手机性能好，一会他偷吃的时候，你记得拍照，咱们把他的罪证都留下来之后再动手抓他。"

壮壮原本以为钢子应该是思前想后，把所有的行动细节都考虑过了，才布置的作战计划，可听他说让自己用手机拍照取证，立马就慌了。壮壮张着大嘴，用一副不可理喻的表情问钢子："大哥，半夜 12 点，你让我拍照，你疯了吧？"

钢子听后也意识到计划出了问题，他一脸蒙地惊叹道："我靠！你手机没有夜视拍照功能？"

壮壮一听这话就更疯了，再次用不可思议的语气说道："我靠！我真谢谢你啊，我失业两年了，你管我要手机夜视拍照？你以为我是华为 P30 Pro 啊？"

钢子也慌了神，说道："我靠！那可咋……咋办啊？"

壮壮更慌神地回了句："我靠！我也不……不道啊！"

这时小帅淡定地从腰间掏出了那部奥尔法 DB550 型数码夜视仪，无可奈何地说："唉！还是靠我这个宝贝吧，这夜视仪不但可以在夜间望远，同时它还有夜视录像功能。"

壮壮和钢子顿时看向小帅手里的夜视仪，不约而同地齐声叹道："牛逼！"

壮壮跟小帅快速学习了夜视仪录像的操作方法后，立即分头行动。三人寻找好各自的藏身位置，并把手机调为静音状态，戴上耳机，打开了微信群里的语音功能，随时保持着联系。

壮壮找了丁奶奶家厨房正对面的山上藏了起来，趴在一个大石头后边，举起夜视仪瞭望着通往山下的道路。这是唯一可以上山的路，如果有人，肯定能看得一清二楚。

十几分钟以后，耳机里传来钢子的声音，他用极小的声音说道："你俩都藏好没有？"

壮壮和小帅都回说："藏好了。"

钢子煞有介事地小声叮嘱道："小帅，你那儿最危险，千万别发出大动静，咱们都保持安静。"

小帅用蚊子一般的声音回应道："Roger that！"

钢子没听懂小帅说的是啥意思，就轻声抱怨道："说啥玩意？"

壮壮本就觉得半夜蹲守抓贼这种事刺激好玩，一听到小帅淘气地学起枪战游戏里的语音，便立即咯咯地笑了起来，钢子一听壮壮笑，严厉地小声警告说："壮壮不许笑！"

壮壮也学着小帅的回应方式，轻声地说道："Affirmative！"

壮壮话音刚落，耳机里传来小帅急促的窃笑声，他再次淘气地小声说了句："Fire in the hole！"他说完，耳机中再次爆发出一阵用鼻子哼哼出来的狂笑。

钢子听后，再次抱怨道："啥啊？"

很快壮壮和小帅又恢复了静默状态。几人都睁大了眼睛，竖起了耳朵，机警地注视着周围，时间一点一滴地流逝着。过了一个多小时，他们依然没有发现村里有任何异常的响动。

耳机里突然传来了一阵清脆的嘎吱嘎吱声，不知道是谁发出来的。壮壮离小帅的距离太远，看不到他藏身何处，就把夜视仪调整了一下，望向了山下老槐树上蹲守的钢子。

镜头里的钢子悠闲地骑坐在树上，右手时不时往兜里摸索出些什么东西，再一把丢进嘴里后，耳机里再次传来嘎吱嘎吱的声音。

小帅疑惑地问道："谁呀？谁吃东西呢？"

钢子冤枉壮壮说："还能是谁？肯定是你壮壮哥呗。"

壮壮立刻反驳道："放屁！我都看见你丫从兜里掏花生豆吃

了！你往右边看，我就在你的正右方山上。”

钢子转头往壮壮这边望了望，啥也看不清，就没有说话。小帅却轻声抱怨道：“我靠，钢子哥你也太不仗义了，居然吃独食。”

钢子一听这话，就立即小声辩解道：“谁让你俩自己不想着带点吃的，一看就没有侦查经验，都赶紧消停。”

钢子话音刚落，耳机里又传来一声易拉罐被打开的动静。壮壮看着夜视仪里的钢子，他此刻并没有做出打开易拉罐的动作。这次换成钢子在耳机里惊诧地小声问道：“我靠，这又是谁，蹲点还敢带啤酒？”

耳机里传来小帅嗓子眼里吞咽的声音，他轻轻地打了一个气嗝后说：“不是啤酒，我带了罐可乐。”

这时壮壮才郁闷地发现，只有自己狗屁没带来，悔得他恨不得扇自己一耳光，他把声音压到最低，冲着耳机低吼道：“我靠，敢情就他妈我傻，什么吃喝都没带！”

壮壮此话一出，逗得钢子和小帅一起爆发低声狂笑，壮壮也被自己气得跟着他俩狂笑不止。

这时小帅突然说了一句：“钢子哥，我真舍不得你走。”小帅此话一出，壮壮和钢子立即安静了下来。

壮壮突然反应过来，等今天的太阳一升起，钢子和月娥就要离开知青农家院了。想到这里，刚才的大好心情，一下就荡然无存了，耳机中再次安静了下来。片刻后传来了小帅连续几声吸溜鼻子的声音。

钢子轻轻地在耳机里说：“帅啊，没事，等哥办完老家的事，还会回来的。”

小帅天真地问道：“真的？”

壮壮以为钢子是为了不让小帅伤心才故意这么说的，因为钢子在老家又有别墅，又有大奔，还有工厂，怎么可能再回到这个偏僻的小山村里？壮壮为了不让钢子为难，就替钢子回答小帅说："你别听他骗你，他回去就住洋房，开大奔，办厂子了，不会再回来啦，小帅你要学会了解人性，要面对现实。"

小帅不放弃最后一丝希望地问道："那过年过节呢，或者有空的时候还会回来吗？"

钢子坚定地回答说："会！一定回。"

壮壮听他说这话，心里也好受了一些，但嘴里却不依不饶地说："这可是你说的，你要敢忽悠我，我就去吉木找你去，把你暴揍一顿！"

钢子听完用挑衅的语气不屑地说："你可别跟我这儿吹牛了，你在北京、在河北地界敢嘚瑟，咋地？还敢去我大东北地界上嘚瑟噢！"

壮壮一听钢子胆敢跟自己斗嘴，便不服输地回嘴道："哎哟喂，不信，你试试我敢不敢来！"

钢子更不服输地回道："你可拉倒吧，来一个我看看，你来，来。"

这时小帅突然用一种紧张的语气快速说道："来了！来了！"

壮壮还傻乎乎地打趣小帅说："小帅别捣乱，这儿没你事儿。"

小帅声音更小了，语气却更加急促地说道："我靠！别闹了，来了，他来了！"

钢子此刻意识到小帅那边出现了异常状况，立刻收敛情绪，低沉地说道："小帅你别再出声了，都安静，没有我的命令，谁都别做任何动作。"他说完立即压低身子，趴在了树上，低头紧紧地盯着农家院的方向。

壮壮也赶快调整夜视仪，往山下望去，但看了半天却什么都没有看到。壮壮着急地轻声问小帅："哪儿呢？我怎么什么也看不到？"

但耳机里并没有听到小帅的回应，只听到钢子轻轻发出的一丝嘘声，随后耳机里再次沉默了，只传来四周山里飕飕吹过的风声。

又过了片刻，小帅用蚊子一样的声音说道："钢子……他去你那儿了。"

钢子并没有回应小帅，但他的呼吸声明显有些起伏。三人都屏住呼吸，不敢发出任何响动，壮壮死死地望着老槐树下，脑海里呈现出各种幻想，不知道一会儿究竟能看到个什么样子的人。

这时壮壮看到一个近乎球形的巨大身影，出现在了钢子所在的老槐树下，壮壮甚至都不敢相信那是一个人。只见他的身体两侧贴着两片像企鹅翅膀似的东西，移动时他慢慢悠悠的，并在老槐树下左顾右盼地停了下来。

怪物！壮壮脑海里闪现出了这个词，他特别害怕怪物此刻抬起头来看到钢子，就用最低的音量冲着耳机里说道："钢子你千万别动，他就在你脚下站着呢。"

小帅也轻声地说道："咱们撤吧，这玩意根本就是个怪物啊！"

壮壮用夜视仪看着钢子，只见他紧紧地贴在老槐树的树干上，大气都不敢喘一下。壮壮担心如果这怪物再不离开那里，钢子会被活活憋死。

好在怪物张望了好一阵后，迈步离开了老槐树，随后直直地朝着壮壮走了过来。壮壮现在十分后悔把夜视仪调到了黑白模式，只见镜头里的怪物双眼发射出瘆人的光点，一步一晃地走着，活像一只来自地狱的恶鬼。

钢子见怪物走远后，立即"复活"了过来，他轻声说道："呼！差点没憋死我，你们别怕，我看清他了，那不是怪物，是个披着被子的大胖子！"

随着怪物逐渐靠近，壮壮也从夜视仪里看清了这个怪物的真面目，原来真是一个身披着大棉被、顶着一脑袋鸟窝似的乱发的巨型大胖子。他胖脸颊两侧的肉都低垂了下来，本就肥胖的身躯在裹上大棉被后，简直成了一个移动的大圆桶。

小帅见怪物远离了自己，轻松了一些，问道："现在咱们要做些什么？"

钢子回应道："壮壮你继续观察，别移动位置。小帅，你鸟悄儿地走到我这边来，千万别发出任何动静。"

此时怪物与壮壮的距离也就几十米远，吓得他半个字也不敢说，没有给钢子做出任何回复。

钢子急切地轻声问："壮壮，那大胖子是不是朝丁奶奶家的院子走去了，如果是你就轻轻敲两下麦克，如果不是你就别出声。"

壮壮盯着镜头里大胖子的方向，发现他已经停留在丁奶奶家的院门前，就赶紧轻轻敲了两下麦克风，给钢子发了信号。

钢子听后，很淡定地说："咱们先别动，等他进院子，开始偷吃后再行动。壮壮你记得录像，录好了就再敲敲麦克风。"

壮壮听完又敲了两下麦克风，表示收到。然后就开启了夜视仪的录像功能，观察着大胖子的下一步动作。只见他轻轻地推开了丁奶奶家的院门，又慢慢地推开了厨房的木门，动作慢得仿佛像静止了一样，几乎听不到任何响动。

过了几分钟，他终于完全打开了丁奶奶的厨房门，并走了进去。进屋后，他轻手轻脚地脱下裹在身上的棉被，并东张西望地在厨房里寻觅着什么。最后，他在厨房的案桌下找到了奶油生日蛋糕。

大胖子把蛋糕放在玻璃窗旁的台面上，又慢慢地打开外层的包装盒，把包装盒放到一旁后，他愣住了。

只见他拿出了一个手电筒，照向蛋糕，对着眼前华丽的双层生日蛋糕痴痴地看着，看了许久也不见他动手。

他呆呆地望着生日蛋糕，还抬手抹了几下眼角。这个动作让壮壮十分纳闷，心想：难道这个体型像怪物一样的大胖子，此刻正在哭泣？想到这里，壮壮又调整了一下夜视仪，望向了大胖子的面部，想看看他到底是不是真的在哭。

可让壮壮一千个一万个没想到的是，他竟然看到那大胖子的胸膛位置，高高地隆起一对大波，他再转眼去看那大胖子的脸，一下子彻底惊呆了，原来，这个大胖子，居然是个女的……

抓　捕

壮壮不禁对着耳机轻声惊叹道："我的天哪……"

钢子担心地问："怎么了，什么情况？"

钢子话音刚落，胖女人就把手电筒熄灭了。壮壮机警地嘘了一声，让钢子安静。那胖女人把手电收起来后，突然伸手抓起一块蛋糕，一把塞进了嘴里。壮壮见她终于开始动手偷吃了，并没有着急通知钢子，而是想多录一会儿像，于是就静静地看着她吃蛋糕。

胖女人双手齐下，左右开工，一把又一把疯狂地往嘴里塞着油腻腻的奶油蛋糕。不到三分钟的时间，第一层蛋糕就被吃完了。她的手又毫不犹豫地继续抓向最大的一层蛋糕。

壮壮惊诧地发现，这胖女人吃东西的时候，好像根本就不用嚼，而是直接往嘴里塞的，一直不停地塞，那些网络小视频里的吃播达人没有一个能比她吃得更快。

这让壮壮瞬间想起了《千与千寻》里的无脸男。壮壮再次怀疑，她可能真的是个怪物。她吃着吃着，又发现了放在台面上的喜果，于是快速地打开了喜果盒子，抓着喜果面包蘸着奶油吃了起来。

壮壮在夜视仪里看着胖女人狼吞虎咽，大快朵颐，不禁吞咽了一下口水，心想这吃东西的狼虎劲倒是跟过去的自己有几分相似，不过自己也没有到连嚼都不嚼，直接用手抓食的地步啊！真不知道到底是什么样的经历，能让一个女人沦落到此等地步。想到这里，壮壮心里居然又萌生出一丝庆幸来……

没过五分钟，第二层的蛋糕和一大盒子喜果面包就都被胖女人吃光了。她又转身走向冰箱，显然她此时的胃口还没有得到满足。但壮壮万万没想到的是，在她拉开丁奶奶家老款旧冰箱的一刹那，一串刺耳的铃铛声从冰箱门的下方响了起来。那胖女人被吓了一跳，立马迈步想要离开厨房。但她刚走到门口，丁奶奶屋里的灯就亮了起来。

壮壮赶忙对着耳机说："快去丁奶奶家院门口，怪物要跑。"

钢子快速跑到丁奶奶家的院门口，以半蹲的姿势探头向厨房位置张望。小帅也紧紧跟在钢子身后，埋伏在了院门口的另一侧。

钢子用蚊子一般的声音对小帅说："一会儿我先上，等我用网兜罩住他的时候，小帅用棒球棍给他一闷棍。注意千万别打到他的天灵盖，留他性命。"

小帅也轻声地回答说："好嘞……"

此时屋里传来童童稚嫩的声音："谁？谁在外边？"

胖女人一看惊动了本家，立即躲到了厨房后面，并警觉地留意着屋子里的动静，准备随时冲出去。壮壮心里不禁在祈祷，希望童童不要开门，说不好这胖女人会对童童不利。

小帅轻声地问："钢子，上不上？"钢子嘘了一声，示意小帅不要着急，再等一等。

童童见院子里没有人回应，又关上了灯，院子里再次恢复寂静。壮壮看着夜视仪里的大家，仿佛每个人都是一尊静止不动的蜡像。

胖女人很耐心地等了十来分钟，她确定已经恢复安全，又迈步走向厨房，摸索到地上的被子后，把被子捡了起来，转身准备离开丁奶奶家院子。

当她走到院子中央时，突然“砰”的一声，童童猛地打开了房门，一道闪亮的手电筒光线，直直地照住了这个身材肥胖的丑陋女人。童童可能也是鼓了很大的勇气，才敢这样做的，他多半是在给自己壮胆似的大声呵斥道：“不许动！”

那胖女人被着着实实地吓了一大跳，她立即狼狈地披上被子，掉头就往院门外跑，急得壮壮大声喊道：“上啊！她要跑啦！”

壮壮的喊声太大，一下惊到了胖婶家的狗，只听它汪汪叫个不停。钢子和小帅也被壮壮喊得下意识地站了起来，借助童童手电的光亮，他们俩和胖女人面对面、脸对脸地撞见了。钢子和小帅明显被胖女人的面容吓着了，立即尖声惊叫了起来。

那胖女人也被突然出现在面前的两个人吓到了，也立马大叫起来，童童一看自己家半夜一下蹿出这么多人来，也被吓得尖叫不停。寂静的小山村里，顿时男女狗少叫声一片，附近几户人家听到叫声，纷纷亮起了灯。

那胖女人足足高了钢子和小帅半头，当然不会束手就擒。不等钢子的大网出手，胖女人就用被子罩住了钢子，然后一头朝小帅冲了过去，跟小帅撞了个满怀。

身材纤细的小帅哪里是这胖女人的对手，立刻被撞得腾空飞了起来。他四肢在空中凌乱地晃动了几下后，就一屁股重重摔在了地上。可能是用力过猛，胖女人自己也差点摔倒。

小帅一脸痛苦地倒在地上后，让壮壮奇怪的是，他坐起来的第一个动作并不是难受，而是捂住了嘴巴，嘴里“哇哇”地直作呕。壮壮一见形势不妙，立马冲过去帮忙。

壮壮跑向丁奶奶家院子的这段时间里发生了什么他不清楚，他只知道当他到达丁奶奶家院门口的时候，钢子已经被胖女人横着扛在了肩上。他看见小帅正死死抱着胖女人的大腿，任凭她怎么肆意挪动脚步，就是不肯撒手。而且小帅一边被拖行着，一边还哇哇猛吐，简直惨不忍睹。看得壮壮目瞪口呆，僵在原地。

钢子打嘴炮的功夫再次显现了出来，他双脚悬在空中乱蹬，嘴里骂骂咧咧地叫喊道："快把你爹撒开，有本事单挑！臭不要脸的！"

童童终于回过了神，他冲着钢子喊道："哎呀，你和帅哥联手都不是个儿，还单挑什么，我去喊人，你俩再坚持一下！"童童一边喊着，一边往山下跑去。

丁奶奶也被吵醒了，她打开了院子里的照明灯，老眼昏花地往胖女人这边瞧了半天，突然冒了一句："月儿啊？你咋跟钢子打架啦！"

胖女人一听这话，立即发疯似的左右扭转身体，试图利用惯性把钢子和小帅从自己身上甩开，吓得钢子和小帅又是一阵歇斯底里的喊叫！壮壮也是真佩服丁奶奶，心想：就这大块头的女人，她都能看成是月娥，服了，看来她到底还是老糊涂了。

钢子被甩得可能是要抓不住了，他像个骑在猛牛背上的牛仔，绝望地失声呼救道："啊，我靠！救命啊！壮壮……"

壮壮听到钢子叫自己才一下子缓过神来。他鼓足勇气，号叫着冲了上去，并抡起棒球棍照着胖女人的头上就砸了过去。不想那胖女人一扭身，不但躲过了棍击，还让壮壮这一棍子正正巧地砸在钢子脑袋上。钢子立即"啊"的一声，松开了紧抓胖女人衣服的双手，身体瘫软着从胖女人身上掉了下去。

小帅见状立马爬到钢子身边大声呼喊着，查看他的情况，钢子弱弱地抬起手，轻声说："没事，我没事，快抓……别让她跑……"钢子话没说完，就昏了过去。

壮壮对着胖女人的脑袋再次抡了一棍。这次她仍旧反应很快，先是抬起左手臂挡住了棍子，再猛地一转腰，借着自己粗壮的腰力，对准壮壮的肚子，狠狠地打了一记右勾拳。

一瞬间仿佛空气都凝固了，四周的景物开始变得扭曲，壮壮感觉自己的五脏六腑都已经被打成一团糨糊了。他痛苦地捂着肚子后退了几步，加上这几天感冒本就腿软，一个踉跄没站住，一屁股摔坐到了地上。

这下摔得可不轻，壮壮连续吸了几口气，才发现自己居然气都喘不上来了，憋得他太阳穴上的青筋都努出来了。一时也顾不得抓捕胖女人了，只是坐在原地大口地吸着气，想赶紧把这口气捯饬上来再说。

胖女人见已经没有人可以阻止自己了，又怕山下来人，迈着沉重的步伐，出了院门就往山上跑。小帅见壮壮和钢子都倒下了，慌得脸都白了，但是一看胖女人要跑，又立即站起身来，哭嚎着追了出去，就像一名在战场上做自杀式冲锋的战士。

丁奶奶慢条斯理地走到壮壮身旁，看他快憋死了，就合起双手，使出全身的力气捶了他后背一拳。壮壮被捶得猛咳了一阵后，终于捯上了这口气，壮壮定了定神，发蒙地看着丁奶奶的老脸，刚要跟她说谢谢，丁奶奶却不紧不慢地说："看啥呢，赶紧起来救小帅去啊！"说完就慢慢悠悠地去钢子那边查看情况了。

远处再次传来小帅鬼哭狼嚎一般的喊叫声，壮壮赶紧爬起来，顺着声音追了过去。只见小帅再次紧紧地抱住了胖女人的大腿。被胖女人一步步拖行着。小帅一边吱哇乱叫着，一边还时不时地哇哇作呕。

壮壮一个飞身扑了上去，想从胖女人的背后来个突然袭击，利用自己的体重把她放倒。可夜里太黑，壮壮一个不小心脚下拌蒜，摔了个狗吃屎。但万幸的是，壮壮伸出去的手臂，牢牢地抓住了胖女人的脚脖子。

胖女人身躯再庞大也是个人，而且还是个女人，就算她能拖动一百多斤的小帅，也不可能拖动二百来斤的壮壮。她终于停止了移动，腿上虽继续发着力想抬腿，但也是纹丝不动了。壮壮人生第一次庆幸自己有这么一身肥膘。

壮壮双手紧握胖女人的脚脖子，把身体往前凑了凑，让胳膊更好使力。壮壮见胖女人终于不跑了，恶狠狠地说："跑啊！你有本事就接着跑啊！"

可就在壮壮和小帅以为抓到了胖女人，打算死死固守等待童童的援军到来时，一长串噼里噗噜的屁声从胖女人屁股后面传了出来。瞬间，一股子陈年老屎的味道飘了过来，不仅恶臭，还夹杂着腥臊和腐烂的味道，顿时刘佩琪家猪圈里的臭味就不在了。

小帅被熏得立即松了手，双手撑住地面，扭头哇哇猛吐了起来。壮壮也没能忍住恶心，噗地喷出一口酸水。

壮壮和小帅这一吐，胖女人发觉腿上的阻力减轻不少，又开始发力要跑。她力气大得很，硬是拖动了壮壮的身体。壮壮赶紧奋力一扑，抓住了她的裤脚。胖女人被壮壮这么一抓，没站稳瞬间跪倒在地，壮壮趁势爬起来又扑了上去。

不想那胖女人此刻却突然转过了身体，壮壮一下扑到了她的脸上，正正跟她来了个嘴对嘴。一股浓重的口臭味，几乎要把壮壮熏晕了。

胖女人趁机挣扎着一翻身，把壮壮压到了她身下。壮壮忍住恶心又使劲把胖女人压在了身下，他们俩就这么一来一回，像两个肉球般滚在了一起。

没想到壮壮两年没有碰过女人，再次跟女人翻滚在一起，却是跟这么一个丑陋恶臭的庞然大物，一种强烈的羞耻感冲击着他。

胖女人也不甘心就这么被抓住了，她狠狠地一口咬在了壮壮裹着杂志的小臂上。壮壮见状，立即得意地大笑："哈哈哈……敢咬人，跟我斗你还嫩点！”

壮壮向一旁的小帅求助喊道：“小帅，快，快拿棍子抡她啊！”

小帅捡起地上的棒球棍，举在手里来到壮壮和胖女人的身旁，刚要抬手抡棍子，却发现壮壮跟胖女人这么来回翻滚，自己很难瞄准，他立即大喊道：“你别乱动啊，我怕打不准！”

那胖女人虽然丑陋恶臭，但智商显然是没有问题的，她一听他们要用棍子抡自己，便立刻像死猪一样躺在地上不动了。壮壮一看她停止反抗了，就想从她身上离开，好腾出空来让小帅瞄准。谁知道这胖女人却像搂小鸡子似的，死死抱住了壮壮，两腿还干脆盘上了壮壮的后背，锁住了壮壮的腰，任凭壮壮如何挣扎都难以挣脱，也无法改变这个尴尬又龌龊的体位。

壮壮此刻的心境已经无法用语言形容了，愤怒、恶心、龌龊、耻辱、绝望，还有悲哀，在他的心中排山倒海般一起涌来。壮壮感觉自己要万劫不复了。他闭着眼尽量不去看这张丑陋的大脸，却不能阻止自己呼吸到她散发出来的各种恶臭，壮壮疯狂地挣扎着大喊：“先把我砸晕了！我受不了啦，快把我砸晕了吧！”

小帅瞠目结舌地举着棍子犯愣，结结巴巴地说：“啊……啊？这不太好吧……”

壮壮急得突然心生一计，大声喊道：“高尔夫……高尔夫挥杆会吗？从下边打她！”

小帅听完依然懵然无知，再次结巴地说道：“什么高尔夫，我……我也没打过啊。”

壮壮已经彻底崩溃了，绝望地喊道：“没吃过猪肉，还没见过猪跑啊！你反过棍子，倒着打！倒着打她头啊！！”

小帅听完慌忙“噢”了一声，他站在壮壮的左侧，岔开了双腿，把棒球棍当成了高尔夫球杆，比画着瞄准了几次，大力地挥了过来。

胖女人显然也不傻，她猛地往右一侧身，把壮壮的脑袋挡在了前边。小帅这一棍子重重地打在了壮壮的后脑勺上，疼得壮壮立马惨叫了一声。还好这一棍子没有把壮壮打晕。

小帅见打错了人，立马扔掉棍子，跑过来查看壮壮的情况。壮壮被打得有点迷糊，强撑着一口气对小帅说："换……换一边打……"

小帅听后又"哦"了一声，捡起棒球棍走到壮壮的右边，再次叉开腿，学着打高尔夫球的架势，瞄准胖女人的头，重重挥了过来。

壮壮原本以为自己能压住胖女人，让她待在原位接棍，却不想自己已经折腾一晚上了，累得实在没有力气了，一下没压住，让胖女人再次向左侧转过了身去，自己的脑袋又挨了小帅一棍子。疼得他再次惨叫了一声，彻底瘫软在了胖女人的身上。

小帅吓得也慌了，又跑过来查看壮壮的情况。壮壮被打得有点想哭，用尽最后一丝丝力气，从嘴里挤出了几个字："帅哥……我求求你，打头顶……头顶她躲不开。"

小帅也急得要哭，他抹了一把眼泪，再次坚定地站了起来，一副要给壮壮报仇雪恨的架势，站到了胖女人的脑瓜顶。胖女人见这次没法躲了，就拼命挣扎着想翻身逃跑。壮壮抱着必死的决心，拼着命死死地压住她。急得胖女人一口咬住了壮壮的脖子根，牙齿狠狠地往壮壮肉里咬，试图撼动壮壮的压制，疼得壮壮顿时仰天长啸："啊——"

小帅高高举起棒球棍，一边抡圆了准备击打胖女人的头，也一边喊着："啊——"两人齐声的叫喊声，响亮地回荡在山谷之间。

就在小帅的棍子即将落下的瞬间，刘武带着一村的男女赶到了，他用一道手电筒强光直直地照射住小帅，并高声呵斥道："住手！"小帅见援军到了，才彻底扔掉了手中的棍子，一屁股坐在了地上。胖女人也认命了，终于松开了口。壮壮已疼得昏了过去。

壮壮再次醒来时，天边已经亮起了微光，钢子和春芬正蹲在他身旁。轻轻拍击着他的脸让他醒醒。壮壮感到头还在发蒙似的疼，但一想到那个该死的胖女人，就一下坐了起来，大叫道："那胖女人呢，抓住了没有？"

钢子捂着自己的脑袋说："抓住了，抓住了，赵主任和你爹已经把她押回农家院了。你咋样，能不能站起来？"

春芬也心疼地责备儿子说："你们几个是不是疯了，有什么事怎么不报警？非要自己动手，万一闹出了人命，可怎么办？"

壮壮捂着头挣扎着坐了起来，并在钢子和小帅的搀扶下站起了身子，随后在春芬的一路护送下回了农家院。

农家院里已经坐满了人，胖婶、郭大爷一家、刘佩琪爷俩、常大爷两口和隔壁老王都来了，人群中还有一些壮壮不认识的村民。赵主任和刘武坐在石鼓凳子上，月娥护着胖女人坐在他俩身后的台阶上。

胖女人身上裹了一条巨大的被单，哆哆嗦嗦地把头蒙进被单里，一副怕得要死的样子。月娥却毫不嫌弃地搂着她，时不时地安慰着。

壮壮一看就急了，一下甩开身旁的钢子和小帅，大步流星地迈到胖女人身前，抬脚就要踹她，被刘武一把拦了下来。壮壮气得顾不上父亲的阻拦，扯着脖子歇斯底里地狂吼道："你搁这儿装他妈什么孙子！装什么可怜，刚才的牛逼劲呢！我可没忘你那一记猛拳，还有我脖子根现在还疼呢。"

刘武和春芬合力拦住了壮壮，春芬比壮壮更疯狂地怒吼了一句："够啦！今天谁也不许再动手啦！"春芬河东狮吼般的大嗓门，吓了全院人一跳。壮壮见母亲生气了，也就蔫儿了下来。

月娥安慰壮壮道："行啦，都歇会儿吧，你们一群大老爷们，怎么还合伙欺负女人啊！"

壮壮一听月娥这话就急了，用一种不可理喻的语气质问月娥道："我的老天爷啊，就她还算女人呢！你们谁见过这么大块头的女人啊，我看她比男人都男人！"

刘武再也忍不住了，说："行啦！够啦！都别说啦，还有完没完啦！"

可刘武这一开口，引得赵主任也跟着插话道："都……都安……安静！咱们不要急，你们都坐，先坐下来再说。"壮壮跟春芬听后，坐到了石鼓凳上。小帅和钢子也找了把凳子坐了下来。

赵主任先客气地给刘武递了一支烟。刘武看了春芬一眼，接过烟却没有点上。赵主任微微一笑开口说道："老刘啊，你跟春芬也都是村里的老熟人了，虽然你们请客没有叫上俺，但俺也不把你们当外人，你回村这些年对村里的贡献，村里人也是看在眼里的，今天你就跟大家伙交代个实在话，到底为啥藏了这么个闺女在自己院子里？她到底是什么人？"

大家伙也都很是纳闷，都一起齐刷刷地看着刘武，刘武坐在那儿运着气，不肯开口回答。钢子看了一眼表，有点耐不住地问刘武道："武叔，事情都到这份儿上了，你就别隐瞒了，跟大家说了吧。"

赵主任见刘武还是不肯开口，有点不客气地说道："你要实在不想跟俺们说也行，那咱们就请派出所的同志过来问你。"

春芬听到这里着急地推了推刘武，劝他说："哎呀，你就实话说了吧。"

刘武见春芬也催他说出实情，被迫张口说道："她也不是外人……"

刘武刚要继续往下说，那胖女人立即疯了一样在原地叫嚷着，开始撒泼打滚。吓得月娥赶紧闪到了一边，众人也一齐发出了惊叹声。

批　斗

众人看胖女人又要发狂，又一起合力将其制伏。刘武见状怕把事情闹大，用好似求饶的口气高喊道："是我女儿！我的女儿！行了吧，求求你们，都别再闹啦！"众人一听，立即住了手。

春芬一下就沉默了，愣直地坐回石鼓凳子上开始运气，壮壮惊得下巴已经掉到了地上，钢子和小帅、月娥几人则尴尬地面面相觑，胖女人也停止了撒泼。

赵主任叹了口气说："唉！我……我一猜就是这种事儿，行……行啦，既然你老刘也说了实话了，那咱们就说说吧，这下一步该怎么办啊？"

刘武恳求道："只要别报警，其他怎么都好说，孩子还小，别毁了她前途。"

壮壮一听这话，纳闷地反问刘武道："还前途？都胖成这模样了，还能有什么前途？"

春芬一看壮壮急了，她也急了，对他吼道："刘壮壮！你给我闭嘴，那是你亲妹妹！"从小到大，春芬在对壮壮的态度上有一个规律，那就是每当壮壮极喜极悲，或者极其愤怒的时候，她也都会发火，企图用更夸张的情绪把壮壮的情绪浇灭。壮壮当着这么多人的面，不好跟母亲顶嘴。虽心有不甘，但也只得闭嘴，让老人们去处理。

赵主任寻思了一下说："哎哟，这……这……我说了可不算，还……还得问大家的意思。"赵主任说完，转脸看着周围的村民们说：“你……你们……有……有没有……想报警的？”

那个夏天时曾被林书记请吃饭的贫困户老熊第一个跳了出来说：“报警！必须报警处理，她都祸祸村里好几年了，不能饶了她，得让警察好好治治她！”

郭大娘严厉地反驳那老熊说：“她吃你家啥啦？你有什么资格报警？就你们家那穷样儿还报警呢？耗子都懒得去你家偷食。”村民们听后，立即发出了一阵爆笑。

老熊刚要还嘴，赵主任就插话道：“老熊头你……你他娘的闭嘴，你没资格报……报警，其他人呢，其他人有想报警的吗？”赵主任话一出口，大家又安静了下来。

隔壁老王支支吾吾地说：“咳，我看就算了，刘武这些年，过年过节的也没少给大家送这送那的，不就是偷吃了点东西吗？也不是啥大罪。”

郭大爷也附和道：“是啊，算了吧，有这闺女也够刘武受得了。”几个年轻时就跟壮壮父母关系不错的村民，也都轻声附和着说算了。

但赵主任却不依不饶地说道：“那……啊……那不行！一码归一码，送礼是送礼，偷盗是偷盗。”

刘武丧着个老脸，一副豁出去的表情说道：“我赔！这些年，大家被偷吃的损失，都照价赔偿！”刘武说完，又转头冲着儿子说，“壮壮，你去取纸笔来。”

壮壮瞪着刘武，沉默地表达自己并不愿意去。刘武又严厉地说道：“愣着干什么？赶快去！”壮壮极不情愿地从小卖部的柜台里拿来了记账的纸笔。

刘武让壮壮做记录员，让村里蒙受过损失的人家把物品清单都列一下，大家推脱说算了。赵主任这时候说：“要……要不要是你们的事，赔……赔不赔是刘武的事，他必须做到胸中有数。”大家听后无奈地开始逐个发言，各自叙述了这三年多来，自家厨房里被这个胖女人偷吃掉的东西：

隔壁老王报说，今年损失猪肉白菜馅饺子三斤，去年损失了贴饼子一笸箩、月饼一盒，前年损失最多，他不记得了，都是一些剩菜剩饭以及过年时的一些点心和年糕之类的吃食。

刘佩琪的爹刘根表示，前年家里损失了整整一个大猪头，但去年和今年家里没有猪了，也养了狗，就没再损失啥了。

郭大爷很随意地报说，记不太清，也就前年丢了几笸箩窝头，后来养了狗，就没再被偷过。

常大爷家表现最夸张，他甚至拿出一张纸条念了起来。其后，陆陆续续有不少村民都报告了自家的损失。而当那个老熊报告自家的损失时，胖女人却蒙在被子里说："没有！我没有去过你家！"

众人纷纷冲老熊投去鄙夷的目光，立即有人嘲讽道："该不会是你家胖丫吃了，你冤枉别人吧。"老熊听后，只好作罢。

刘武在赵主任的逼迫下，给各家都写了赔偿的字据。最后为了封住老熊头的嘴，刘武甚至也给老熊写了字据，答应给他每年100块，三年下来共300块的精神损失费。大家各自签好字，表示日后不再追究后，就各自散去了。

赵主任一副非常满意的表情，临走前还甩下话，让刘武以后把自己这胖闺女看紧点，若再出现她去别人家偷吃的事，就不客气要报警了。

春芬见众人散去，才猛地拍了一下桌子，愤怒地冲着刘武大吼了一声"骗子！"就气哼哼地转身回屋了。刘武见状赶忙追了过去。

壮壮翻看着账本上的记录，纳闷地问胖女人说："这些也没什么啊，你怎么就吃得这么胖了？"

这时月娥走了过来，她翻了翻账本，把记录在账本最后几页的内容指给壮壮看。壮壮把所有的记录相加，粗略算了算，损失大概有：饼干3箱、大可乐136瓶、小雪碧344瓶、火腿肠3箱、罐头36瓶、方便面300多盒，还有若干啤酒、锅巴、薯片、辣条。

壮壮震惊地问月娥，怎么这么大损失也不说。月娥委屈地说，都是刘武拦下来了。

时候不早了，钢子和月娥回房取了事前收拾好的行李就离开了，临走前安慰壮壮和小帅说他俩办完事就回来。

送走了钢子和月娥，壮壮跟小帅立即傻了眼，不知道该拿这胖女人怎么办。小帅缩缩脖子，闪躲着说："他是你妹，你上吧。"

壮壮郁闷地反问道："你大爷的，不是你跟我抢爹的时候啦，不也是你妹吗？"

小帅撇撇嘴反驳道："她肯定比我大，最多也是姐。"两人这才想起来问胖女人多大岁数和叫什么名字之类的问题。

胖女人半天不说话，壮壮只得拿出可乐做诱惑，她才小声地回说："我28岁了。"

虽然壮壮多次逼问，但她始终不肯告知自己的姓名，壮壮只好作罢。壮壮算了算，发现不对，28岁应该是1992年生人，那时候自己父母还没离婚，这么说来她很可能是父亲婚外恋的产物。看来父母离婚的原因并没有那么简单。心里顿时又对刘武生起了怨恨。

壮壮看胖女人这么大块头，又如此生猛神力，不禁想起了郭德纲的评书《丑娘娘》，于是就给她起了个外号，叫钟无艳。小帅比壮壮嘴甜多了，他居然真的管胖女人叫起了姐。

小帅给了钟无艳一罐可乐，她折腾一夜显然也是累了，一口就干掉了，还打了一个长气嗝。这情形，看得壮壮很不自在。钟无艳喝完还叫饿，壮壮跟小帅又给她做了顿早饭。她吃饭时狼吞虎咽的样子，看得壮壮心里又是一阵拧巴。

吃完早饭，贾姨拿着大宝剑走了出来，并看到了坐在院子里的钟无艳，壮壮主动告知了贾姨事情的原委。贾姨听后无奈地摇了摇头，没有做出任何评论，就出门练功了。

壮壮因为要在家里盯着钟无艳，不能跟着贾姨上山练功了，壮壮不知道该拿这个突然冒出来的妹妹如何是好，只得敲母亲的房门问下一步应该怎么办。一进门却看到母亲正在收拾东西准备离开。

虽然刘武一再恳求，但是春芬执意要走。她不愿意整天看着刘武的这个丑陋女儿度日，更不愿意去管她，只想自己出去旅游些日子，逃避这些恶心事。

壮壮担心母亲一个人不安全，思前想后，建议父亲带着母亲去南方战友家玩几天，缓和一下母亲的情绪。春芬没反对，算是同意了。

中午的时候，刘武让钟无艳洗澡。钟无艳说自己身上很多部位都够不着，刘武无奈，只得厚着脸皮求春芬帮忙。春芬很不情愿地一边嘟囔着，一边捏着鼻子帮钟无艳洗澡。最后太阳能热水器中的热水都用光了，也没有清洗干净钟无艳肮脏的身躯。壮壮跟小帅先后又烧了 30 多壶热水，端了 50 多盆清水到浴室门口，跑前跑后地伺候着。

春芬一会儿大声抱怨着：“刘老骗子！去给你闺女找个长柄刷子来，她这身上全是泥！”一会儿春芬又高声喊道，“哎呀，这头发怎么脏成这样了，根本捯饬不开了，干脆剪了吧！”

刘武找了把剪刀，递给春芬。钟无艳的鸟窝头，很快就被剪成了一脑袋长短不一的中长发。虽然奇丑无比，但好在看着利落了很多。

钟无艳洗完澡，春芬竟找不到一件适合她的干净衣服。壮壮只得翻出自己去年的大号运动服，让她先凑合穿。没想到壮壮穿着都有点肥大的衣服，穿在钟无艳身上居然是紧裹着的，将将把她一身的肥肉塞了进去。壮壮和小帅看在眼里，都愁得有些崩溃。

刘富贵和黑牛跟钟无艳应该不是第一次见面了，它俩一边汪汪叫着，一边摇着尾巴往她身前凑。钟无艳也挺喜欢这对假父子，低头抚摸着黑牛的脑袋。

刘武终于打开了偏院大门上的铁锁，壮壮跟小帅还是第一次踏入这块神秘的领地。里面杂乱地堆放着一些农具。当壮壮和小帅推开钟无艳藏匿的破房子大门时，立即被熏了一个跟头，连一旁的刘武也捂起了鼻子。

壮壮开口埋怨道："怎么臭成这样，你也不管管！"

刘武无奈又无辜地解释说："她根本不让进屋啊！"

壮壮继续问刘武说："那你每次进来都干吗了？"

刘武解释道："送饭和一些日常用品，清理她扔出屋的垃圾。"

"你不会少送点？让她吃成这么胖！"壮壮完全不理解刘武为何要这么惯着钟无艳，心里觉得这无异于是在变相杀人。

刘武则怪异地看了壮壮一眼说："这孩子可怜啊，我想着时间慢慢能修复一切，谁知道她越来越严重。"

壮壮费解地说："时间狗屁也修复不了，只能把问题越积越深。她到底咋了？究竟是经历了什么事情，才让她不肯出门见人，躲在屋子里暴饮暴食的？"

刘武并没有回答壮壮的问题，像是有什么难言之隐，他让壮壮先不要多问什么了，现在的首要目标是稳定住她的情绪，然后帮助她调理好身体，千万不能再刺激到她。

小帅一把关上了钟无艳的房门，捏着鼻子开玩笑地说："这房子我看还是一把火烧了吧，这里没法住人了。"

刘武说让钟无艳先住客房，可钟无艳说什么也不肯，并一头钻进了壮壮的房间不肯再出来，气得壮壮鼻子都歪了。最后无奈只得把房间让给了她，自己搬到客房里住了。

春芬本打算下午就出发，但刘武拜托她和贾姨先帮忙调理一下钟无艳的身体。春芬自然是不乐意的。连贾姨也委婉地表示天气凉了，自己该去南方过冬了。

刘武见两人都不愿意帮忙，就和春芬、贾姨闷在屋子里谈了很久。最后两人终于勉强同意帮忙调理一下钟无艳的身体再走。看来女人与女人之间，果然是同性相斥。

傍晚的时候，大家一起吃完晚饭，坐在院中聊天。贾姨当着大伙的面，教育起了钟无艳，她苦口婆心地劝解了钟无艳一个多小时，归纳起来的大概意思是：

人的一生本就短暂，但太过于肥胖的人，生命就更为短暂，而且胖子会因缺乏一些人生必要的经历与体验，造成性格上的扭曲。

大胖子首先是孤独的，因自身丑陋的外表，自小就很难平等地获得友谊，更别提什么美好的爱情。因为很少有人能接受一个好吃懒做的恋人，即便是有，大多也是被权势和金钱所扭曲了。

大胖子内心是有仇恨的，因经常遭受外界的嘲笑，内心会变得十分敏感、不自信，甚至是严重的自卑，这种性格很难和谐地融入社会。好像胖子们举手投足的每一个动作都是错的，都是时刻会招致嘲笑与攻击的弱点，这让他们多少都有点仇视社会。就连常人总挂在嘴边的一句“胖子有安全感”和“胖子忠厚老实”实际上也是虚伪的夸赞而已。

一个肥胖女人的命运注定是更加可悲的，她的一生都将不停地遭受来自整个社会的抨击。

一个女人，再怎么堕落也不应该去糟蹋自己的身体，女人的天职就是繁衍生命，那就有义务保持自身的健康，这样才能生出体质良好的孩子。并且要建立饮食合理规律、作息正常的生活习惯，这样才能教育影响下一代，确保其养成正确处事行为。

总之，大胖子与正常人之间，看似只是多了几十斤肥肉，实际上还有更多的隐藏差距，胖子也是正常人中最接近残疾人的。

壮壮感觉贾姨这番话言之凿凿，像是一下脱光了全世界大胖子的裤子，也可以说简直就是扒掉了所有大胖子那层虚伪的外皮。这让此刻同为一个胖子的壮壮，瞬间产生了一种鲜血淋漓的赤裸感，听得他这个顽固不化的死胖子，都想要减肥了。

钟无艳听贾姨说这番话时，一直沉默着，其间没有做出任何反应。壮壮假借着回应贾姨，也劝解钟无艳说："是啊，女人胖一点儿是可爱，胖多了可就是灾难了。"

钟无艳翻起一对巨大的白眼球瞪着壮壮，片刻又低下头轻轻地说道："我也知道不应该这么胡吃海喝，但不开心的时候就是控制不住进食的欲望。"

贾姨一副不可饶恕的表情看着钟无艳，严厉地说道："一个人如果任由着内心的低级欲望发展而不去加以合理控制，那么他的人生注定是一场悲剧。从今天起，你就要发心，换个缓解情绪的方式，改掉这个心理上的臭毛病。"

春芬听到这话突然"哎哟"了一声，好像想起了什么重要事情的样子，转眼看着钟无艳问道："姑娘，你是从小就这么胖吗？现在你还饿不饿？"

钟无艳被春芬问得直犯愣，没有开口说话，一旁的刘武虽然畏惧春芬，但还是替钟无艳辩解道："这刚吃完饭，咋还能饿？"

春芬没有搭理刘武，而是走到钟无艳身前，仔细地观察了一会儿她，还看了看她的面相和眼神，又杵了杵她继续问道："问你话呢，你从小就喜欢暴饮暴食吗？现在到底饿不饿？"

钟无艳一脸恐惧地看着春芬，生硬地摆了摆头。春芬看着她，思索了一下说道："有一种罕见的，遗传基因造成的疾病，叫普拉德－威利综合征，俗称小胖威利综合征，得了这种病的孩子，临床表现为控制不住食欲、智力有轻微的障碍、性发育不明显等特征。”

壮壮听到这里，想起了刘富贵口中叼来的那个巨大的E罩杯，便立刻开口喊道：“不可能，不可能，性发育不明显这一条肯定是不存在的！”刘武听完，狠狠瞪了壮壮一眼。

贾姨支了一下鼻尖上的眼镜，显然多年被道家养生思想影响的她，对于春芬这个西医主任医师的结论有点抵触，但她还是冷静地问春芬道：“那这是心理疾病，还是生理疾病呢？”

春芬立刻职业上线，开口解释道：“肯定是生理疾病啊，我从医三十多年了，只见过两例，十分罕见而且很难治愈。要终身服药并与食欲做斗争，无法根治，也无法独立生活，需要家人长期配合监管。”贾姨一听春芬从医三十多年，便也闭了嘴，不再追问什么了。

壮壮却对这个奇怪的病挺感兴趣的，问春芬这病是怎么得的。春芬解释道：“每个人的人体细胞内都有23对DNA染色体，如果父亲第15号染色体，有一条印迹基因出现缺陷，就会遗传给孩子，造成孩子得小胖威利综合征。”

春芬话音一落，众人齐刷刷地看向刘武，吓得壮壮立即大声问道：“天哪！爸你没这毛病吧？我靠，难道我也有那小胖什么综合征的遗传基因？”

刘武尴尬地看了大家一眼，态度很坚决地对壮壮说：“滚！老子没那毛病。”

春芬撇了刘武一眼后，语气怪异又生冷地说道：“或者母亲同时拥有两条带有此缺陷的第15号染色体，也有可能遗传给孩子。”

贾姨此时插话道：“那这闺女这么暴饮暴食，到底是不是这个小胖威利综合征啊？”

春芬听完，再次把目光投向了钟无艳，淡定地说道：“这就要看这个闺女到底说不说实话了，我看她发育倒是挺正常的，但不知道智力方面有没有问题，还有她是不是一直处于严重饥饿的状态下。”春芬说完，大家再次望向钟无艳，她却依旧低头不语。

在一边听了半天的小帅着了急，他推搡了一下坐在身旁的钟无艳说：“哎呀，姐！你赶紧跟郑姨和贾姨说实话啊，你现在饿不饿啊？”

钟无艳还是低着头，瞄了众人一眼后，轻声地说道：“好像是有点饿了……”

壮壮听完双手抓着自己的头发，表情崩溃地喊道：“我靠！你还真是小胖子综合征啊？”他伸手抓起身旁小帅的衣领子说：“我记得小时候，咱爹又高又壮的，就是个胖子啊！就是他遗传的啊！怎么办啊，完蛋了，我是不是也有胖子综合征啊？救命啊！”

春芬气得给了壮壮脑瓜子一巴掌，疼得壮壮“哇呀”一声惨叫。她生气地呵斥道：“你别跟着添乱了，你正常得很！就是从小就嘴馋！”

壮壮听后，立马放心了，轻拍着自己的胸脯神神道道地说道：“呼……吓死宝宝了，还好、还好，我不是胖子综合征，不是……”

贾姨被壮壮的傻样逗得扑哧一笑，但又很快回过神来问刘武说：“咦？武哥……那会不会这闺女是遗传她母亲的基因了呢？你另一个老婆身材怎么样，她胖不胖？”

刘武没过脑子地开口回答说：“她？她不胖，身材很好，苗条着呢，这没她什么事。”

不想，刘武的话音刚落，春芬立即生气地拍了把桌子，狠狠哼了声，一甩胳膊，转身回了房间。众人见状都被吓了一大跳。刘武这才反应过来自己说错了话，悔恨得直跺脚抽自己嘴巴。

壮壮和小帅被刘武低下的求生意识，逗得爆笑成一团。刘武有点埋怨地看了看贾姨，又无可奈何地看了看钟无艳，哀怨地叹了口气，就转身去追春芬了。

贾姨表情也略显尴尬。剩下的几个人也停止了对钟无艳的轮番批斗与审问，无趣地各回各屋了。

本以为荒诞离奇的一场闹剧，就此告一段落了，可是到了半夜，后院里却传来了钟无艳时隐时现的哭泣声，久久不曾平息……

清　理

第二天，春芬和贾姨在后院的老房子里给钟无艳检查起了身体。春芬还让刘武去刘根家借来了公秤，又是给钟无艳称体重，又是给她看舌苔、量血压、听心跳，忙活了半晌却来了句让刘武拉着钟无艳去医院做个全面体检。钟无艳一听，又开始抽风似的大喊大叫，不肯去医院，搞得春芬一脸迷茫。

壮壮倒是能理解钟无艳怕见人的心理，他一边安抚着母亲，一边劝贾姨使用中医方法为钟无艳治疗。刘武安抚好钟无艳，也求贾姨出手。气得春芬撂了挑子，转身回了房间，临走甩下一句："都快 280 斤了，再不减肥就等死吧！"这数字吓得壮壮和小帅都倒吸了一口凉气。

一直看在一旁的贾姨也不敢招惹春芬，只是偷笑着接过了班，开始对着钟无艳"望闻问切"起来。片刻后也是焦急地摇了摇头，用一种不可思议的语气说道："这姑娘脉象乱得很，要再这么胖下去，怕是真活不了多久啊！"

起先钟无艳见中医、西医都给自己判了死刑，也傻了眼，但她很快又回过神来，没有哭闹，眼中还泛出一丝光亮来。壮壮突然感应到她好像跟曾经的自己一样，也以为死亡是一种解脱。

刘武使劲地揉着自己的老脸，愁得说不出话来。壮壮心疼父亲，便对钟无艳大声呵斥道：“你以为死就解脱啦？带着一身肉，连焚化炉都塞不进去，还不是要连累我们陪着你一起丢人现眼！”

钟无艳听后脸一下变得刷白。显然她没想到有人能猜透自己的心思，她痴愣愣地望着壮壮，然后突然“哇”的一声号啕大哭起来。

刘武连忙上前安慰道：“没事，你壮壮哥刚来时差不多也是你这体重，半年下来不是也瘦了这么多了！”

壮壮一听自己又躺枪了，立刻不乐意地反驳道：“别闹！她跟我能比吗？我一个老爷们一米八三才 260 斤，可她……喂！钟无艳你多高？”壮壮一边反驳着，一边问钟无艳。

小帅听后扑哧一下乐喷了，笑着说道：“才 260 斤？ 260 斤已经很过分了好吗！”小帅说着走到钟无艳身前把她扶了起来，比着自己的身高，又拉着壮壮跟钟无艳比了比身高后，继续说道，“好家伙！姐，你可真够高的，怎么也有一米八了吧！”

钟无艳被小帅毫不嫌弃自己的行为惊到了，她羞愧地回应小帅道：“没有一米八，只有一米七八。”

贾姨听后感叹了一声，又接着说道：“好啦，赶紧减吧。我先把她经络疏通一下，不然她代谢这么差，还会越来越胖。哎，对了，你例假正常吗？”

贾姨话音一落，钟无艳就尴尬地看向壮壮和小帅。刘武一听，也立即让壮壮和小帅出去。贾姨也冲刘武友善地笑了笑，还是让刘武请回了春芬。

之后的三天时间里，贾姨就像半年前治疗壮壮时一样，在春芬的配合下，给钟无艳做了一整套按摩、拔罐、贴药、针灸的中医疗法。后院里再次回荡起杀猪一般的鬼哭狼嚎。

起先这惨叫声听得壮壮特别高兴，感觉很解气，觉得那钟无艳就是活该。但听到第三天的时候，心头又莫名地感到一丝悲伤。

这几天壮壮、小帅和刘武也没有闲着。刘武在厨房里又是烧水，又剁姜末，还要给全院的人做饭。小帅和壮壮则忙着清理肮脏恶臭的偏院破房子。

哥俩预备了一次性的口罩、橡胶手套，还用报纸折叠了防尘的帽子，小帅还不知道从哪里找来一个泳镜戴了起来。随后两人抱着视死如归的决心，冲入了破房子中。

这就像是壮壮命中注定的一次清理任务。曾经，他逃过了清理自己在北京的三居室，现在却在这偏僻的小山村里，给自己突然冒出来的巨型妹妹清理这肮脏的房间。

两人先把钟无艳的被褥扔出了房间，随后又不由分说地用大扫帚清扫屋内的垃圾。钟无艳毕竟是一个女人，屋里的脏手纸并不多，垃圾也都是用塑料袋包裹好的，写字台上还整整齐齐地堆满了已经被翻成破烂的旧书。

壮壮几乎搬空了整间屋子，从前院接过来长长一截水管子，用扫竹蘸着 84 消毒液，把钟无艳的房间里里外外冲刷了三遍，才算把墙面刷出点透亮颜色。真不明白，那钟无艳也不抽烟，单就是不洗澡散散体味而已，屋里怎么会恶臭成这样。最后还是小帅不怕累，捏着鼻子洗刷了屋里卫生间的马桶。

虽然两人把钟无艳一直藏匿的房间表面清理干净了，但是里面仍然一股子恶臭萦绕着。于是他们决定把这个房间改成杂物间，以后不再住人。

壮壮把偏院里的杂物搬进了屋子，刘武把大铁门彻底拆了，从此偏院连通了后院和前院，农家院里再也没有禁止入内的区域了。面积一下扩大了很多，院落也变得通透了起来。

壮壮突然发现偏院紧挨破屋的墙根下，有一扇向下开启的方形大铁门。以前院子里的杂物太多，都没有注意到这个铁门。壮壮连忙跑过去掀开门看，发现这儿竟是一个地下菜窖的入口。

里边黑乎乎的，散发着怪味儿。壮壮顿时好奇心爆棚，找来手电，一头钻了下去。小帅守在地窖的入口，没有进去，只是向里探望着脑袋，问壮壮里边都有啥。

壮壮大着胆子，顺着台阶下到了里面，眼前出现了向左向右两个岔道，壮壮先选了左边的路走。曲曲弯弯走了一会儿后，钻过一个破洞，竟然来到了农家院的厨房下，并从厨房左侧的楼梯下的一个木门里钻了出来，吓得正在做饭的刘武蹦起老高。

刘武心有余悸地质问壮壮是怎么从地底下冒出来的，壮壮就拉着刘武又钻进了地窖。原来这钟无艳竟然偷偷地打通了老房子和厨房的地窖，惊得刘武和壮壮顿时哑口无言。

两人又顺着往地窖右边走，没想到竟然从邻居老王家院外墙根下的一个看似通风口的地方钻了出来。一切关于钟无艳半夜偷吃路线的谜团终于解开了，连刘武都不知道原来这偏院里还有这么一个四通八达的秘密通道。

壮壮决定把从钟无艳房间中清扫出来的垃圾一把火全烧了，只保留了一些旧书。临点火前，钟无艳裹着一条大被单，打着赤脚，不顾后背上的玻璃火罐和壮壮的阻拦，强行从垃圾中抢走了一本相册。

夏天种下的那一亩半棉花，被胖婶正正好好纺成了两套被褥，一套给了春芬，一套铺在了后院里钟无艳的房间。

三天以后贾姨收拾了细软，准备去海南过冬。临行前，她给钟无艳留下了一个中药方子，叮嘱刘武每天早晚各熬一服，帮助钟无艳清理体内的垃圾，还能顺便调理一下例假。壮壮无意中听到贾姨对父母说，钟无艳已经停经好几个月了，减肥都是次要的，现在首要的任务，是先要让她来月经排毒。

贾姨走后，春芬看着贾姨开的药方，一脸不悦地还是建议要带钟无艳去医院仔细检查一次才稳妥，因为不来例假的原因有很多，可能是卵巢囊肿，还有可能是子宫肌瘤，不能这么随便号脉简单下药。并且建议像钟无艳这种巨型胖子，应该去做袖状胃之类的减肥手术，从而彻底改善她的代谢系统。

结果钟无艳依然死活不肯去医院，春芬一气之下，再次收拾东西要走，嘴里骂骂咧咧地喊道："这闺女随谁了！怎么就不识好歹，跟我要害她似的。刘老骗子！你这辈子除了娇惯还会什么！我不跟你这里生这种糟心气了，你个臭不要脸的还好意思说是让我来散心！我呸！伺候完儿子，伺候我妈就算了，现在居然还要帮你伺候这么个大傻闺女，那我这辈子算什么？你的狗奴才吗？"

时隔23年后，刘武再次被春芬骂了个狗血淋头，他为难地抱头哀怨着，一时间没了主意。一旁的钟无艳只是低着头，沉默不语。

壮壮不忍父母都这个岁数了还享不上清福，更不愿这个刚刚重圆的家庭再次被这个该死的钟无艳搅和散了，于是拍着胸脯承担下来了照顾钟无艳的事，让刘武放心陪春芬去福建找战友玩。

起初刘武并不同意，一个劲地说不行。最后壮壮也急了，拍着桌子跟刘武大吼道："我已经35岁了！你知不知道，你这种不信任，是对我的一种侮辱，奇耻大辱！"

小帅看着壮壮和刘武剑拔弩张的架势，赶忙解围道："爹，你就陪郑姨去吧，这里不是还有我呢。"刘武这才勉强同意。他安抚好了春芬，让壮壮订了两张第二天去厦门的机票。

临行前的这天晚上，刘武一夜都没合眼，一头钻进厨房里，拼命地蒸馒头、拌肉馅、包团子、烙煎饼，还晾了一些茄子干，足足备下够吃一个月的口粮。直到出门前，刘武还在一遍一遍反复地叮嘱壮壮和小帅厨房中的各项注意事项，并让他们千万盯紧月儿，不能让她再胡吃海塞，壮壮虽烦不胜烦，但还是被这个老家伙感动了。

壮壮突然反应过来，问父亲月儿是谁。刘武则告知壮壮，钟无艳的本名叫月儿。壮壮一撇嘴翻着白眼表示，这么可爱的名字，自己可叫不出口。决定还是继续叫她钟无艳。

壮壮开车送父母去了机场。回来的路上，壮壮按照贾姨的方子，随便找了家中药店给钟无艳抓了七服中药。回到柴火沟农家院时，已经是晚上了，壮壮开了一天的车很是困倦，于是也没顾上给钟无艳煎药，把药包扔在厨房里，就回屋睡觉了。

第二天醒来，已经上午 10 点多了，壮壮来到厨房发现小帅和钟无艳正围坐在灶火旁熬药，有说有笑的。但他们看到壮壮进屋的一刹那又立刻收起了笑容。

小帅殷勤地给壮壮端上了早饭，钟无艳却怯生生地不敢看壮壮，就好像她是一个特别文弱胆小的女生，十分惧怕壮壮似的，搞得壮壮反倒像个外人般别扭。这让壮壮想起了以前在公司里，自己竭力想讨好那些 90 后，却始终融不进去的感觉。

小帅开口抱怨着七服药少了些，连钟无艳也颤巍巍地拿起贾姨的药方，又对照着药店开具的单子告诉壮壮少开了一味柴胡，估计药效不够，搞得壮壮一时间还有些惭愧。

壮壮企图找些事转移话题，可现在正是农闲时候，农家院各处也实在无事可做，三个人连桌麻将都凑不够，想了半天，最后提议玩斗地主，小帅和钟无艳也同意了。为了给游戏加点乐趣，壮壮提议输的一方要围着小院跑三圈。

没想到这钟无艳的牌运竟然如此之好，连续五局玩下来，愣是一把没输过。壮壮觉得照这么下去自己都要跑废了，于是赶紧提议换个游戏玩，小帅也意识到钟无艳一直没有跑过圈。

小帅提议玩象棋，壮壮不会那玩意，提议玩五子棋，最后争执不下，就把决定权交给了钟无艳。她一脸淡定地低头轻声说道：

"随便。"

壮壮搬来了钢子做的木头围棋盘，开始跟钟无艳大战起了五子棋，继续以输一局跑三圈的惩罚做赌注。可没下过三十手，黑方的钟无艳就用了一着"冲四活三"赢下第一局。壮壮不服，把规则改成三局两胜，为了抵消耍赖的负罪感，把赌注加到了罚跑十圈。

壮壮跟钟无艳调换了棋子颜色，自己做黑方。结果钟无艳又跟壮壮玩了一着"双三"，赢下了第二局。壮壮气急败坏地，又把规则改成了五局三胜罚跑二十圈，结果自己还是个输。气得壮壮怒吼一声，扔下棋子就出去跑圈了。

一旁观战的小帅意识到自己五子棋的水平不是钟无艳的对手，他想到自己夏天时总看刘武和贾姨下棋，虽说不是象棋大师但水平自觉还可以，特有信心在象棋上获得胜利。

壮壮一边围着小院跑圈，一边给小帅加油，他看着信心满满的小帅和愁容不展的钟无艳，立马提议把象棋的赌注也加到二十圈。可没等壮壮这二十圈跑完，小帅就突然大叫一声，扔下象棋子，疯狂地跑起了圈。他一边狂甩着胳膊，一边歇斯底里般不停地叫嚷着："啊——，'海底捞月'加'白脸将杀'啊！这套路也太深啦，天哪！"

刘富贵和黑牛也被壮壮和小帅的异常举动惊得直叫，刘富贵更是跟着他们跑了起来，农家院里顿时两男加一狗胡乱跑成一团。

那钟无艳却淡定地坐在凳子上，端详起了钢子用水晶滴胶做的象棋子来，全然不顾周围已经跑得累成狗的哥俩。

二十圈跑完，壮壮和小帅气喘吁吁地坐在石鼓凳子上，彻底放弃了企图用棋牌游戏逼迫钟无艳跑圈的想法。小帅喘得上气不接下气地对钟无艳说道："姐！我真服了，你……你还会玩什么？"

钟无艳平静地看着狗喘的哥俩，轻声说道："国际象棋也行，不过最拿手的还是围棋。”

壮壮听后立刻一脸蒙，费解地说道：“我去！就这我妈还敢怀疑你有小胖子综合征呢，你……你要是小胖综合征，那我俩就是智障癌晚期了。”

小帅也累得一脸不情愿地转身去了厨房。却不想钟无艳这时候从凳子上抬起了大屁股，表示今天的午饭由她来做。小帅积极地响应着，表示给她打下手。

钟无艳先是审视了一遍刘武留下来的食材，又问了问小帅哪里有辣椒，寻思了片刻后，竟然取了些黄米到小磨盘里研磨了起来。

壮壮也不知道钟无艳打算做些什么饭，但又不想一个人待着，就坐在厨房里，一边翻看着朋友圈里眼戴墨镜、身披围巾的春芬各种飒爽英姿的摆拍照片，一边观摩着小帅和钟无艳两人做饭。

钟无艳把研磨好的黄米和着糯米粉揉成了团，捧在手中包了一片茄子干和肉馅进去，还塞了些辣椒面，再擀压成圆饼的形状，她包好几个圆饼后，就转身去灶台旁起锅开始烧油。壮壮惊奇地发现，她这是要做炸糕。

一旁的小帅看后好像意识到了什么，也学着钟无艳的手法，包了几块炸糕出来。壮壮也走到炸锅旁，静静地看着钟无艳翻转锅中的炸糕。厨房突然沉浸在一种莫名神圣的氛围中。

几分钟后，油锅中的炸糕已经变得金黄。钟无艳用笊篱从翻滚的油锅里捞上一盘摆上了桌，壮壮和小帅盯着看了半天却没人伸手来吃。

片刻后壮壮觉得炸糕凉了一些，就问钟无艳道：“这是谁教你做的炸糕？”钟无艳一副怯懦弱女子的样子回说是她娘教的。

小帅伸手取了一个炸糕，举在嘴边犹豫了一会儿，一口咬了下去。壮壮见他没有被烫到，于是也伸手取了一个吃。

没想到这炸糕表面虽然不烫了，里面却依然很热。壮壮差点被炸糕里面的那片热茄子烫出一嘴泡。而且这炸糕的馅料真是怪异，壮壮想不明白好端端的炸糕，为什么非要做成辣了吧唧的口味，还要放一片茄子进去，便开口抱怨道："这是啥诡异做法啊？肯定又是南方人琢磨的，茄子、辣椒、肉馅，这都哪儿挨哪儿啊？"

钟无艳听后没有说话，头又往下低了几度，默默地咬着这诡异的南方茄子炸糕。壮壮虽然觉得不好吃，但也不能浪费粮食，强忍着继续不紧不慢地啃咬着手中的炸糕。

可一旁的小帅却突然抽了疯，一口接着一口，一个接着一个地猛吃起这茄子炸糕来。看得壮壮和钟无艳都有些傻眼。壮壮纳闷地盯着小帅，发现他眼中竟微微泛起了泪花。

"你这是怎么了啊？学钟无艳狼吞虎咽，想去快脚短视频做吃播啊？"钟无艳听后，尴尬地瞥了壮壮一眼，气愤地转过了身。

小帅转眼望着壮壮，好像在笑，又好像要哭似的说："就是这个味道，我娘做的炸糕就是这个味道啊！"

壮壮不过脑子地回嘴道："什么你娘，这是钟无艳她娘……"壮壮话没说完，突然想起了半年前的炸糕寻亲计划，便立即改口道，"我靠！你亲娘做的炸糕，就是这个味儿？"

小帅猛点着头说："是啊是啊！就是这个味儿！我死都忘不了。"

壮壮赶忙转身问钟无艳："月儿，你娘怎么会做这种炸糕的，她是哪里人？"

钟无艳本不想搭理壮壮，但她见小帅也一脸期盼地望着自己，只得轻声回答说："这是我娘老家的做法，她一直很思念家乡，总做些家乡的特色小吃给我们。"

小帅一下就对钟无艳臣服了，他连忙追问钟无艳她娘的家乡是什么地方，钟无艳想了一下说："湖南。"

壮壮继续问是湖南哪里，但钟无艳支支吾吾地说自己也记不清楚了，只记得地名中好像有个"hua"字。壮壮慌忙掏出手机，递给钟无艳，让她给她娘打个电话问问。钟无艳却没有接过手机，再次低下头沉默不语。急得壮壮大声抱怨钟无艳无用。

壮壮从网上查出了湖南里面带有“hua”字、境内有古城的地区，他一再追问钟无艳，她娘老家地名中到底是“华”还是“化”，是县还是市。她都是摇头表示不记得了。刘武的手机此时却又打不通，壮壮和小帅便一头钻进了房间里，开始挨个细数湖南省中的所有地名，再次把钟无艳排挤了出去。

新　衣

壮壮从来没有去过湖南，印象中只知道那里是伟大领袖毛主席诞生的地方，还有个芒果TV，除此之外几乎一无所知。

他打开高德地图，逐个查看着湖南省境内的地名，把所有带“hua”音字的地名，都记录了下来，大致有华容县、花垣县、安化县、新化县和怀化市，壮壮还发现这些地方都有座古镇，最差也有条仿古的步行街。

刘武打来电话报平安，并询问农家院里有没有什么异常情况。壮壮被父亲婆婆妈妈的叮咛烦得够呛，找了个机会插话问他二婚老婆老家的位置。

这次刘武终于长了心眼，此时春芬可能正在他身边，他放低了音量含含糊糊地说：“你问她干吗，还能是哪里的，北京的呗，好了，不说了，挂了！”

不等壮壮继续追问，刘武就挂断了电话。壮壮心想：这老头真有意思，虽说是二婚，但好歹也是自己老婆，他却连人家老家都不知道，看来我这个爹，中年时也是个渣男。

壮壮和小帅一直忙活到深夜。两人分工明确，把湖南省内带

“hua”音字的派出所电话、居委会电话、街道办事处电话和各地寻亲志愿者组织的电话、微信、QQ号，甚至是邮箱都查了个仔仔细细，罗列了一个长长的单子，准备第二天上班时间再逐个联系询问。

之后一连两天，哥俩都在疯狂地打电话、接电话、回信息，连饭都顾不上吃。但通过电话或者网络获得的信息都不是很靠谱，而且电话那头各种奇怪的口音，搞得壮壮十分着急，感觉千里迢迢的，根本使不上力气。

第三天中午，钟无艳端着两大碗像是凉粉似的东西拿给两人吃。壮壮这才反应过来，自己把答应刘武帮忙照看钟无艳的事情忘了个干干净净。

壮壮惭愧地接过钟无艳手中的大碗，深深地感到了自己的不负责任，头一次用正常的态度问钟无艳说：“这几天你都按时吃药了吗？”

钟无艳轻轻点点头说：“吃了。”她一边说着，一边给全神贯注的小帅端过大碗。小帅这个时候也反应过来对钟无艳的失职，懊悔地跑去厨房查看，半天才跑回来，愕然地说道：“天哪，那么些菜团子，你都吃了？”

钟无艳又轻轻点点头说：“吃了。”

哥俩听后，顿时傻了眼。壮壮吃了一口钟无艳做的凉粉，发现这并不是凉粉，味道十分软糯好吃，就问钟无艳说：“这是凉粉？味道挺独特啊。”

钟无艳回说：“不是凉粉，是米豆腐，也是我娘家乡的小吃。”

小帅吃了一口这米豆腐后，再次发起了神经，激动得结结巴巴地说：“这个有印象，我也吃过，肯定吃过。”

小帅说完，再次发疯似的拿起电话打了起来。对方一接电话，他就没头没尾地上来就询问对方当地有没有茄子炸糕和米豆腐。

壮壮感觉小帅已经情绪失控了，看来照顾钟无艳的事情只能自己来了。

壮壮飞快地吃完碗中的米豆腐，起身拍了一下钟无艳的肩膀，说："我去给你再开几服药，你老实待着。"说完，壮壮就驱车去了县城里的药房。

一路上壮壮独自开着车，脑子里被小帅寻亲的事情和帮刘武照顾钟无艳的事情，搅和得很烦。加之时下正是秋冬交替的季节，阴暗的天空被一层灰蒙蒙的雾霾笼罩着，令壮壮的心情愈加烦闷。

钢子和月娥回了老家，父亲、母亲和贾姨也都去了南方旅游，平日里热热闹闹的农家院，突然就这么冷清了下来，更是让壮壮此刻烦闷的心情平添了一份沮丧。

这时一辆高档的房车快速超越了壮壮的面包车，房车里大声播放着欢快的音乐，一副快乐驶向远方的架势。这使壮壮忽然萌生了一个想法，他想就这么一直不停地开车，开到一个很远很远的地方去，一个从来没有去过的地方，比如……开去湖南!

想到这里，壮壮顿时来了精神，猛踩着油门，加速开去了县城。他给钟无艳又抓了十服中药，并补全了上次漏买的柴胡后，还给面包车做了次全面保养。

壮壮兴高采烈地回到农家院，亲自给钟无艳熬了药后，用PS画了一个简单的路线图发到了小帅手机上，并跟他俩讲述了开车去湖南寻亲，顺便旅游的出行计划。

小帅听了全盘计划后，起先高兴得蹦起老高，但很快又提出了一些实际问题，比如农家院里的狗和鸽子谁照顾，还有钟无艳吃药的事情怎么办，更关键的是，这一路上不知道要花多少钱。

这前几条倒是好说，刘富贵可以带着一起去湖南，鸽子可以多放些鸽食，熬药可以带上麦地窝棚里的简易炉子，连农家院和黑牛也可以拜托胖婶先照看一段时间。

但这费用问题还真是个麻烦事，壮壮看了看银行卡里的余额，一想到那该死的房贷就犯了愁，想来自己一个35岁的大老爷们，总不能去花小帅的钱吧。一路上住店、吃饭、高速费、油费……没有个两三万肯定下不来。

壮壮一看银行卡的明细，突然又发现了个新的问题——怎么银行卡里的钱数，一直都没有变过，难道房子真的被收走了？那银行怎么都不通知一声呢？

一想到这些奇怪的事，壮壮顿时沉默不语，一旁的小帅看到他这副样子，以为他正在算计花费。于是小帅也赶紧拿出纸笔，一边查询着手机，一边写写画画了半天。最后，他又拿着写满算数公式的纸张对壮壮说："如果省着点，花不了多少钱，用爹给我的零花钱差不多就够了。"

壮壮拿过小帅的计算结果一看，上边写着：高速费、油费、住宿费和伙食费用等各项费用开支，一共是9870元。这个价格虽然比壮壮想象中的少了很多，但对于他这个长年还贷款的人来说，依然是一个庞大的数目。万一中途遇到些什么特殊情况，再多滞留个几天，肯定又是一笔上万元的花费。壮壮思来想去还是有点不舍得。

钟无艳看了看积极性高涨的小帅，又看了看一副抠抠搜搜嘴脸的壮壮，淡淡地说道："用不了那么多，有5000块就够了。"

壮壮和小帅听完立刻觉得不可思议，两人齐刷刷望向钟无艳齐声说道："5000块？怎么做到的？"

钟无艳平静地说道："高速费和油费省不了，但是住宿和吃饭可以省不少。"

壮壮立马问她说："怎么省？不吃不喝不睡啦？"

钟无艳瞥了壮壮一眼后说："吃饭，不是带了给我煎药的炉子吗？住宿，我自己住车里，你俩住旅馆，县城小旅馆一晚上也就80多块。”

小帅一听立马又算了算，然后拿着最新的计算结果说：“如果咱们自己做饭，15天往多了算也就500块左右；住宿按每晚80块算的话，15天只要1200块，哇！只要4800多块。”

起先壮壮听完这个数目，也是高兴了一阵，可转念又一想却发现了问题，立刻打断小帅说：“还是不行，再怎么说钟无艳也是个女的，这马上都要冬天了，咱们让她睡车里，不合适。”

小帅听完一下蔫了，抱歉地看着钟无艳说道：“哎呀，不好意思啊！姐，我把这事给忘了……”

但小帅并没有气馁，又提议说：“没事，那就让姐住旅馆，咱俩睡车里。”

壮壮无奈地看着小帅说：“就我这块头，咱俩能睡得开吗，而且晚上要休息不好，第二天怎么开车？”说完，两人再次陷入了沉思。

钟无艳又开口说道：“后院老房子里，有顶帐篷，可以用……”

壮壮和小帅一听便来了精神，立马催促着钟无艳带他们俩到后院的老房子里看帐篷。钟无艳不紧不慢地走到老房子的二楼，打开了一扇多年没有开启过的木门。

屋里的家具很老旧，一股子霉味，正对大门的木桌上摆着两个黑白遗像，墙上还挂着毛主席的画像。

壮壮被屋子里的霉味呛得直咳嗽，开口问钟无艳道：“你怎么会有这屋的钥匙，这照片里的人是谁啊？”

钟无艳没有回答壮壮的问题，只是撅起大屁股，从一张木板双人床下拉出一个大木箱，里边厚厚叠放着一堆迷彩绿的帐篷布。

几人把帐篷搬运到后院，笨手笨脚地铺开后发现，这帐篷可真不小，长宽都有四五米，别说住两个人了，住四个人都没有任何问题。就是外形低端了些，好像工地里施工队住的临时帐篷。

壮壮问钟无艳这帐篷怎么支弄起来，她想了想，又从杂物间翻出一个气泵来。几人接通了气泵电源，对准充气口，没用五分钟就撑起了两米高的帐篷。

小帅看到宽敞的帐篷，高兴得直蹦。壮壮也觉得有了这帐篷，出行的费用一下可以节省不少，一时有点忘形，本想感谢钟无艳一下，却没过脑子地说了一句："你要是个男人多好，那咱们连住旅馆的 1200 块都省了。"

可能是连续两次被人忽略掉自己性别的原因，钟无艳听完壮壮这句话，大胖脸立马耷了下来，一甩头钻进了房间不肯再出来。

壮壮也意识到了自己的冒失，本想给她道个歉，可刚一敲门，钟无艳就对壮壮大声地喊道："我不去啦，你们可以省钱啦！"壮壮一下被噎了回来，只好无奈地跟小帅一起准备出行的各种装备和物品去了。

第二天上午，壮壮又开着车去了县城，采购了蓄电池、桶装水和两个睡袋。为了保障行车安全，壮壮给五菱宏光前后都加装了防撞的保险杠，车后还安上了备胎架。为了给蓄电池充电，壮壮在车顶的行李架上安装了一块太阳能板。车头顶前部，还装了一排四个探照灯。

经过改装后的五菱宏光，立即摇身一变，前挺后撅上扣盖儿的，神气得活像个小坦克，简直牛掰得要飞起。

连改装车厂的工人师傅都冲壮壮伸出了大拇指说："兄弟你这车改得太牛了，要是再加装个防护网，你就可以开着它去新疆了。"

壮壮听后一激动，挥手一指自己的小坦克说："那就装之！"

改装完车，壮壮本打算折返，忽然看到马路对面一个服装店广告语中，赫然写着"加肥加大出口女装大甩卖"。壮壮这才想起，钟无艳还穿着破绵袜子、破拖鞋和自己淘汰下来的旧运动服。一时心生不忍，便走进了服装店，给钟无艳临行前也置办几件像样的衣服。

回到农家院时，小帅和钟无艳已经做好了饭菜在等他一起吃饭。壮壮跟小帅两人边吃边聊着出行的路线、寻亲的方案和各种准备工作完成的情况，发现差不多明天就可以出发了。钟无艳一听到他们聊这些话题，就开始疯狂地往嘴里扒拉饭菜，一副受了刺激的样子。

壮壮赶忙上前阻拦，一把夺下了她手中的筷子，严厉地呵斥道："又抽什么疯！告诉你啊，出门在外可不许这么胡吃海塞，给我丢人！"

钟无艳怒目圆睁地瞪着壮壮，歇斯底里地喊道："不用你管，我哪儿也不去！"说完，她伸出胳膊就要徒手抓菜吃，又被壮壮拦了下来。

壮壮强压着心里的火气对钟无艳说道："你别不识好歹啊，要不是我爸让我看着你，才懒得管你！再说小帅都认你做姐了，你就忍心不帮他找回亲生父母啊？"

钟无艳听完，先是一愣，看了看一脸惊愕的小帅，转脸又突然"哇"的一声号啕大哭起来，她咧着嘴说道："我连身像样的衣服都没有，你让我穿什么出门啊，还不如给你们省点钱呢！哇呜呜呜……"

壮壮松开了钟无艳的胳膊，很高傲地说道："那如果能有新衣服，你就能跟我们一起去了，对吧？"

钟无艳哭得更厉害了，歪咧着嘴回说："根本也买不着我能穿的衣服啊……"

壮壮一拍大腿说："好！你等着！"壮壮说完，就起身去车里把黑色羽绒服、黑色旅游鞋和黑色的弹力裤取了过来，一起丢给了钟无艳。

钟无艳抱着衣服一下就愣住了，在小帅的催促下，才跑出厨房去试穿新衣服。片刻后穿着一身黑色又跑了回来，傻呵呵地站在原地给壮壮和小帅看。

小帅倒是很替钟无艳开心。但壮壮瞥了一眼，觉得她穿得像头黑狗熊，只觉得一个女人穿成这样实在是惨不忍睹，忍住心里的不悦继续低头吃饭，听到坐回座位的钟无艳轻声说了一句谢谢。

礼 物

出发前，壮壮和小帅里里外外地仔细检查了两遍农家院中的各项设施，并拜托了胖婶照顾黑牛，又拜托邻居王大爷帮忙照看一下农家院。他们最后清点了一遍需要携带的物资，帐篷、衣服、药箱、口罩、消毒液、食品、饮水、炊具、狗粮、应急灯、工具箱、充电线等等一应俱全。壮壮怕天气太冷，还给刘富贵穿上了网红狗坎肩。

全部物资装车，临出发前的一瞬间，壮壮忽然想起了山上的小师父，想来天气渐冷，小师父独居深山，不知她是否会断粮食，于是又开车拉着小帅和钟无艳，带了些大米白面、蔬菜水果来到了小师父居住的山下。

壮壮和小帅各自手里拎着沉重的物资下了车，钟无艳起先不想下车，但她从车里探了探脑袋发现四下里无人，便也如释重负地下了车，跟着哥俩一起爬山来到了小师父居住的小寺院。

寺院外的大门敞开着，小师父正拖着一把大笤帚清扫院子。一听到壮壮唤她小师父，立即抬头望向三人，脸上笑开了花。她接过壮壮肩上扛着的米袋子，笑嘻嘻地说："刚煮上茶，你们就进门了。"

小帅也不是第一次见小师父了，礼貌地问候道："小师父好！"

小师父也连连回应着："小帅施主许久不见了，又精神了很多啊，遇到喜事了吧？"

壮壮接话道："喜事啊，大喜事，我们找到他亲生父母的线索了。这不临走前，给你送来些粮食，然后马上就要动身开车去湖南，帮他寻亲去了。"

小师父从容地回应道："不忙，喝口茶再走吧，都去屋里坐。"

三人跟着小师父进了佛堂。再次看到佛堂正中那尊不知名的佛像，壮壮恭敬地询问了一下小师父，这座上供奉的是哪位佛。

小师父双手合十，也恭敬地告知三人："座上是药师琉璃光如来，正是为世人消灾延寿的药师佛。"她说完，取了几支香，发给三人每人手上各三支后，又接着说道，"你们既然要出远门，就给佛祖上支香吧，让佛祖保佑你们一路平安。"

上完香，小师父把三人请进了佛堂后的房间，房间面积不大，很暖和，虽然家具很陈旧，但布置得很雅致。小师父不知道从哪里捡回一些六菱形的空心石砖，层层叠叠地摞在一起，好像一个大蜂巢。里边摆放着一些小花瓶、小陶器，还有那个壮壮送给她的荷塘月色水晶摆件，最上边还摆了一尊Q版的小佛，看上去别具一格。

房间里有一个半开放的小二层阁楼，可以通过一个木梯子爬上去。一层没有床，想来那个阁楼定是小师父的床铺，壮壮也不方便上去参观。

三人围坐在一个煤炉子旁，小师父从炉上的铁壶里给三人斟了三碗茶。她对钟无艳也是客客气气的，一点儿没有开口问这大胖子是谁的意思，也没有问三人是如何找到小帅亲生父母线索的。

壮壮问小师父，这木楼梯和木板搭建的阁楼是不是鲁钢的杰作。小师父微微点了点头。壮壮也解释了钢子和月娥因为要办些老家的事，走得急了些，没有来得及跟她打个招呼。

小师父谅解地说道：“这说明他们觉得自己还会回来，缘分未尽，自然不需要特意来与我告别。”小师父说完，就转眼看向了小帅。

小帅一副茫然的样子，见小师父看向自己，就赶忙给小师父倒了一杯茶。

小师父回敬了小帅后，又问壮壮道：“你们这一走打算去多少天啊？”

壮壮咽下口中的茶水，回复道：“去不久，预算有限，估计最多两个多礼拜。”

小师父听后又微微一笑，轻轻摇了摇头说：“百般算尽，不如一切随缘，世间众生皆因缘起而聚，再随缘灭而散。”小师父说着，又给壮壮和钟无艳斟满了茶，继续说道，“我建议你们往返路上悠然些，说不定会有更大的收获。”

钟无艳全程没有说话的意思，只知道闷头喝茶，并抬头盯着小陶器看。壮壮谢过小师父后回应道：“看看吧，我也是第一次自驾远行，心里有些打鼓。怕预算超支，我们连帐篷都备下了。”

小师父听到这里“哦”了一声，好像突然想起什么来，起身快走了几步，竟从厨房里拎了一盏既像炉子又像灯的装置回来。她把这装置举到面前对壮壮说：“这是前些年我苦行时用过的汽灯，里边还有些液化气，你们拿去放在帐篷中取暖吧，也可以用来烧水或者烹饪。”

小帅立即惊得直喊“哇塞”。壮壮也觉得这高大上的汽灯，不知道比父亲的简易小炉子强了多少倍。

三人收下了小师父的汽灯。眼看时间快近中午了，就拜别了小师父，正式动身向湖南出发了。

一路上小帅一直躁动不安，一会儿跟着汽车音响唱歌，一会儿又嘎巴嘎巴地吃起了零食，一会儿又猛灌可乐。路过北京市区的时候，他干脆摇下了车窗玻璃，望着车窗外的高楼大厦和川流不息的人潮大呼小叫，完全一副没有见过世面的样子。尴尬得壮壮一边用左手捂着半边脸，一边用右手开车。连钟无艳都找了块毛巾蒙住了脑袋。

壮壮见小帅是头一次来北京，想起自己也需要回家拿些冬衣，于是就对小帅说："带你去我家看看好不好？"小帅立即拍手称好。

结果路过南二环的时候，小帅指着永定门城楼大声呼喊道："哥！这个我知道，前门楼子！"

壮壮听完气得差点撞了车，一抬眼看到路边有一家肯德基。壮壮一看表，已经快下午1点了，就半转过头对着钟无艳和小帅说："得啦，干脆带你们转转北京城吧，你们在车里等着，我去给你们买点吃的。"

壮壮缓缓地把车开下了二环路，停进路边的车位，起身下车买了一个全家桶和三个汉堡。不想返回车位的时候，他看到几个小青年正举着手机对着他的"小坦克"咔咔猛拍。

其中一个小青年讥讽地笑道："哎，你看你看，车顶还有块太阳能板呢，我靠！居然还是京牌的，哇嘎嘎嘎……"

壮壮一听他们的口吻，就知道是没有见过世面的00后，觉得神烦，便立刻开口驱赶他们。小帅看到壮壮手中的全家桶很是兴奋，他打开车门一跃而下，一把抢过全家桶，再次高声歌唱道："更多选择，更多欢笑，就在肯德基！"听得周围的小青年们立即哄堂大笑着散开了。

壮壮愤愤地坐回驾驶位，系好安全带，开始围着二环兜圈。正巧今天是周末不限号，二环路堵得一塌糊涂，壮壮一边强忍着不耐烦，一边给小帅做导游。

最后路过天安门的时候，原本活蹦乱跳的小帅突然安静了下来，他痴痴地远望着天安门城楼，半天都没有说一句话。

壮壮心里始终搞不明白，为什么天安门对外地人有这么大的魔力。可能爱国是每个中国人灵魂中一直传承的精神，而天安门正是每一个中国人心中代表国家的建筑。所以北京这座城市，让无数外地人既爱又恨，却始终心怀向往。

兜兜转转了好几个小时，三人才来到壮壮南城的家中。钟无艳也被壮壮和小帅强拉着上了楼。壮壮心想着转了一天也累了，干脆在北京住上一晚，明早再出发。只是留下可怜的刘富贵被独自关在了车里。

壮壮上楼后，刚推开房门，就撞见一个不认识的中年男人。他身穿着睡袍，睡眼惺忪地端着咖啡杯，见壮壮打开房门进来，惊得够呛，警惕地大声质问道："你……你是谁啊？怎么知道密码？"

壮壮看了看房间号，更纳闷地反问他道："这是我的房子，我怎么不知道密码？还想问问你是谁呢？"壮壮话音未落，另一个身穿睡袍、头裹毛巾、满脸涂着面膜、眼部还贴着黄瓜片的女人就从里屋钻了出来，并护在了穿睡袍的男人面前。看来这是中年男人的老婆。

女人掀开眼皮上的黄瓜片，看壮壮身后跟着两个人，意识到三人不好惹，就连忙解释说："别紧张啊，我们是租房的。哎哟！怕不是你才是真正的房东吧？"

壮壮立马回应道："什么房东不房东的，我可没往外出租过。"

穿睡袍的男人，一听壮壮这话，立即气愤地转身走到大卧室门外，嘴里叨叨着："好哇！原来这李思齐是个二房东啊，我说他年纪轻轻的，怎么能买得起三环的房子！"他一边叨叨着，一边持续不断地敲击着房门，提高了嗓门喊道，"思齐你赶紧出来，我知道你在呢，你赶紧给解释清楚，租房合同要是不作数，我可要告你个诈骗！"

中年男子这么一喊叫，另一个小卧室中的女子也打开了房门观望，她看了看身高马大的壮壮，又看了看壮壮身后庞然大物一般的钟无艳，吓得差点缩了回去。壮壮这才反应过来：好家伙，我这房子敢情早已经被表弟给群租出去了。

思齐在房间里应和着，却迟迟没有开门，里边丁零当啷半天，他才狼狈地打开房门走了出来，一见壮壮立马大声喊道："表哥？你怎么来啦？不是说好年前给你先打过去10万余款嘛！剩余那90万，你就不能缓我两年啊！"他一边说着，一边快速地走向壮壮，还使劲地挤咕着眼睛。

思齐把壮壮拉到餐厅，小声地说："配合点啊，这些都是房客，我好不容易挑出来的。"他说完，又赶忙转头跟围观的众人解释道，"别担心哈，这房子我是从表哥手里买的，还有100万尾款没付清，他不知道招房客的事哈，合同一定作数，放心哈。"

穿睡袍的中年男子听后，依然不放心地追问道："差100万房子也不是你的，把你表哥的房产证拿出来看看吧，我看这合同必须重签才行。"他话音一落，里屋的年轻女房客也走了出来，与他们夫妻站到了一起，三人嘀嘀咕咕着一边商量着什么，一边远观着壮壮和思齐。

思齐赶忙安抚中年男子说："没事，你们先等等，我跟表哥沟通一下。"

壮壮也急切地小声对思齐说："我靠，你把房子租出去也不打个招呼，贷款没还完呢，我他娘哪里有房本啊？"

"大哥，我怎么没给你打过招呼啊，你临去柴火沟前，不是说了嘛，让你把房子租给我。"

"你说租给你，又没说租给他们。"壮壮话说了一半，却看到一个十分眼熟的姑娘微笑着走了过来。她冲壮壮点了点头，给他倒了一杯水后又转身离开了。

思齐继续解释道："哎呀，租给谁不是租啊，我不出租，每月拿什么帮你还贷款啊！"

壮壮一看房子里居然住着这么多人，更着急了，有点生气地对表弟说道："我靠，你他娘的到底招了多少个房客啊，北京市不让搞群租房，你不知道啊？"

思齐一个劲地安抚壮壮，比画着让他小声点，有点不好意思地解释道："哎呀，那个不是房客，那个是可欣，我女朋友，你见过的。"

壮壮听后立马一脸蒙，眨巴着眼睛，转头看了看正在沙发处给小帅和钟无艳倒水的女孩，这才反应过来这个女孩正是国庆长假时陪同事毛毛一起去农家院里玩，还哭了一鼻子的，那个叫可欣的文弱南方姑娘。

一想到自己同事的室友居然有可能成为自己的弟媳，壮壮不由得大声惊叹了一句："我靠！"吓得三个房客表情紧张了起来，还好有一旁的可欣帮忙安抚。

壮壮咧着嘴傻笑地问表弟道："好哇你小子，租我房子，还搞我同事室友，老实交代！你俩什么时候开始的，二姨知不知道？"

思齐不好意思地挠了挠头说："就是那次聚会后就开始了呗，你可千万别跟我妈说啊，我打算过年带她回家，准备给家里人一个惊喜。"

壮壮笑着回答说："明白！你就放心吧，不过你小子可别浪张，可要真心待人家，我瞅着这姑娘不错，挺靠谱的。"

"哎呀我也 31 岁了，肯定认真的。先别说这事了，你还没告诉我，你怎么突然跑回来了，农家院不住啦？"

"住，我还没住够呢，这房子你就租着吧，我是一点儿都不怀念这里喽，我带我弟和我妹开车去趟湖南，帮小帅寻亲爹去。"

思齐立即瞪大了眼睛问道："你妹？你妹是谁呀，是门口那个女巨人？她是你爸那边的亲戚？小帅找到亲生父母的线索啦？”

思齐一下子抛出这么多疑问，壮壮本想跟他逐一解释清楚，但是看着一旁眼巴巴盯着两人谈话的三名房客，又转念对表弟说：“这事挺复杂，一会儿你跟我下楼，慢慢给你说，现在先把这三位爷伺候好了。我刚才已经说秃噜嘴了，接下来怎么跟他们解释啊？”

“这个好办，一会你配合我演出双簧，就说我是花了600万买下这房子的，现在还欠你100万尾款没付清就行了。”

壮壮低头琢磨了一下说：“这能行吗？穿睡袍那哥们问咱们要房产证呢，再说你怎么证明你买下了这房子啊？我看实在不行，就说实话吧，再跟他们重签一份租房合同就是了。”

思齐压低了声音小声说道：“那可不行，这两口子是典型的势利眼。要是让他们知道这房子不是我的，瞧不起我和可欣不说，肯定也不再服气我俩对他们的约束了，以后就不好管理啦。我招房客的时候，伪造了一份跟你签署的购房合同，只要你不起诉，不收回房子，就不算违法。”

壮壮还是不放心地问道：“能行吗？我肯定不会起诉你，可万一他们不乐意怎么办？”

思齐信心满满地回说：“你就放心吧，这位置的房子，又是这么高档的装修，一月才收他们3000块，还是一月一付，一年下来比他们从中介手里租房，能节省一万多块呢！一会儿你态度狠毒点，只要不撼动我的信誉，我保证没问题。”思齐说完，壮壮微微点了点头表示同意。

壮壮酝酿了一会儿感情，突然起身蹿到客厅中央，假模假式地对着表弟不耐烦地大声吼道：“行啦，行啦，你甭跟我提什么楼价下跌的事了，既然签了合同，就必须按照合同办事，100万余款一分都不能少，你是我表弟也不好使！”

思齐立即装出一副苦哈哈的样子说：“是是是，肯定一分也不能少给。你放心，年前这 10 万一定给你凑齐。就是剩下那 90 万，你多容我两年。现在经济不景气，表哥你就看在大姨的面上，高抬贵手吧。”思齐说完，两位女房客瞬间向他投去同情的目光，可那中年男人明显不好对付，眼神中还透着一丝怀疑。

壮壮为了不给中年男人思考的时间，立即转头冲着房客们呵斥道：“随便你们租不租，房子既然我已经卖给表弟了，这里一切他说了算。”壮壮紧接着又转头对思齐吼道，“年前那 10 万，12 月 30 日前必须打进我账户里，不然年后我就收回这房子！”

那中年男人一听壮壮要收回房子，眼神瞬间从怀疑变成了惶恐，他赶忙插话问思齐道：“哎哟，那思齐你手头够不够 10 万啊？”

思齐立马翻出手机，打开了银行卡余额给壮壮和穿睡袍的中年男子看，然后开口说道：“看见没，8 万多块呢，表哥你放心，下月一开支就把钱给你打过去。”

壮壮用一种蔑视的眼光看了看表弟，假装犹豫了一下后说：“行吧，我就是看看你有没有偿还能力，既然你肯按照合同办事，那就再缓你两年，剩下 90 万，你就分三年，每年还我 30 万吧。”壮壮说完转身要走，钟无艳和小帅也起身跟了过来。

思齐连连作揖表示感谢，笑哈哈地说道：“谢谢表哥，表哥您慢走，送您下楼哈。”

壮壮刚一转脸想假装推说不用送了，却用余光看到那穿睡袍的中年男子紧皱了一下眉头，好像又在思考的样子，吓得壮壮赶紧对思齐大喝道：“别跟我嘻嘻哈哈的，告诉你，明年的 30 万要不准时还我，看见这位没有……”

壮壮一边说着一边伸着大拇哥指向身后的钟无艳，继续说道：“这位壮士可是我从俄罗斯请来的女保镖，她曾经可是 WWE 美国女子职业摔角联赛超超重量级选手，我是你表哥不好意思对你动手，她可没什么好跟你客气的。”

穿睡袍的女子一听这话，立马看向壮壮身后的钟无艳，下意识地“呀呃”了一声，脚下还往穿睡袍的中年男子身旁凑了凑，一副被吓到的样子。那中年男子赶紧搂住自己的老婆安慰了起来。

小帅听壮壮这么一说，憋不住想笑，不想那钟无艳突然挥砸着双拳，大步流星地夺门而出，嘴里还歇斯底里地用俄文恶狠狠地喊着：“Мать твою！ К черту！ Дурак！ Мудак！ Меня обманул！”吓得三个房客直往后缩，小帅趁机赶紧追了出去，壮壮和思齐也被惊得一愣，好一会儿才回过神来。

思齐假装惊慌地说：“不劳烦这位女壮士动手，表哥您就够收拾我的了，您这边请。”壮壮虽然哼着鼻子假装淡定，脚下却慌忙顺着表弟的手势，走了出来。表弟也赶忙关上房门，跟了出来。

两人快速地走到二层，思齐憋不住地笑道：“噗，表哥你从哪儿请了这么一位大奇葩，她简直太好玩了。”

壮壮一脸狐疑地笑着：“我也不知道啊，谁想到她还会说俄文，她说的那是啥意思啊？”

表弟笑得更厉害了，轻声说道：“她那是在骂你是浑蛋猪头，大骗子呢，哈哈哈！”壮壮听后气得直笑，真没想到这钟无艳还挺有才，不但会玩各种棋牌，还会说俄语。

到楼下时，天色已经渐黑。钟无艳和小帅已经拉开了车门，放出了刘富贵玩耍。壮壮刚要开口称赞钟无艳的机智，却被小帅机警地打断了，他偷偷指了指楼上壮壮家的窗户说：“嘘！你小点声，人家还在楼上看着咱们呢！”

壮壮这才意识到此地说话依然有点不方便，就猛地拉开车门，把表弟推上了车，再把车开出了小区，找了个隐蔽的地方停下来后，才开始跟表弟攀谈起来。

小帅一脸喜兴地跟思齐打起了招呼，思齐也回应了小帅，并恭喜他找到寻亲线索。

壮壮也把钟无艳正式介绍给了表弟，壮壮拍了拍钟无艳说：“这位是我同父异母的亲妹妹，名字叫月儿，但我管她叫钟无艳。”

壮壮又拍了拍表弟的肩膀，对钟无艳说：“这位是我表弟李思齐，比你岁数大，但他是我妈家的亲戚，跟你也没有什么血缘关系，你就叫他思齐吧，不用叫哥了。”

钟无艳听后，尴尬地低下了头，思齐用一副有点怪罪壮壮的神情，开口圆场道：“哎呀，既然是你妹，那她也是我的妹妹，你好啊月儿妹妹。”思齐说完，就友善地伸出胳膊想跟钟无艳握手。

钟无艳抬头看着一脸帅气的思齐，眼神中透出一副受宠若惊的样子，片刻后才反应过来，伸出手去与思齐握。思齐并未嫌弃钟无艳，与她握足了手。

思齐又询问了一下小帅寻亲的线索，还对三人的出行线路、寻亲计划及准备物品做了详细了解，寻思了一下后，拍了拍壮壮的肩膀称赞道：“行！又进步了很多，计划得很周密。”

随后思齐转过脸严肃地问小帅道：“嘿！帅小弟，如果这次你寻不到亲生父母怎么办？”

小帅听后，原本轻松愉悦的表情，突然僵住了。壮壮也意识到这几日大家都是信誓旦旦、信心满满的，可连最基本的问题都没有想到，也许是三人太过于相信心中愿意去相信的事情，因此忽略掉了哪怕是一丝丝寻亲失败的可能。

小帅回过神后笑了起来，轻松地说道：“咳！寻不到也没啥，大不了就当陪壮壮哥旅行一趟了呗，完后接着回农家院，来年春天，我们还要一起割麦子、种苞米呢！”

小帅说完，思齐满意地点了点头说：“好样的，你有这种心态就行！好啦，时间不早了，你们赶快上路吧，一会儿天就全黑了，路上行车不安全。”

壮壮突然想起那件惦记了很久的思莱德羽绒服，便对表弟说："回来是想拿几件衣服的，怕路上冷，身上这件还是春天的薄棉衣呢，再说也有点大了。"

思齐惊喜地看着壮壮说："呦呵！你别说啊，才发现，你是瘦了不少，哈哈！真牛，你等着我让可欣给你偷偷送下来。"思齐说完，就用手机给可欣发了几条微信，并打开了实时定位，方便可欣找到几人的位置。壮壮还千叮咛万嘱咐，一定要拿那件思莱德羽绒服。

十几分钟后，可欣抱着一件羽绒服，还拎着一个大布口袋跑了过来，她一见到众人就开始窃笑，思齐忙问她："怎么样，怎么样，他们相信了吗？"

可欣强止住笑，一边摆手跟大家示意打招呼，一边说道："相信啦！老秦还跟维维姐商量了半天，说要帮你凑钱，给我提前打了两个月的房租过来，老秦他老婆更逗，她说什么……"可欣说到一半，又咯咯地笑了一阵子后说，"她说让我赶快下楼看看，说你表哥是开着装甲车，带着警犬来的，还把你押上装甲车拉走了，哈哈哈……"说完，把羽绒服递给了壮壮。

众人一听这话，也如释重负地跟着笑了起来。思齐说要再看看壮壮的路线图，要过了壮壮的手机。壮壮正迫不及待地换上羽绒服，没想到思齐趁机给壮壮转了一万块钱，并点了接受。

壮壮推脱着不要，思齐却说："难得你自驾游，路上悠然些，这不是刚收了房租，你应得的。"壮壮只好恭敬不如从命地收下了钱。

可欣这时插话道："壮壮哥，这些是思齐让我带给你的睡袋和充气床垫，我还给这个小姐姐带了手套、帽子和围脖，我看她穿得太素了，特意给她找了套红色的，如果她不嫌弃的话就送她吧，当是见面礼。"她说着，踮起脚尖要给钟无艳戴上红色毛围脖，不想钟无艳却有些退缩。

可欣没有再继续为难钟无艳，只是把装着手套和帽子的布口袋递送到了钟无艳手里，钟无艳也点头轻声说了句谢谢。没想到原本很内向的可欣，拍了拍钟无艳的胸口，用一种带有鼓励的口吻说道："别客气！刚才你那威武的气势，还有那几句俄语，可真把大家给镇住了！你真厉害！"

钟无艳听到这种赞颂，表情显得有些尴尬，想来一个女人被人说作威武，怎么都不太对路，就像一个男人被人家夸赞秀气一样。

壮壮借着询问表弟为何要送自己睡袋的话茬儿，岔开了大家的注意力，表弟笑答："这睡袋是在德国买的，质量好还保暖，最主要的是，里边空间大。"

聊到这时，天色已经完全黑了，北京无法逗留了，壮壮临时改主意，把下一站的目的地换作了保平姥姥家。表弟说二姨那儿有姥姥家的房门钥匙，让壮壮到达姥姥家前，联系二姨开门。

初　雪

与思齐和可欣作别后，三人继续动身出发。路上小帅一遍又一遍学舌钟无艳刚才讲的那几句俄文，乐得手舞足蹈。钟无艳则一边耐心纠正着小帅的发音，一边手里捧着红色的帽子和手套端详。能感觉出来，她很喜欢这几件小礼物。

三人到达保平时，已经是晚上 8 点了，壮壮二姨发来微信说，今天局里要加班，已经让壮壮的姨夫去开门了。

果然在干休所的大门外，壮壮看到了二姨夫李建国的身影，他赶紧停车跟姨夫打招呼说："这么冷的天，您为何不在家里等着？"

建国一脸得意地说："思齐跟我说，你开了辆装甲车，怕门卫不让你进啊，哈哈！"他笑着说完，就领着三人回了壮壮姥姥家。

一进门，姥姥家那股特有的药膏加香薰味儿再次扑面而来，闻起来感觉姥姥还活着一样。客厅的沙发和座椅都蒙上了白色的布单，仿佛往年在姥姥家中的那些美好回忆，也一并被遮盖了起来。虽然小帅看着姥姥家的庭院兴奋得"哇"声连连，但壮壮却没法跟他一同高兴，加上一天的疲累，精神头早就蔫巴了。

建国往餐桌上摆了些酱菜，祥和地对壮壮说道："这都是你爸爸上次带来的，正好你们几个吃，我也不太会做饭，就给你们下锅面条，凑合一顿吧，快随便坐吧。"他说完就转身去了厨房，小帅很有眼力见儿地过去帮忙。客厅里只剩壮壮和钟无艳两个人。

钟无艳手里正握着个矿泉水瓶子，坐在椅子上，一边抬眼扫视着客厅的陈设，一边猛灌凉水。

壮壮本想戏谑她几句解解闷，可一想自己也是个中年人了，不该总是玩世不恭，再说这一路众人对待钟无艳的态度都是那么友善，于是也学着表弟和可欣的样子，给钟无艳倒了一杯热水，并俯下身把水杯递到她面前，假惺惺装出一副和蔼可亲的模样说："女孩子家还是喝点热水好，是不是呀，月儿妹妹？"

钟无艳被壮壮唐突的友善惊到了，立即"噗"地喷了壮壮一脸水。壮壮以为她是成心的，可她竟然手忙脚乱地找纸巾给壮壮擦拭起来，气得壮壮转身去了厨房找姨夫和小帅，把她独自丢在了客厅里。

厨房里姨夫和小帅俩人攀谈得正欢，一时也没有注意壮壮的到来。姨夫一边搅动着锅中的面条，一边说着："哟，那这么说来，你也算是壮壮的干弟弟了，那个胖闺女又是谁？"

小帅刚要开口回答，却被壮壮插话道："她是我爸跟二老婆生的，算是我妹。"

建国一听立马愣住了，他纳闷地看着壮壮说：“啊？刘武说他二婚没有孩子啊，以我对你爸的了解，他并非信口雌黄之人啊！”

壮壮轻蔑地笑了笑说：“咳！你们都多少年没见了，人是会变的。”

“那你妈知道了吗？她什么态度？”

“知道了呗，这不是气得去南方旅游了嘛。”

“她一个人去的？去哪里旅游了？你怎么没陪着你妈一起去啊。”

“没事，我爸陪她一起呢，他们去福建，找我爸战友玩去了。”

建国恍然大悟地轻声叹道：“噢……也是，这岁数了，没必要再计较这些了，你母亲能接受就好。”

吃饭的时候，姨夫建国在一旁作陪，其间他了解清楚了三人此行的目的，也是对三人仔细叮嘱了一番，并且对三人的这趟出行表示十分赞同。

建国说早应该摒弃跟团走马观花般的旅游，应该自己走一走，多感受一下祖国的大好河山。还说很多欧美国家的大学生，往往毕业后第一件事就是出门远行，穷游一段时间后，再去工作。不像中国的孩子，刚刚毕业就坠入了无穷无尽的工作深渊。

如果换作十年前的壮壮，肯定是不赞同姨夫的观点的，也许壮壮还会盲目地以为那是欧美国家的孩子堕落，没有东方人勤奋。可现在看来，还是过去的自己对人生太过功利，过度地追求物质，而忽略了心灵的成长。

建国饭后就离开了姥姥家，他让三人赶紧休息，明天一早再来拿钥匙。他走后三人也各自洗漱睡觉了。

第二天，壮壮再次沿着京港澳高速继续南下，并把下一站的目的地定在了七朝古都、河南省最北部的城市——安阳。

一路上三人听听相声、聊聊天，时间过得很快，到达安阳的时候，已经是下午 3 点了。小帅从网上找到了一家偏僻地段的民宿旅店。现在正值淡季，一间二居室的价格才 88 元一晚。

壮壮不相信世间竟有如此美好的事情，感觉一个很大的陷阱在等着自己，就吵吵着要先看看房子，再决定是否入住。

结果进屋一看，房间陈设虽简单，但有暖气、空调、Wi-Fi、电视、热水器，两个卧室也很干净，连厨房用具都一应俱全，壮壮一下就被惊呆了，心想还支什么帐篷带什么炉子，顿感自己的愚蠢。

可钟无艳却没有痛快地答应民宿旅店老板 88 元的价位，她指了指院子里的“坦克”面包车，对老板说：“您房子空着也是空着，我们连帐篷都备下了，也不是啥有钱人，您再便宜些吧。”

老板看看院子里的面包车，又看了看钟无艳的穿着，犹豫了一下说道：“已经很便宜啦，最低再给你们便宜 8 块钱，80 块不能再低了。”

钟无艳突然机智地说道：“这样吧，明天我们自己收拾房间，用自己的睡袋，也不动床上的被褥，您 70 块让我们住一晚，就全当省去收拾的麻烦了。”

老板一听心动了，抬了抬手，表示同意了。可当登记身份证的时候，又出了麻烦，小帅没有身份证不能入住。三人解释了半天他是被拐卖的孩子，这趟出行就是为了给他寻亲。又是给老板看寻亲网站，又是讲述被拐过程，好不容易才征得了老板的同意。

开好了房间，三人自己动手做了顿米饭炒菜，可能自带干粮是壮壮计划中最成功的部分了。吃完饭，小帅帮钟无艳熬了药。壮壮开一天车挺累，很早就睡下了，但他俩白天坐了一天的车，还有些精力没有释放完，就在客厅边看电视边聊天，很晚才睡。

思齐的德国睡袋果然牛掰，宽大的睡袋里壮壮可以任意调换睡姿。这一晚上壮壮睡得既暖和又舒服，一夜无梦直到天亮。清晨时，壮壮被一股浓重的米香味唤醒了。

壮壮起身来到客厅，发现钟无艳已经熬好了大米粥，正在喂刘富贵吃狗粮，她见壮壮醒了，就忙给他盛了一碗粥。小帅此时也迷迷糊糊地从另一个房间走了出来，壮壮这才反应过来，小帅昨晚居然没有跟自己睡在一个房间里。

壮壮立即开口问道："你昨天怎么不跟我睡一屋啊？你睡里屋了，那钟无艳睡哪儿了？"

小帅伸着懒腰，无奈地说道："你还有脸说呢，就您那电锯一般的呼噜声，我就不提了，可您老人家一人就占了大半张床，我刚一上床就被你一屁股拱下来了。"

壮壮转脸问钟无艳说："那你昨晚睡哪儿了啊？"

钟无艳一边给小帅盛粥，一边轻声地回答说："就这儿，客厅的沙发上。"她说完，还连连打了两个喷嚏。

壮壮一边喝着粥，一边问钟无艳是不是感冒了，不想小帅却来了一句："别提啦，你买的睡袋太小，她合不严拉锁，肯定冻感冒了。"

壮壮气得差点被这口粥呛死，咳嗽了半天后，不解地问钟无艳说："你傻啊，床上不是有被子吗？不会自己拿来盖啊！"

可钟无艳淡淡地回道："昨天答应过老板，不碰被褥的。"

壮壮和小帅对视了一眼，无奈地摇了摇头，心想她可真够傻的。

饭后小帅去给钟无艳熬药，壮壮和钟无艳一起把房间收拾得干干净净，最后钟无艳还把卫生间的洗手池和马桶都刷得一尘不染。

按照原定的计划，下一个目的地是许昌，可钟无艳非吵吵着要多住一天，因为她想去看殷墟遗址。壮壮跟小帅都不知道殷墟遗址是个啥玩意，钟无艳就滔滔不绝地讲起什么甲骨文发掘地，什么现存世上最大的青铜鼎，还有什么武丁、妇好抗击古印欧人才保住了华夏文明的根基，免去了中华文明像古印度文明那样遭受蹂躏。

她叽里呱啦地讲了一大堆，听得壮壮脑瓜直嗡嗡，根本不感兴趣，最后用一切以先办正事为宗旨的理由，拒绝了钟无艳的提议。小帅表示中立，两边都不得罪，但壮壮是司机，自然说了算，钟无艳只得噘着嘴跟两人走出了房间。

退房的时候，老板连连冲壮壮伸出大拇哥夸奖北京人讲信用。壮壮听后不耐烦地甩下一句："是北京和河北的串儿。"听得老板一脸蒙，不明白啥意思。

车刚要上高速，不想却被堵在了高速入口，高速路的工作人员告诉三人，前方路段大雾橙色预警封路了。钟无艳听后再次提议回去，再住一天，壮壮却不甘心地决定换一条路线继续前进。

壮壮为了巩固自己在本次出行期间的领导地位，特意跟小帅和钟无艳两人强调，自己才是本次南行寻亲计划的总指挥，并且故意任命小帅为副总指挥，只让钟无艳做后勤保障工作。气得钟无艳再次把头蒙上了毛巾，闭嘴不再提任何建议了。

三人沿着 G107 国道继续南下，一路上大雾弥漫，车开得很慢。壮壮小心地盯着前方，聚精会神地开着车，车厢里很安静，气氛紧张。

路过一个村口时，一个挎着篮子的老大娘突然出现在了离壮壮车头不到 10 米的地方，吓得壮壮猛踩了一脚刹车，手脚心立即冒出了冷汗，惊了个半死。钟无艳也被惯性一晃，大屁股离开了座位，差点一头栽进驾驶位。那老大娘倒是十分淡定地看了车一眼，不慌不忙地过了马路。

可能是壮壮的一意孤行和这一脚猛刹车气着了钟无艳，她愤愤地扶起身坐回座位，竟然开始给小帅讲起各种恐怖的鬼故事来。

她先讲了一个千年蛇妖化身提篮老太屠杀末班公交车乘客的

故事，又讲了一个东北大岗子白脸红衣小女孩大雾天夜里拦车回坟地的故事。每一个故事都特别应景，起初壮壮还能淡定地开车，对她讲的故事假装没听见，可后面越听越瘆人，浑身都炸了毛，鸡皮疙瘩掉了一地。

就在壮壮紧张得几乎要崩溃的时候，前挡风玻璃不知道被什么东西砸到了，“啪”的一声巨响，吓得壮壮和小帅连声惊叫“我靠”，连刘富贵也被吓得直汪汪狂叫，把钟无艳逗得一顿哈哈狂笑。

还好有防护网挡着，挡风玻璃安然无恙，壮壮被鬼故事吓得够呛，也根本不敢停车查看，只得硬着头皮一直开。

大雾全天都笼罩着公路，壮壮为了避开消费昂贵的大城市，决定今天少赶些路，准备在郑州北部的新乡县留宿。几人找了一家低价招待所，开了两间 50 块钱一晚的低价房，住了下来。

壮壮和小帅蹲在旅馆小院里做饭的时候，小帅有点埋怨地说：“哎呀……早知道今天只走了 100 多公里，还不如听了月儿姐的，在安阳多停留一晚再走呢，顺便还能去看看那个殷墟。”

壮壮一听小帅这意思是要叛变，立马反驳道：“打住！什么阴虚阳虚的，谁稀罕看那些老古董。再说了，华夏第一城不是咱河北的轩辕黄帝城嘛，非跑河南看什么玩意！”

小帅一听壮壮这口气，也不敢再多说什么，片刻后他突然有什么新发现似的说：“哎，壮壮哥，你发现没有，月儿姐姐其实挺聪明的，不但不傻还挺有才的。”

壮壮斜楞着眼看着小帅，一想还真是。这钟无艳又会说俄语、又会砍价、又知道上古历史，还玩得一手好棋牌，虽然体型肥胖，但确实挺有才的。

但壮壮不能在小帅面前承认一直被自己压制的钟无艳有才，嘴里不示弱地说道：“她那叫啥有才啊！噢，就拽了几句俄语，知道点皮毛历史就有才啦？她懂什么是面向对象程序设计吗？懂数据结构、云计算、人工智能和区块链吗？嘁！”

小帅听后把脑袋晃悠得像个拨浪鼓，茫然地说道：“你说的都是些什么啊？我听都没听过，反正我觉得你俩都挺有才的，都是人才。”

壮壮不屑地回应道：“拉倒吧，狗屁人才！都是被社会淘汰了的傻叉！”小帅听后，紧皱起眉头，不解地陷入了沉思。

晚上的时候，刘武给壮壮打来电话。他上来就是一顿责怪，十分生气壮壮私自带小帅和钟无艳南下寻亲的行为，并勒令他马上原路返回。壮壮说返回已经不可能了，已经快到湖北了，结果春芬一把抢过电话，开口就是一顿大骂，吓得壮壮赶紧挂了电话。

春芬不依不饶地连续轰炸着壮壮的手机，壮壮就是不接，最后壮壮父母实在没辙，只得给小帅拨打了电话，然后一再强调要注意行车安全，千万不要冒进赶路。小帅如实地转达了壮壮父母的指示，壮壮却一个字也没听进去。

第二天，虽然还是灰蒙蒙的阴天，但是大雾已经散尽，壮壮呼吸了一口凉爽的空气，备感舒服。三人退了房，继续上路。

听着音乐哼哼着小曲儿，开着车，壮壮有点得意地说道：“这可太牛掰了，咱们连高速费都省啦，嘿嘿！”

他的话并没有得到小帅和钟无艳的认同，两人都默不作声。壮壮为了打破沉闷的气氛，看着后视镜里的钟无艳说：“历史老师，给我们讲讲这新乡有什么遗址和典故吧。”

钟无艳警惕地瞥了壮壮一眼，好像不想开口。壮壮嘲讽地对小帅说道：“怎么样？她就是知道点皮毛吧，哼哼。”

钟无艳被壮壮这么一激，便大声开口说道：“新乡，其名源于西汉，时为获嘉县的新中乡，境内有仰韶文化遗址、姜太公故居，是周武王伐纣之战的决胜之地，也是张良刺秦和赵匡胤发动陈桥兵变的地方。”

钟无艳话音未落，壮壮和小帅已经惊得瞠目结舌，这时钟无艳大声地问壮壮道：“你知道什么是仰韶文化吗？”

壮壮支支吾吾地刚想找个什么托词应付她，钟无艳却并没有给壮壮说话的机会，继续说道：“小师父卧室里摆放的小陶器，外侧描绘的花纹就是仰韶文化风格，是公元前 5000 年至前 3000 年的新石器时代彩陶文化。你听懂了吗！你这个对自己民族文化漠不关心，连自己祖宗都不知道是谁，看《猫和老鼠》和《变形金刚》长大的愚蠢 80 后！”

壮壮被她噎得一愣一愣的，半天找不到词语反驳，最后只得又拿她的体重说事，壮壮结结巴巴地说道：“你懂你懂，你懂得最多了！你说你懂得这么多，咋还把自己揣这么肥啊？”

一旁的小帅见气氛剑拔弩张，立马缓解道：“壮壮哥，你少说几句。我倒是挺喜欢听姐讲历史的，以前从来没听过。”

壮壮却继续不屑一顾地回应道：“她那算什么历史？不就是在背百度百科嘛，颤音短视频里多得是讲历史的主播，讲得不比她精彩？”

可小帅并没有接着壮壮的话茬儿说，而是扭过身去，让钟无艳继续讲讲关于河南新乡的历史故事。壮壮一看小帅想听，就闭嘴不再说话了，只安静地开车。

钟无艳见壮壮闭嘴了，就对小帅说：“行，你说你想听什么吧，我只给你讲，不乐意听的人，把耳朵闭上别听。”壮壮听完刚要开口反击，却被小帅拦了下来，只得忍气吞声地继续闭嘴。

小帅想了想说：“嗯……你就讲讲张良刺秦吧，我觉得这个听起来最刺激。”

于是钟无艳开始讲述起秦始皇出巡期间遭到少年张良刺杀的

故事来，她讲述得很详细，连张良逃跑路上帮一名隐士老者提鞋从而获得神奇兵书的故事，以及鸿门宴帮刘邦逃脱的故事，还有最后汉朝建立后张良辞官隐退的故事也一并讲了出来，小帅听得也是十分入神。

在钟无艳的讲述里，张良弟死不葬、散尽家财造铁球其实是故意为之，他故意让亲弟弟曝尸于众目睽睽之下，以宣告自己反秦的决心。而且张良刺杀秦始皇目的就是走个形式，他故意宣告天下自己是同谋，闹大了动静不过是为了给自己增加人气，因此才获得隐士黄石公的赏识得到神奇兵书，屡建奇功。能比同时代的韩信上位顺利那么多，都是借着有过反秦经历和江湖口碑的光。甚至张良的下场也是所有汉朝开国元勋中为数不多能得到善终的。

壮壮听后也觉得有点道理，跟着插嘴道："对！没错，这就跟现在那些从大公司出来的，做过爆款产品的程序员特别好找工作是一个道理。"

小帅一听壮壮也对钟无艳讲的历史故事起了兴趣，就埋怨地说道："哎呀，你既然也感兴趣，那怎么不听姐的建议，去殷墟和那些遗址上转转啊！我现在老想去看看了。"

壮壮也有点后悔自己没有听从钟无艳的建议，一意孤行，但又放不下面子承认自己的错误，辩解道："哎呀，这都已经离开老远了，总不能再回去吧，咱们还是先办正事要紧吧。"小帅和钟无艳听后，又失望地哀叹了起来。

结果天公还真不作美，好像是故意在惩罚壮壮的过失，车才开出 100 多公里，天空竟飘洒起零星的雪花来。壮壮为了减少自己的罪恶感，就加快了行车的速度，可没想到壮壮开得越快，雪也下得越大，刚驶过许昌城区不久，路面就变得湿滑难行。小帅谨遵刘武的旨意，告诫壮壮不要继续前进了。

壮壮也觉得还是不要冒险得好，于是让小帅在网上搜搜哪里可以住店，可小帅搜索了半天却没有搜到，壮壮只得硬着头皮继续往前开。

国道两边都是一望无际的庄稼地，好不容易才看到了一家加油站，三人加油时，跟工作人员打听可以住宿的地方，被告知再往前几里地，有一家快捷酒店，那里可以住人。

但天不遂人愿，快捷酒店外的停车场里已经停满了各式大货车，房间也都已经住满了。有些没有抢到房间的货车司机，干脆就睡在了驾驶室里。店家让三人继续往前走走，去临颍县城里碰碰运气。结果三人在县城里转了半天，还是没找到有两间空房的旅店。

弹　劾

天色渐晚，雪花越下越大，四下里还刮起了风，三人早已经是人困车乏肚子饿。壮壮好不容易在一个叫玉帝庙的地方找到了一家旅馆，可钟无艳却反复劝说再往前走走，连小帅都劝壮壮再坚持坚持。但壮壮实在是不想继续走了，执意要结束今天的行程，留宿玉帝庙。

壮壮头也不回地下了车，走进旅馆询问价格，可店家仗着雪天路滑，两间客房居然张嘴就要 600 块，非但不能砍价，还不让没有身份证的小帅入住，而且狗也不许进房间。

壮壮一怒之下，给钟无艳甩下 300 块钱，把她独自留在了旅馆。自己和小帅走出旅馆，在附近找到一家废弃的厂房，把堆满垃圾的地面清理出一块空地后，支起了帐篷。

这厂房好像荒废了很久，连个大门和房顶都没有，还好有三面破墙。冷风飕飕地往厂房里灌，壮壮和小帅顶着严寒绑好帐篷外的固定绳时，手已经冻得麻木通红。为了挡风，也防止半夜有人靠近，壮壮还特意把五菱面包车挡在了帐篷入口前。这样人想进入帐篷，就必须先开启车门才行。

小帅哆哆嗦嗦地说："这风也太大了，还下着雪，咱们怎……怎么做饭啊？"

壮壮被小帅这么一问也犯了难。附近没有饭馆，他们已经一天没有吃饭了，此时壮壮的肚子早已饿得咕咕直叫。壮壮看了看这鬼天气，无奈地说："别做了吧，随便吃点面包、饼干凑合一顿得了。"

这时一个巨大的黑影压了过来，壮壮一瞧居然是钟无艳。她双手插着兜，迈着四方步晃晃悠悠地走了过来。壮壮纳闷地问她怎么跑出来了。

钟无艳把300块钱从兜里掏了出来，还给了壮壮，不屑地说："我才不挨宰呢，咱们要有难同当！"

壮壮听完差点没把鼻子气歪了，他生气地说："大姐，这冰天雪地的，你不住旅馆，住哪里啊？"

钟无艳却十分不以为然地指了指帐篷说："住这里呗。"

壮壮简直要被她气疯了，他严厉地问道："你住这里，那我和小帅住哪里啊？你别闹了，赶紧回去。"

钟无艳听完，不紧不慢地回答道："回不去了，老板已经把客房又卖出去了。"

小帅见到钟无艳就像见到救世主一样兴奋，并急切地询问她怎么生火做饭，随后两人竟在一旁嘀嘀咕咕地商量了起来。壮壮觉得他俩简直荒唐得不可理喻，但又拿他俩没有任何办法，甩了一句："你俩可真行，怎么就不知道发愁呢？"

钟无艳没有搭理壮壮，而是围着废弃厂房转悠了起来。片刻后，她从垃圾堆里抛啊抛的，抛出了许多块砖头，随后又抛出了几块大小不一的木板，最后还不知道从哪里捡了几块塑料布和一把破了洞的大遮阳伞回来。

然后他指挥着小帅把砖头和木板搬到了面包车后的空地上，还让壮壮打开后备厢，从工具箱里翻出宽胶带，并找了些报纸粘上了遮阳伞上的破洞，又把伞杆深深地插入了雪地里。

钟无艳不紧不慢地用砖头和木板在大遮阳伞下搭了个小餐桌，又垫上菜板开始切菜。

小帅在钟无艳的示意下，接通了蓄电池上的电源线，从车里翻出了电饭煲和炒锅。看他俩这架势，是要做米饭炒菜。壮壮想，这俩人一定是发疯了。

他俩热火朝天地忙活着，刘富贵围在几人附近转圈，像是在玩，又像是警卫的哨兵。钟无艳在翻开的后备厢上挂起挡风的塑料布，又找了一块小木板垫在车厢里，点起小师父送的汽灯炉子炒了鸡蛋西红柿和腊肉炒茄子。米饭蒸熟后，她和小帅兴高采烈地搬了两个马扎，坐在遮阳伞底下，围着砖头餐桌准备开始吃饭。

壮壮全程就像一个二傻子，最后瞠目结舌地望着热乎乎的饭菜流口水，钟无艳盛了一碗米饭，并往碗里拨了一些菜，端到壮壮面前说："你就搁车里吃吧。"

壮壮此时也是佩服得五体投地了，毕恭毕敬地接过饭碗，微微点头向钟无艳致谢后，就稀里呼噜地扒拉起饭菜。天寒地冻的废墟里，能吃到这么一碗热乎乎的大米饭，感动得壮壮想哭……

饭菜被吃得连渣儿都没剩。收拾好了餐具，把刘富贵留在车里，锁好了车门后，三人一头钻进帐篷里，打开应急照明灯，摊开睡袋准备睡觉。

钟无艳把砖头和木板又拿进了帐篷里，垫在帐篷的塑料地面上，再次点燃了汽灯，小心翼翼地给自己熬药吃。

壮壮把表弟的德国大睡袋让给了钟无艳，为了凸显男子汉的气概，连充气床垫都让了出来。壮壮自己躺在国产的小睡袋里，身体笔挺得像个木乃伊，也没有跟他俩聊天，就闷头睡着了。

睡到半夜，壮壮突然被一种又像打雷又像老虎叫的声音惊醒了，慌忙坐了起来，只见小帅也裹在睡袋里，坐起了半截身子，手支着下巴，正哀怨地看着自己。壮壮这才反应过来，这雷声原来是钟无艳发出的大呼噜。

壮壮郁闷得要疯，嘴里直骂街，不想小帅却无奈地说："现在是雷老虎女子呼噜独奏，刚才你俩是电锯加雷声，男女呼噜二重奏，好像帐篷里有个施工队在干活。"

壮壮不好意思地揉了揉眼睛，干脆不睡了，陪着小帅一起坐看女中豪杰钟无艳同志酣睡。钟无艳紧闭着双眼，歪着头，流着哈喇子睡得很香，她嘴巴张得很大，猛吸一口气后，像是被卡在了嗓子眼里，十几秒都不带吐的，直到壮壮感觉她都快要憋死了，她才突然吐噜着开始换气。看得壮壮是心惊肉跳。

壮壮忙问小帅："我睡觉时也这样？"

小帅冲壮壮翻着死鱼眼，点了点头后说道："你刚来农家院时，也是这样的，现在声音小了点，但也还是挺响的。"

壮壮盯着钟无艳的大胖脸看了一会儿，哀叹着说："唉！真可怜，一个女人再有才也没用，这个睡相，长得又这么丑，可怎么嫁得出去。"

小帅听后有点不乐意地反驳说："她要嫁不出去，我就陪她一起过日子。"

壮壮听完立马傻眼了，瞪眼望着小帅，不可思议地说："我靠……原来是这样？没想到你居然口味这么重！我的妈，她一屁股都能坐死你了。"

壮壮又看了看熟睡的钟无艳，捂着嘴学着小岳岳的贱表情继续说道："我的天哪！帅哥……真的假的，你真喜欢这样的啊？"

小帅被壮壮气得半死，垂头丧气地说："别闹，谁说一起过日子，就非得是喜欢的人了？我一直把她当姐，反正我也结不了婚，没人陪她，那我就陪她，还有童童，我们三人一起过日子。"

壮壮一听这话，立即收起了笑容，正经地说："谁说你结不了婚？咱们这次去湖南，找到你亲生父母，你就能办身份证了。到时候你一定能找到一个美丽动人的姑娘结婚，然后生个小孩，幸福地过一辈子。"

小帅皱着眉头看着壮壮问："然后呢？"

壮壮被小帅问得一愣，不解地说道："然后？然后孝敬你爸妈，再找个工作，抚养孩子成人呗。"

小帅接着问道："再然后呢？"

壮壮有点被小帅问毛了，心想自己都没结婚呢，哪里清楚什么然后，于是就按照父母的婚姻命运，支支吾吾地回说："然后，没准你们婚姻并不幸福，然后你又遇到了一个新的姑娘，对！然后你离婚，再结婚，不满意再离婚、结婚，跟咱爹一样，一辈子俩老婆，换着来呗，多带劲，反正咱们是老爷们，怕啥？哈哈哈……"

可能壮壮说得有点大声，熟睡中的钟无艳突然动了动身子，嘴里像说梦话似的叨叨着："Мать твою……"

小帅听壮壮开始胡说八道，十分无趣地说："你说的这些，一点儿也不吸引我，听上去还不如在柴火沟里过日子呢。"

壮壮问小帅："那你想过什么日子？"

小帅坚毅地回答说："我跟你说过，我想当兵，或者当警察，这样就再也没有人敢瞧不起我了，也没有人敢欺负我了。如果当不成，我就回柴火沟种一辈子地。"

壮壮听到这里，终于反应过来，在小帅到农家院前的那段近乎流浪的日子里，他肯定没少遭受别人的白眼与欺负，所以才一直嚷嚷着想要当兵。

壮壮用鼓励的口气对小帅说："不冲突。你当兵是事业，找个好姑娘结婚是家庭，一定都会实现的。"

壮壮话音一落，突然发现钟无艳的呼噜声似乎小了许多，于是想赶紧趁着这个机会睡觉。谁知刚一躺下，雷声一般的呼噜再次响了起来。壮壮和小帅一起哀号了半天，最后壮壮无奈把耳机翻出来给小帅扔了过去，自己蒙在睡袋里，翻来覆去不知道何时才迷迷糊糊地睡着。

醒来的时候，天已大亮，小帅和钟无艳都不见了。壮壮感觉四肢酸软无力，脑袋昏昏沉沉的，意识到坏了，发烧了。

壮壮艰难地走出帐篷时，发现面包车居然也不见了，天空依然飘洒着零星的雪花。他立刻疯了似的，以为自己被小帅和钟无艳遗弃了，慌忙围着废弃厂房寻觅俩人。

这时，远处缓缓驶过来了壮壮那辆改装五菱面包车，壮壮定睛一看，开车的竟然是钟无艳。壮壮大声怒吼道："下来！谁让你开车的，你有车本吗？你就开车！被警察抓到你无证驾驶，要关去拘留所的！"

钟无艳立刻掏出一个驾驶本，壮壮接过来一瞧，上边赫然写着：驾驶人魏小月，准驾车型 A2。壮壮心中一惊，原来她还真有驾照，靠！居然还是个 A 本！

可壮壮转眼一瞧，不对啊，这驾驶本里的名字不对，照片里也是个正常的小美女，一想到伪造驾驶本可是更重的罪，他就气不打一处来，再次怒吼道："你这是拿谁的驾驶本出来糊弄人？你以为警察都是傻子啊！"

小帅赶忙解释道："哎呀，哥你别生气，姐开得可稳了，雪地里都没打滑。”

壮壮一看小帅已经完全要跟钟无艳穿一条裤子了，就更生气了，冲着小帅生气地说道：“还有你也是，大清早把我一人遗弃在帐篷里，跟她瞎跑什么？出了事可怎么办？”

小帅一脸无辜地回答说：“我们早上起来发现你病了，翻了药箱没找到退烧药，姐就拉着我去寻药店给你买药了。”

小帅说完，钟无艳把一盒退烧药猛地塞进壮壮的怀里，又一把抢回了驾驶本，气哼哼地转身去收拾帐篷了，壮壮这时才恍然大悟自己错怪了两人。

想来也是，他们怎么可能把自己独自遗弃在这里？以往糟糕的人际关系和多次被抛弃的经历，让壮壮脑子里产生如此荒唐的想法也就算了，关键是自己还大声嚷嚷了出来，这让壮壮心里不由得十分愧疚。

壮壮慌忙冲着钟无艳巨大的背影说了一句：“对……对不起啊！”钟无艳没有搭理壮壮，只是动作夸张地收拾帐篷。

一旁的小帅偷笑着说道：“好了，你也别对不起啦，我现在宣布一个重大决定，是今天早上跟姐买药的时候，临时开会并全票通过表决的，你仔细听好啦！你！刘壮壮同志的南行寻亲总指挥一职，已经被副总指挥的我和后勤部长月儿姐，正式弹劾掉啦！”

小帅一边说着，一边咯咯直乐，然后又继续说道：“经讨论商议决定，本次南行的总指挥，改为月儿姐，你降职为副指挥，后勤保障工作由本帅担任。”

壮壮立马不乐意了，狐疑地看着小帅问：“什么？弹劾我？我让你们上这儿竞选美国总统来啦！你们当我是特朗普啊？还敢弹劾？”

可小帅听后冲壮壮发来友善的微笑，一副无所谓的样子，转身帮着钟无艳收拾帐篷去了。壮壮气急败坏地追了过去，冲着他俩嚷嚷道：“收帐篷干吗？雪还没化呢，不许走！”壮壮话音一落，小帅竟然背对着壮壮扭了几下屁股，气得壮壮七窍生烟。

他俩任凭壮壮站在一旁狂吼，没事人似的收拾好了物品，装好车。钟无艳一屁股坐进了驾驶位，转头冷酷地对壮壮说：“上车！”

小帅也招呼着壮壮赶紧上车，壮壮倔强地端着胳膊，一仰头表示拒绝。钟无艳见壮壮一副冥顽不灵的样子，猛踩了一脚油门，五菱面包车一下就蹿出去老远，吓得壮壮失声大叫着赶忙追了上去。

钟无艳见壮壮认㞞了，就踩了刹车停下，壮壮一头钻进了车后座，还不小心踩到了刘富贵的尾巴，惊得它一顿叫。

钟无艳的车开得倒是挺稳当，壮壮估计这路段也没警察。小帅坐在副驾驶上，转身看着壮壮傻笑，嘻嘻哈哈地说：“哥，你别生气了，快把药吃了吧。”

壮壮气得看也不看他一眼，沉默地扭头望向窗外，看着一块又一块光秃秃的农田与自己擦身而过。虽然嘴上不说，但是壮壮现在心情很沮丧，可能是发了烧的缘故。

壮壮心想：我这个总指挥当得可真够失败的！自己出钱出力、操心受累不说，最后还被弟弟、妹妹给弹劾掉了。过去工作的时候人缘不好，现在连做哥都没个哥样儿。怎么我做人、做事都这么失败呢？

而且最糟糕的是，现在开车的钟无艳是个冒牌的A本司机，道路上冰雪还没融化，附近又荒凉没有旅店，真不知道他俩抽的什么疯，非要收帐篷。

可壮壮心里偷偷抱怨了不到半小时，就被现实扇了一记响亮的“耳光”。道路两边的建筑一下多了起来，壮壮望着建筑上的几个广告牌仔细一瞧，只见一个个大牌子上赫然写着：香溢大酒店、银河系大酒店、好日子酒店、亚洲快捷酒店，还有什么李记肉饼、大胖包子、佳佳乐超市、好再来大药房、邮局、银行……

壮壮立即意识到了自己昨晚犯下的严重错误，原来这一夜的风餐露宿，与自己的发烧感冒，都是因为自己指挥不当，并且不听建议造成的。

现在他终于理解这两个家伙弹劾自己的原因了，再想想一路上错过的风景和没有参观的历史遗迹，壮壮的心里一下子就释然了。第一次切身体会到那句至理名言：当你觉得最糟糕的时候，转机也许就在不远的前方。

钟无艳把车停在了一个网络宾馆的停车场，小帅要走了壮壮的身份证，两人“蹦蹦跳跳”地走进了大厅去办理入住手续。片刻后又走了回来，一起卸车。

宾馆的价格不贵，各项设施也很齐全，最让壮壮不解的是，房间里居然还有一台笨重的台式电脑。抱着十分怀疑和强烈批判的态度，壮壮打开了主机电源。果然！《热血传说》《魔兽争霸》，还有东京冷、二本道、美女视频直播等等开心之物，各种隐匿于电脑E盘之中。乐得壮壮手舞足蹈了好一阵，活像一个没见过世面的少年。

壮壮点了外卖，他吃着汉堡，喝着可乐，大战着DOTA，瞬间有种回到高中时代泡网吧的感觉。不禁再次感叹中国的发展速度，壮壮一拍大腿决定道：“行！就搁这儿好好宅两天吧。”

小帅却一歪头说道：“你现在是副指挥啦，总指挥说了，雪化就走，到湖北前没有什么重要历史遗迹好参观的了。”他说完，转身去了浴室洗澡，壮壮迟疑了一下，心想随便，先爽一把再说。

小帅和钟无艳来来回回地在两屋间乱串，一会儿清点物品，一会儿争抢着洗衣服，过了一会儿两人又一起出门采购去了，半天才回来。回到房间后，两人又盯着手机计划着下一步的行驶路线。壮壮看他俩忙忙叨叨的，心里暗乐，感觉交出指挥权，反而是逍遥又自在，真好！

舒舒服服地休整了两天后，壮壮烧退了也恢复了健康，第三天一早，道路上的积雪差不多已经融化。三人便起身出发前往下一个目的地——湖北孝感市。

壮壮在钟无艳的指挥下，把车驶离了G107国道，再次回到了京港澳高速上。大家一路上听着钟无艳讲述各地的历史趣闻，愉快地聊天，前几日的小摩擦已经完全消失了。

车子一靠近河南信阳，几人的心情就变得愈加舒缓起来，因为高速公路的两侧，不再是光秃秃的大田块，视野中渐渐能浮现出绿水青山了。

钟无艳给壮壮和小帅递了些橘子、香蕉一类的水果，待哥俩吃完又帮着把果皮装入垃圾袋，一副“贤姐良妹”的模样，想想她这几天的表现，壮壮决定以后不再叫她钟无艳了。

壮壮看着后视镜中的钟无艳问道：“哎，钟无艳，以后不叫你钟无艳了，叫你胖妹好不好？”

钟无艳一看壮壮又拿自己寻开心，眼神闪烁着扫了他一眼，原本笑呵呵的大脸蛋，又耷拉了下来。

壮壮一看她要生气，就赶紧解释道：“哎哎！你别生气啊，这不是征求你意见呢吗？你不喜欢叫胖妹，换个别的也行，我就是觉得总叫你钟无艳不太好。”

小帅听后，转头埋怨壮壮说：“哼！才知道不好，早该跟我一样，叫月儿姐。”

壮壮学着小帅的口吻喊道：“月儿妹……月儿妹妹？哎呀，感觉好别扭啊，还是你说吧，叫你什么合适。”

钟无艳开口回答说："那就叫小月吧。"

壮壮还是觉得她那么大块头，叫小月有点不合适，但既然她说让叫，那叫就是了，只要她能从此放下心中对自己的芥蒂，日后看自己的眼神不再闪烁。

壮壮很正经严肃地说道："好！现在我宣布，'钟无艳'这个名字正式被废弃，以后就改叫你'小月'了！"

壮壮说完，小月的表情逐渐放松了下来，嘴角也微微开始上扬。壮壮突然发现她这几日越来越爱笑了，尤其是跟小帅一起的时候，一想到他俩有可能相亲相爱地过一辈子，他就忍不住地想笑。

壮壮看着后视镜中的小月，友好地叫她道："小月？"

小月听后一愣，也看向反光镜，两人的目光通过反光镜对视在了一起。壮壮见她没有开口答应，就说："叫你倒是答应啊？小月！"

小月这下明白壮壮用意似的，笑了笑回了一个"嗯"。壮壮听后，也第一次对小月有了笑脸。

壮壮见相处气氛终于和谐了，就开始傻呵呵地没话找话地跟他俩聊天，壮壮半开玩笑地说："小月……小帅……你俩都叫小什么，干脆以后小帅改叫小星得了，小星和小月从此快乐地生活在了一起，哈哈！"

小帅听后只是气哼哼地让壮壮"滚"。可小月听到这句话后，突然好像摸了电门，惊叫着全身猛地一抖，并惊恐地通过反光镜看着壮壮，然后眼球快速地打转，嘴里嘀嘀咕咕、念念叨叨着什么，看得壮壮和小帅都有些傻眼。

小帅立即问道："姐你怎么啦？"但小月并没有回答小帅的问题，继续恍惚地叨叨着什么。搞得小帅直埋怨壮壮说："哥，你刚才又胡说啥了？"

壮壮也很纳闷地回答："啥也没说啊！就说小月和小星从此愉快……"

"别！别说啦！你赶紧闭嘴！闭嘴——！"小月不等壮壮把话说完，就歇斯底里地大声喝住了壮壮。吓得壮壮和小帅立即闭了嘴。小帅不安地回头看着小月，壮壮此时也找不到停车的地方，只能一边开着车，一边不时通过反光镜看着小月。

只见她坐在座位上抱着头，嘴里嘀嘀咕咕着："卒然临之而不惊，无故加之而不怒……胸有惊雷而面如平湖……"

看着小月这疯疯癫癫的样子，壮壮心里一惊，暗想着：该不会她真的是个疯子吧？

黔　阳

小月的怪异举动再次震惊了壮壮，为了能快速平复她的心情，壮壮找到一个高速服务区休息了一会儿，给小月买了很多零食、可乐。她一顿风卷残云之后，终于又恢复了神志。

壮壮以为是自己说错了话，就给小月道歉。小月用谅解的目光望着壮壮，快速擦拭掉了眼角的眼泪，她吸了吸鼻子说："不关你的事。"

后面的行程中，壮壮和小帅说话都很注意，每聊一个话题之前，都会小心翼翼地试探一下，确定不会触动小月发疯的神经后，才敢放松地聊。类似谁和谁在一起、这个胖那个胖的玩笑，再也没有说过。看来给嘴上安一个把门的，是确保人和人之间和谐相处的最基本要素。

在小月的指挥下，三人从武汉出发，穿过岳阳，把寻亲第一站定在了华容县。但这里一来没有茄子炸糕特色小吃，二来华容县境内唯一的古城镇还在新建中，明显不是小帅的老家。

于是三人沿着G55高速，在常德改道长张高速，转向去了张家界风景区，准备游玩一番后，再去往寻亲的第二个目的地：湘西土家族苗族自治州的花垣县。

壮壮放慢了行程的节奏，以八十多迈的速度，不紧不慢地前进。三人一起唱着《点歌的人》，一路走走停停，观赏了沿途的美景，也领略了张家界的玻璃栈道，还品尝了各式各样的湖南小吃，每天都嘻嘻哈哈的，忘却了所有烦恼。

说来也是有趣，在大城市中受尽陌生人戏谑的魏小月，却得到了南方广大三线地区民众的尊重。她那仿佛是“鸡群中骆驼”的个头，连南方的男人们都不敢轻易在她面前造次，更别说那些个头只到她腰部的瘦小女人们了。

车一进入花垣县境内，渊博的小月老师，便开腔讲起了湘西土匪和中华人民共和国成立后解放军乌龙山剿匪的故事，还有附近最负盛名的茶峒古镇背后的故事，她说此地因著名文学大师沈从文撰写的中篇小说《边城》而被世人所熟知，茶峒镇的名字也因此改为了边城镇。

壮壮听后一脸茫然，不知道沈从文是哪位，倒是听着“编程”这个词挺亲切的，于是壮壮就开玩笑地说道：“呦呵！文学大师还会写编程呢！开篇第一章是不是讲的‘Hello，World’啊？哇嘎嘎……”小月听后用一种完全不可理喻的眼神狠狠地白了壮壮一眼。

三人找好了住地，发现当地的名小吃中，并没有茄子炸糕，米豆腐倒是很著名。小帅也说记忆中，并不记得有吊脚楼，但三人还是拜访了附近的公安局、派出所、街道办事处和居委会，还联系了当地一个叫“宝贝归家”的寻亲志愿者协会，都被告知此地2005年左右没有丢失过小男孩，只是2008年时，丢了一个叫雯雯的小女孩。

一连三日的探寻，让三人都很疲惫。临行前在小月的提议下，决定按照《边城》书中的描写，来一次江中泛舟，体会一下沈老先生当年写作时的意境。

来到码头后，船家师傅热情地招呼了三人，还特意介绍说行船的路线就是按照《边城》里面描写的制定的。不过，壮壮交船费的时候，船家看了一眼他和小月说："哎哟，小兄弟，可不能按照三个人收钱啊，就你和这姑娘的体重，怎么也要给五个人的钱喽，我们都是靠体力撑船的，挣点钱也不容易！"

在船家的安排下，小帅第一个上了船，待他走到船的一头后，才让小月上船。小月一脚跨进船舱，小船猛地往下沉了一大截，引得众人一阵惊呼。

小船缓缓行驶在水面上，壮壮和小帅一边浏览着江边的风景，一边听着小月讲述小说《边城》中描写的凄美爱情故事和现实中小说人物原型的故事。

壮壮听完小月的讲述，心里只感觉怪怪的，但又说不出来哪里怪。这时候，一旁的小帅开口问道："不对啊，姐你不是说故事中翠翠的原型，最后嫁给了作者的好友赵开明吗？那作者为什么要把结局写得这么悲伤呢？"

小月冷冷一笑，回答道："在中国，文学要想流芳百世，就必须写成悲剧，你要写个大团圆结局，立马就没地位了。"

小帅更加不解地问道："啊？为什么呀？"

小月撇着嘴歪了歪头回道："那谁知道，可能咱们中国人喜欢比惨吧。"

壮壮这时插话道："这故事也没啥啊，哥哥天保折腾了半天，敢情啥也不是啊，拆散了鸳鸯，自己还死了，这也太腻歪人了，怎么这故事就成名著了？"

小月听后没有生气，甚至微微点了点头说：“嗯……以咱们现代人的眼光看，是挺腻歪人的，但也正是这一点，反而衬托出了边城小镇民风的质朴和小镇居民心中的那一份纯。相比这个爱情故事，我更喜欢沈老对小镇景观的描写，文笔特别细腻，把这里田园牧歌、世外桃源一般的生活描绘得丝丝入扣，令人无限神往。”

壮壮不解地问道：“你不是说湘西历来出土匪，怎么可能民风质朴？搞笑呢吧！咦，你说那傩送会不会上山做土匪去啦？哇哈哈……”

小月白了壮壮一眼辩解道：“当土匪跟民风质朴又不冲突，沈从文自己还进过土匪部队呢，跟当土匪差不多。”

在小帅的鼓动下，小月背诵了两段《边城》中最经典的段落，让壮壮也体会到了沈老精湛的文笔和细腻的情怀……

听着小月的背诵，加之已经置身于小说文字所描绘的景色中，壮壮心中对这位文学大师也不禁肃然起敬，心想：不管书中爱情故事怎么腻歪，倒也难得有人能描写这些小镇乡民，凡是肯讲述世间百姓真实境遇的人，都值得人们去敬重。

小月话音一落，壮壮便感叹道：“我天，这真是做过土匪的人写的？看来做土匪跟写小说也没有冲突，按说这个沈从文应该可以很出名啊？怎么之前从未听说过？”

小月听后，斜了壮壮一眼：“那是因为你读书少！”说着她的眼中透露出一丝悲凉，伤感地说，“当然也可能跟他的自身经历有关，他生前曾遭到打压，还差点自杀。”

壮壮听后大惊，追问道：“啊？为什么事啊？”

小月回答说：“不是一件事，是很多件事累积到一起，他被郭沫若批判成‘桃红色作家’，甚至还扫过厕所。”

小帅插话问道：“桃红色作家？他写色情小说了？”

小月立刻反驳道：“那怎么可能，有人说他大局观不足，做人格局也太小。”

壮壮听后扑哧一笑，无奈地说道：“那就直接说他是小格局作家好了，干吗扣个桃红色作家的帽子！他一个边陲小镇长大的人，喜欢写边城小民，可不格局小嘛，太正常了。还是我邻居郭沫若郭大师牛，虽然我现在都不知道他写过什么名著吧，但北京什刹海有人郭老的故居，天天一群游人坐着人力三轮车各种观瞻，多神气。”

小月听后瞥了壮壮一眼，嘟嘟囔囔地说：“哼！其实不只郭沫若批过沈从文，连写《围城》的钱钟书和狂士刘文典也挤兑过沈从文。”

小帅立即抢话道：“《围城》我知道的，写得不错啊，为什么钱钟书也要挤兑沈从文啊，还有狂士刘文典又是谁呀？”

壮壮立即不耐烦地说道：“爱谁谁，一听‘狂’这个字就烦，让我来猜猜钱钟书挤兑沈从文的话啊……是不是说沈从文是乡下土包子？”

小月立刻惊了，连忙点头追问壮壮是怎么知道的，壮壮小得意地回答说：“咳！等你们俩到我这个岁数自然就明白了，人类社会就那么回事，多高端的人群，也免不了撕来撕去。”

小月听后歪脖一笑，说道：“想不到你书没看过多少，竟然还能领悟到这种真理，没错！但人类历史的发展、社会的进步也正是因为有攀比心存在，作家冰心也没少撕讽刺林徽因。”

壮壮听后立马不乐意地反驳道：“嘿，你怎么总说我看书少？我跟你说，我看过的书多了去了，光小说就有十几部呢！”

小帅一听，好奇地问壮壮：“是吗？原来你也喜欢看书啊？那哥你都看过什么书啊？”

壮壮掰着手指头，支支吾吾逐一细数道：“《大兵传奇》《无限可怕》《挖坟笔记》《恶鬼关灯》，还有……还有什么《种出一个未来》《霸道总裁死宠大波小萝莉》《穿越回夏朝吧，我的爸爸》……海了去啦！”

小月和小帅听后摇了摇头，异口同声说道：“可怜的80后！”

结束行船游览，三人回到旅馆休息了一夜，第二天就离开了花垣县。随后，三人就准备前往下一个目的地——怀化市。

虽然在花垣县依旧没有寻到小帅亲生父母的消息，但三人却未太过于失望，转而开始憧憬起安化县的茶马古道和新化县的向东街古城来，好像壮壮也同小月和小帅两人一样年轻，有的是人生可以浪费，也开始不计较预算。他以为本次行程的时间还有很久，后边要去的地方还有很多。

在一种毫不经意的心境下，三人来到了怀化市，找了家普通的一星酒店住了下来。壮壮跟工作人员打听附近有没有卖茄子炸糕和米豆腐的地方。

工作人员想都没想就回答说：“这里米粉和糍粑很出名，但没听说过有什么茄子炸糕，米豆腐以前很多，现在市区里已经很少见了，不过你们可以去老街那边找找，那里有卖米豆腐的店家。”

时间已经是下午了，三人想先随便转转，明天一早再去当地派出所打听情况。于是按照从网上查询到的信息，驱车来到了一个叫作黔阳古城的地方。四方打听之下，确定这儿就是酒店工作人员口中说的老街，也是怀化市区内唯一的古城老街。

三人漫不经心地游览着古老街道的风景。街道里很干净，两侧都是两层高的木板楼，上边还挂了很多红灯笼，不算平整的青石砖路面，凸显着岁月的斑驳。游客也有不少，感觉不冷清，也不是很热闹，气氛恰到好处。

与那些高度商业化的古城镇有所不同的是，这是一座半居住、半商业的古镇，让人感觉到处满满都是生活的气息。可以看到蹲坐在家门口吃着稀饭聊着天的居民，也可以看到身挑着扁担路过的当地乡民。

古城中每一户建筑里都是住家，有些敞开大门的人家，也不介意游人探着脖子往屋子里张望。通常这些人家正对大门的一面墙下，都摆着供桌，墙上挂着对联，把一家人的所愿所求写得明明白白的。有些人家的墙上甚至还能看到民国和“文革”时期的旧海报，让人恍惚有一种时光穿越的感觉。

路边有很多画者，都各自支着画架在写生，还有很多脖子上挂着相机的摄影爱好者，一路走走停停地拍照，想来他们也是难得遇到一座活着的古城吧。

转了两个多小时，三人也累了，正要离开古镇时，小帅在一个小吃摊对面停下了脚步。壮壮和小月起初没有注意到小帅的停留，只是一味地往前走，临出古镇大门俩人才发现小帅不见了，于是回头找寻，看见小帅正愣在一个小吃摊的对面，静静地望着一个卖炸春卷的老太太。

壮壮离着老远喊了小帅好几声，他都像没听见一样，壮壮和小月无奈又返了回去。壮壮轻轻推了推小帅，但他依然没有反应，好像石化了。

壮壮伸手在小帅眼前晃了晃，戏谑着问小帅：“喂！你怎么不走，咋啦？看见你娘啦？”

小帅的眼睛没有看壮壮，而是指着对面的老太太说：“你看！”

壮壮转头向卖炸春卷的老太太看去，又看了看四周的景物，好像有一点儿眼熟，半天才回忆起来有点像罗庚给小帅画的那幅古镇图。但这老太太的岁数也太老了，以小帅的年纪推算，他娘的岁数顶多也就 50 多岁，而且这家人卖的是炸春卷，不是炸糕。

壮壮想拉着小帅过去问问，不想小帅却有点发怵，反抗着不愿过去，壮壮只得跟小月一起来到了小吃摊位前，打算问问这老太太，家里丢没丢过孩子。

老太太见食客过来，立马起身开口对两人说道："买点春卷吧，左边素馅，右边肉馅，素的甜，肉的辣。"

壮壮问老太太："您家只卖春卷吗？有没有卖过茄子炸糕啊？"

老太太一听壮壮要买炸糕，有些失望地又坐了回去，她不耐烦地挥挥手说道："不卖炸糕了，你去旁边店买吧。"

壮壮继续问老太太："您今年多大岁数？家里子女都还好吗？"

老太太被壮壮问得一愣，用一种看怪人的眼神看着壮壮问："你是谁呀？我们认识？"

小月把壮壮拉到一边，并支使壮壮去斜对面的店铺中买几个炸糕回来，然后她对着老太太摊位上的二维码刷了 10 块钱后说："两种春卷每样来 5 块钱的。"

老太太一见来了买家，立即乐呵呵地给小月装春卷，结果发现肉馅的春卷少了两个，需要现炸。小月表示不着急，让老太太慢慢炸，她等会儿就是了，壮壮也趁着这个工夫，买了几个茄子炸糕回来。

壮壮把茄子炸糕给小帅拿了过去，小帅接过炸糕也不吃。壮壮咬了一口后说道："味道比小月做的差了些，好像用的不是一种辣椒。"

小帅听后，也没有搭理壮壮，只是继续望着对面的老太太，突然瞪大了眼珠子。壮壮顺着他的目光望去对面，只见一个不到 50 岁的中年女人，领着一个年纪与童童相仿的小男孩，正看着小月的手机屏幕，并与小月攀谈着什么。

壮壮仔细端瞧着中年女人的容貌，竟然和罗庚画得几乎一模一样，眉眼间跟小帅长得十分相似，都是典型的南方人面相。壮壮立即大声惊叹道："我靠！这就找着啦？"

壮壮这一咋呼，中年女人立即抬眼往壮壮和小帅这边瞧，卖春卷的老太太和小月也向哥俩望了过来。小帅被她们这一观望，竟然像十分怕见人似的，转头就跑。

壮壮连忙拽住了小帅，费解地问道："你跑什么？那女人没准就是你娘，长得跟你太像啦！"

小帅愤怒地看着壮壮，大声吼道："不是，她不是我娘，她是那个小男孩的娘！"

壮壮吃惊地回头看了看那个小男孩，发现他长得的确跟中年女人很像，也很像小帅。壮壮跟小帅说着话的工夫，那中年女人领着孩子快步朝哥俩走了过来。

小帅意识到了他们的靠近，再次迈开脚步想走，壮壮死命地拽住小帅不让他走，小帅急得大喊道："你放开，让我走，我要回柴火沟！"说完，小帅一把甩开了壮壮，跑了出去。

不想那中年女人紧追了小帅几步，突然开口大声地嘶喊道："乐平！你为什么要走啊，你回头让我看你一眼啊！乐平！"

小帅听后像被点了死穴，立即僵在了原地。中年女人丢下了身边的小男孩，快步追了上去，周围的人群也被女人的嘶喊声惊得停住了脚步，壮壮跟小月也赶忙跟上。

小帅缓缓地转过了身，半低着头，怯生生地看着眼前的中年女人。那女人一见到小帅的脸，立刻"哇"的一声哭了出来，她双手捧着小帅的脸，哭得泣不成声，抽泣地说："就是你！肯定是你！我生的娃我知道，你回来了，你自己找回来了！"

周围的邻居一下也都围了上来，叽叽喳喳地问中年女人道："林姐，你家肖乐平找回来啦？"

中年女人一下抱住小帅，放声大哭着喊道："我的乐平啊，呜呜呜……你把妈妈找得好苦哇，你去哪里了啊，你爸爸为了找你命都没啦！呜呜呜……”

小帅被女人抱在怀里，表情木讷。卖春卷的老太太也踱着小碎步走了过来，她老眼昏花地看着小帅，过了半天轻声地问小帅道：“乐平，你还记不记得我啦？我是外婆啊！”

中年女人听后，也松开了小帅，稍稍镇定了一下情绪，但依然抽泣地说道：“乐平，这是外婆。”女人说完，把小帅往卖春卷的老太太身边轻轻推了推。小帅却依旧一脸茫然，可能是一时不知道该做些什么反应，竟转眼望向了壮壮，眼神中透露出一丝求助的意思。

壮壮一时也不知道该怎么办好，但见小帅无助的样子，只得硬着头皮走了过来，轻轻扶着中年女人的胳膊说道：“那个……大姐，您先冷静，我是送小帅回来的，是他在河北的哥，咱们先别这么快就认亲呢，咱先看看小帅到底是不是你儿子啊！”

中年女人一听壮壮这么说，立刻化悲痛为愤怒，狠狠地对壮壮吼道：“他就是我儿子，错不了！不信你叫大伙看看，乐平跟我长得像不像……像不像？”她一边吼着，一边让周围的邻居们比较自己和小帅的长相，众人也纷纷表示，两人的长相的确很像。

这时不知道从哪里冒出来一个愚蠢的中年男人，他憨憨地说道：“你是乐平河北的哥？难道是你家拐走的乐平吗？”

这时小月伶牙俐齿地反驳道：“有没有脑子，要是我们家拐走了他，吃饱了撑的还给他送回来啊！”

那愚蠢的中年男人被小月高亢的嗓门吓了一跳，立马缩了回去。而且他很快反应过来冲自己嚷嚷的居然是一个块大膘肥的女人，不禁又吃了一惊，顿时瞠目结舌地躲到了一旁。

这时旁边的店铺老板娘见到门口这么热闹，也走了出来，她开口插话道：“哎哎，你们还让不让人做生意了？全都挡在我门口！”她话音一落，看到中年女人哭丧着脸，又赶忙改口道，“噢，是林姐啊，你这是咋啦？”

林姐赶快对店铺老板娘解释道：“这是乐平，我大儿子，他自己找回家了。”

店铺老板娘立即惊讶地说道：“哎呀，真的？这真是大喜事啊，乐平这都丢多少年了，有十来年了吧。”

林姐说道：“十五年啦，整整十五年了……”她说完，又要哭。

老板娘见状，赶忙说道：“哎，你们要不进我屋里来吧，孩子好不容易回来了，别站街上说话了。”

卖春卷的老太太也赶忙说道：“是啊，咱们先回家吧，别打扰人家做生意。”林姐慌忙点了点头，领着一行人回了家。

店铺老板娘赶紧说了一句：“林姐慢走啊！”她见周围的人群没有立即散去，还借势冲着人群喊道：“大伙都来店里看看纪念品啊，特价促销。”众人立即对老板娘投去鄙夷的目光，然后就纷纷散开了。

痛　经

林姐家屋子里的陈设与大多数本地居民家很相似，也是正对着大门，靠着墙摆了供桌，挂了对联，供桌上还摆上了各色水果。

卖春卷的老太太收了摊，吃力地迈过高高的门槛，上好了门板，众人围坐在长椅上，聊起了小帅的身世。双方逐一比对了信息，小帅的年纪、与家人失散的年份，还有小帅记忆中母亲的穿着，全都对应上了。

壮壮基本已经认定，她们就是小帅的亲生母亲和外婆，但小帅还是坚持要拿出确凿的证据。于是林姐翻箱倒柜地找出了一些彩色的照片，说这个是小帅被拐卖前拍的。三人翻看着照片中也就三四岁模样的小男孩，眉眼间确实有一丝像小帅。

为了稳妥起见，壮壮找了家打印扫描复印社，把照片传上了百度的寻亲平台，经过 AI 识别后，果真对应上了小帅现在的照片。

第二天众人一起去了派出所，民警全方面了解了小帅整个被拐、流浪、寄居和寻亲的过程，又查看了百度寻亲平台的结果后，还是建议林姐带着小帅去做一次 DNA 亲子鉴定。于是几人又驱车来到怀化市亲子鉴定中心，办理了加急亲子检测。

众人坐在走廊中，焦急地等待着检测结果。那个与童童年纪相仿的小男孩却不愿被外婆管束，他把嘴巴噘起老高，死命扭捏着身体，终于挣脱了外婆的手臂，并不顾阻拦地，一溜烟跑了出去。

三个小时后，亲子鉴定结果出来了，DNA 比对结果，小帅 99.99% 是林姐的亲生儿子。

小帅拿着检测报告，呆呆地看了好几分钟。林姐缓缓走到小帅身旁，用食指轻轻地推了一下小帅的头，又轻声埋怨道："叫你不要跨出门槛，你非不听话，我转身去厨房的工夫，就十五年见不到你了。"

小帅一听这话，心里的防线终于被摧垮了，他"扑通"一下跪倒在了林姐的身前，抱着林姐的双腿大声喊了一句："妈！"

小帅的外婆也走了过去，三个人抱着哭成一团，看得壮壮和小月也流起了眼泪。尤其是小月，哭得最厉害，哭得上气不接下气，好像找到亲生母亲的不是小帅而是她一样，哭得简直比小帅一家人都伤心。

壮壮不敢打扰小帅一家人，但看到小月这副哭相有点吓人，就赶忙安慰她道："喂……你行不行啊，控制着点，怎么好像你找到亲妈了一样！"

小月听完，不但没有收敛，反而哭得更伤心了，大有要咧嘴哇哇狂哭的架势，吓得壮壮赶紧对小月说："哎哟喂，大姐，我错了，您千万别发疯，一会儿给你买瓶大可乐，再给你买个大雪糕行不行？"

壮壮话音刚落，小月本要咧开的嘴，立马又收了回去，她吸溜了一下鼻涕说："一个不行，要两个，还要可爱多的。"壮壮听后彻底折服了，只得点头答应。

正当大家乱七八糟哭成一团的时候，鉴定中心的工作人员走了过来，板着个铁脸生硬地说："别哭啦，拿完报告就赶紧回去吧，在这里瞎哭什么！成天不是吵架就是抱团哭，烦死了。"他说完，瞥了小帅家人一眼，就转身要走。

三人还没说什么呢，小月却一下急了，她发疯似的嘶吼道："你说什么？你个浑蛋王八蛋，还有没有人性啦？"

小月破口大骂着，还猛地抄起一把凳子，朝着工作人员就砸了过去，吓得那工作人员立马抱头鼠窜。

工作人员看凳子没有砸到自己，就离老远跳着脚地嚷嚷道："哪里来的神经病？保安！有人撒野！"

小月砸完凳子并没有打算停手，反而迈着大步，要继续上前揍那工作人员。壮壮赶忙阻拦，小帅一家人见状，也立马收敛了哭泣，上前阻止小月。可小月那股子蛮力又上来了，几个人都拦不住她。

林姐尖叫着喊道："姑娘千万不要做傻事啊，没有什么的，咱们赶紧回去就是了。"

小月的脸狰狞得像头猛兽，嘴里发着狠地反复吼叫道："我要杀了你！我要杀了你这个浑蛋！啊啊啊！”

此时的小月已经完全疯了，前几日那个肥胖历史文学女青年的形象尽毁，一点儿影子都找不到了，急得壮壮大声呵斥道：“白读那么多书啦？不是会念叨面如平湖吗！赶紧念叨念叨再！”

小月听后愣了一下，嘴里开始反复叨叨着：“卒然临之而不惊，无故加之而不怒……卒然临之而不惊，无故加之而不怒……”她过了好一会儿，才恢复了理智，吓得壮壮后背冒了一层白毛冷汗。

壮壮赶紧搀着小月回了酒店，小帅安顿好了两人，就回家与家人团聚了。壮壮为了兑现刚才的诺言，给小月买了两个可爱多甜筒和一桶冰镇大可乐。小月抱着可爱多，一溜烟钻回了自己的房间。

壮壮躺在宽敞的双人床上，把找到小帅亲生母亲的事情，通过微信告知了各方，顺便也跟父母报了个平安。

钢子第一个回复语音消息说：哎妈！真的噢？小老弟你挺能耐啊！真挺行的哈！佩服！我这边事办得也挺顺，就是各处跑证明、收集证据的挺麻烦，还需要些时日，你们出门在外，一切要小心，别舍不得花钱，现在哥又有钱啦，你就可劲花吧！

钢子说完，用微信转了 5000 块钱过来，壮壮看后毫不犹豫地立马点了接受。钢子发过来信息说：哎妈，秒接噢！得，你拿着吧，不够再跟哥说。

壮壮回复了他一个笑哭的表情，又发了段文字道：穷家富路嘛，等回柴火沟再还你。

傍晚时小帅打来了电话，叫壮壮和小月去他家吃饭，说是他妈为了感谢两人一路护送他回家，特意做了一顿大餐。壮壮自然是欣然接受了邀请。

壮壮一看时间还早，优哉游哉地洗了个澡，换上了干净衣服，吹干了头发，才去敲小月的房门。可壮壮按了半天门铃，房间里隐隐约约传来几声响动，却不见有人来开门。

壮壮站在门外等了好一会儿，房门才轻轻地打开了一道缝儿。壮壮推开房门一看，小月正趴在地上，难过地捂着自己的肚子，面部扭曲狰狞，一副疼痛难忍的样子。

壮壮惊问小月这是怎么了，小月断断续续地说道："大……大姨妈……来了。"

壮壮听完立即乐了，大声说道："嘿嘿！好事啊，说明贾姨的药见效了，怎么痛经啊你？这好办啊，喝热水啊！"

壮壮又让小月休息了一会，才带着她去往小帅家。两人走近老街时，看到小帅已经焦急地等在古城入口了，一见到他们就兴奋地招呼着让进门。

小帅家中的餐桌上摆了四个热菜，还有一小罐汤，林姐热情地招呼两人入座，并殷勤地问壮壮是喝饮料还是甜酒。

壮壮看了看桌子上的菜，心里暗自有点不悦，说好了是大餐，怎么只有四个菜？而且菜量也不是很大。壮壮又看了一下菜品，四个菜分别是炒排骨、剁椒鱼、猪血丸子炒芹菜和清炒红菜薹，除此之外还有一碟红油辣椒酱菜、一小碟腊肉和一罐炖鸭汤，他觉得可能这就是湖南百姓家规格比较高的晚宴了。

林姐最后一个入席，端了一盘白色炸糕似的东西，放到桌上后，对壮壮说："来，尝尝本地的糍粑，刚煎好的。"

小帅第一次以主人的身份面对壮壮和小月，脸上洋溢着热情的笑容，这与他身边那位嘴巴噘起老高的小男孩，形成了鲜明的对比。

林姐见几人还没有动筷子，就夹给小月一块排骨说："姑娘别客气，敞开吃。"

小月怯生生地点点头，依然没有动手吃饭。壮壮心里暗想，就这么几小盘菜，还不够小月塞牙缝儿的，不禁差点笑出来。

这时小男孩却突然喊了一句："大肥猪！"

小月听后脸刷一下就白了，直愣愣地盯着小男孩，但不好跟小孩子生气，只羞愧地低下了头。

林姐听后，照着小男孩脸"啪！"就是一个大嘴巴，愤怒地说道："肖乐安！你怎么这么不懂事，这是你哥的恩人！"

小帅一下子有些难堪，但也没有说什么，只是偷偷瞄着壮壮和小月的反应，想来他此时的内心也是十分纠结的。

小男孩挨完巴掌，又愤怒又委屈的样子，咧着嘴要哭，愤然起身说道："谁承认他是我哥，有他就没我，你到底要哪个儿子！呜呜呜呜呜……"

林姐大声呵斥小男孩道："你闭嘴！你俩都是我的儿子！"

小男孩一看林姐不偏袒自己，更疯狂地喊道："我死也不认他，要不是因为找他，也不会害死我爸，班里同学说我是没爸的孩子，认他就对不起爸！"他说完，就哭嚎着跑进了里屋，搞得三人都很尴尬，尤其是小帅。

小帅的外婆叹了口气，放下筷子起身去追小男孩，林姐愤愤地坐回了凳子，拿起小帅的碗就给他添饭，生硬地说："别理他，咱们吃饭，你弟弟还小，也不知道你，你们别介意，过些日子就好了。"

壮壮为了缓解尴尬气氛，赶忙说道："没事没事，小孩子嘛，一时接受不了很正常，我们理解。您放心，我跟小帅就像亲兄弟一样，他兄弟就是我兄弟，不会介意的。"

林姐拿过小月的饭碗，一边给小月添饭，一边说道："小帅？这名字是他养父起的？他原名叫肖乐平，以后不要叫他小帅了。"林姐说完，把满满一碗白饭递给了小月，又要帮壮壮盛饭。

壮壮转眼对小帅说道："对啊，以后不能叫你小帅了，要叫你本名肖乐平了，喂！肖乐平？”

小帅看了壮壮一眼，转头跟林姐解释道：“小帅是我自己起的，买我那家人起的破名，我不爱用，以后还是叫我小帅吧，习惯了。”

这时壮壮突然反应过来，问小帅说：“那家人给你起了个啥名啊？”

小帅看了一眼林姐，见她也看着自己，吞吞吐吐地说：“佟……佟菁……”

他说完，壮壮先是愣了一下，然后咯咯地乐了起来，笑说：“你小月姐现在正应了这破名字，正痛经。”

壮壮说完，笑呵呵地接过林姐递给自己的盛满米饭的小碗，一转头看到小月已撂下了筷子，再一看她的饭碗，好家伙，已经吃空了。

林姐看后也是一惊，用一种怜悯的眼神看着小月说：“经期都能吃，一会儿我给你熬点红糖姜水驱驱寒。”

南方人的家宴乍看起来寒酸，但神奇就神奇在将将好够一桌人吃饱，几乎没有剩菜剩饭。不像北方人请客，每盘菜里要不剩个少半盘，都好像主人吝啬似的，相比之下，还是南方的做法较为合理。

吃完饭，林姐给小月熬了红糖姜水，几人聊起了小帅生父的死因。自打小帅被拐以后，小帅爸不愿意成天坐在家里等消息，他骑着摩托车把湖南全省都寻了个遍，还去了广西、湖北等地寻找，结果一次雨天意外，小帅爸的摩托车撞上了大货车，被送去医院抢救了三天，也没救过来，为此家里还欠了不少账。

自小帅爸死后，家里也不再做茄子炸糕了，林姐远去长沙打工，留守在家的外婆只会包些春卷卖。年初因疫情影响，林姐找不到活干，这才回了怀化。如今一家人生活很紧张，还要供小帅的弟弟肖乐安读书。

三人又跟林姐聊了很多小帅在农家院的事，林姐也跟三人说了很多小帅小时候的事，总之小帅是今天绝对的主角。壮壮夸奖小帅的仗义和懂事，也感叹他不幸的被拐经历。

小月却持有不同意见，她言之凿凿地说道："秦昭襄王嬴稷4岁去燕国为质，18岁才回秦国即位当王，他长平破赵、东出灭周，奠定了秦统一的重要基础；还有那秦始皇嬴政，干脆就出生在了敌国，从小受尽欺辱，生活窘迫，但他13岁回国即位，22岁亲政，39岁就统一了六国。类似的例子还有燕昭王、曹雪芹、杰克·伦敦和高尔基……总之，就像尼采说的'那些没有消灭你的东西，终将会使你变得更加强壮'，小帅如果能摆正自己的心态，被拐的经历反而会成为人生的财富。"

壮壮听后也觉得小月说得很有道理，应和道："是啊，很多企业家小时候家里都穷得叮当乱响，也正是因为如此，他们才练就了与常人不一样的心智，更能放得下虚荣，更明白心里到底要什么。"

小帅听后一个劲地傻笑，但很快他表情又落寞了下来，他疑惑地问道："哥，你和姐都懂这么多，可你为什么说你们都是被社会淘汰了的人呢？我都不知道什么时候才能追上你俩，连大学都没念过，是不是已经被社会淘汰了？"

壮壮和小月听后沉默了下来，小月皱眉看了壮壮一眼后，轻声地说道："你不同，你还小，有的是机会。"

可小帅依然不解地问道："姐，你也还年轻啊，哥岁数也不大。"

人就是这么可笑，劝解别人时一套一套的，可轮到了自己头上，就会想不明白，壮壮只得打趣道："咳！我跟你小月姐是特殊情况，你不能跟我俩比。"

正当小帅还要继续追问时，林姐端着红糖姜水走了过来，她一边让小月赶快喝姜水，一边劝小帅说："时间不早了，有什么话明天再说吧，赶快让你哥哥、姐姐早点回去休息。”

告别了小帅和林姐，回去的路上壮壮跟小月都很安静，小月开口问壮壮道：“你以前做什么工作的，怎么被社会淘汰了？”壮壮不想回答她的问题，于是就一路沉默着回了酒店。

第二天下午，小帅兴冲冲地跑来了酒店，敲开壮壮的房门，大声地喊叫道：“壮壮哥，我刚去办身份证啦！”

他又兴冲冲地转身去敲小月的房门，可半天也没人开门，两人焦急地喊了半天，小月才慢吞吞地开了道门缝。壮壮问她究竟出了什么事情，她十分难为情地说道：“我把衣服和床单都搞脏了……”

壮壮和小帅这才反应过来，无奈之下又帮小月网购了几件换洗的大号衣服，并赔付了酒店床单。他们决定这几天就待在怀化，一来跟小帅做最后的团聚，二来也让小月再多休息休息。小帅叫来了林姐帮忙照顾小月，林姐说小月寒气太大，要多喝些红糖姜水驱驱寒才行。

连续一个多礼拜，小帅每天都来酒店找壮壮和小月玩，三人斗地主、吃零食、聊天，有时哪怕是无聊地看电视，也要整日泡在一起。三人心里都明白，他们即将长久分离，只是谁都没有明说心中的那份不舍。

直到一天晚上，小月对着即将离去的小帅，突然开口道：“小帅，我给你念首王昌龄在黔阳城时作的诗吧。”

小帅不解地点点头，表示同意。小月一字一句地开口轻声念道：“寒雨连江夜入吴，平明送客楚山孤。洛阳亲友如相问，一片冰心在玉壶。”小帅听后，若有所思地回家了。

第二天清晨，小月收拾好了行装，拉着壮壮去退房。壮壮也觉得是时候该离开了，但还是想着要跟小帅做一次最后的道别。小月却摇摇头说，小帅不会再来了。于是两人退了房，驱车返回河北。

路上壮壮和小月依旧沉默相对，望着空空的副驾驶座位，鼻子一阵阵的酸楚，他希望小帅能给自己打个电话质问为何不辞而别，可一直到中午，手机也没有任何响动……

一直到长沙，壮壮和小月都没有开口说一句话。失去了小帅这个沟通的桥梁以后，两人相处的气氛就变得有些尴尬。

晚上他们找了一家快捷酒店住了下来。壮壮本想闷头一觉睡到天亮，可半夜里却被隔壁哼哼唧唧的娇喘声吵醒了，他都不记得上一次碰女人是什么时候了。这声音简直是把壮壮架于烈火上焚烤，烦得他是火冒三丈又无处发泄。

烦躁的壮壮下楼买了几罐啤酒，想借着酒劲睡过去。不想上楼的时候，遇到了正在敲自己房门的小月。

壮壮问她怎么大半夜的不赶紧睡觉，她看了一眼隔壁正在闹春的房间后说："这动静，谁能睡得着！"

小月看到壮壮手中拎着的啤酒，就像见到救星一样。两人回到壮壮房间里，用电视剧的声音遮盖了隔壁的噪声。他们一起喝着啤酒，等待着醉意来临。

小月一仰脖，一罐啤酒就喝掉了一半，完事还打了一个长长的气嗝。壮壮心想，真不愧跟她是一个爹生的，连打嗝都这么像。

壮壮好奇地问小月："你听这声也睡不着？你交过男朋友吗？"

小月不屑地看了壮壮一眼，并没有理会他的问题。片刻后又开口说道："你要能告诉我，你为什么被社会淘汰了，我就告诉你，我交没交过男朋友。"

撕　碎

壮壮一看小月居然跟自己讲起条件来了，便有些不爽地说道："嘿，还敢讲条件？要不是被隔壁扰得睡不着，谁爱听你那点破事儿。”

小月听后并没有生气，而是猛灌下整罐啤酒后，又开了一罐新啤酒喝。壮壮看照她这个架势喝下去，这几罐啤酒还不够她塞牙缝儿的，便赶快上前阻止道：“大姐，你大姨妈刚走，就这么喝酒能行吗？”

小月不以为然地说道：“你管得着吗，我乐意！”

壮壮一听就立刻反驳说：“嘿，我是你哥，我怎么管不着？快别喝了！”壮壮说完，便要上去夺走小月手中的啤酒罐。

小月扭身把啤酒罐捂在怀里，有点生气地说道：“不喝酒干什么去？睡又睡不着，你又不肯跟我说话，难道要憋死我不成？”

壮壮顿时没了脾气，将心比心，这大城市里的快捷酒店，真不是用来睡觉的。此时不单隔壁在颤动，连隔壁的隔壁，甚至楼上楼下都在颤动，壮壮和小月身临其境地体会着什么叫“朱门酒肉臭，路有‘馋’死骨”。

壮壮特别想打个举报电话，告诉公安局这里有人卖淫嫖娼，但又一琢磨，万一人家是真爱呢，算了……

壮壮停止了对啤酒罐的抢夺，无奈地对小月说：“好吧，那我就跟你说说，我是怎么被社会淘汰的。”

于是壮壮一边喝着啤酒，一边叙述着在北京的那些工作经历，把自己开发垃圾游戏、老板分红承诺不兑现、办公室里各种争斗和成天加班熬夜搞坏身体的事情都一五一十地叙述了一遍，甚至连被裁员后难以再找到称心的工作，以及即将成婚的女朋友也嫌弃地离去，转投他人怀抱的事情都讲了出来。

小月听后却很不以为然地说道：“这叫什么被社会淘汰，其实你跟我一样，只不过是已经看透了职场，不愿再助纣为虐、为虎作伥，也不愿意趋炎附势、卖己求荣罢了。你前女友那种人走了更好，省得你结了婚后悔遭罪。”

壮壮问小月："呦呵？你难道也是做游戏开发的？你也助纣为虐过？"在壮壮的追问下，小月也讲述起自己在上海的打工经历：

小月大专毕业以后，来到了梦想中的淘金圣地上海，她本以为自己可以像电视剧和电影中那样，通过自己的不懈努力和艰苦奋斗，在这个国际大都市金融港中换得一个立锥之地。

但是她学历太低，连本科生都很难找工作，更何况她一个外地来的专科生。于是她面试屡屡碰壁，无论她以多高的分数通过笔试，最终都败在了学历面前。所以她选择一边续考本科一边打工的方式，在上海找到一家高档美容院，做起了美容师的工作。

每天高强度的工作量，以及傻里傻气地在街头喊口号拉练她都能忍受，但是一遇到业绩考核，她就犯了难。

主管多次开会培训，给客人做美容时不能闷头傻做，一定要趁客人睡意蒙眬的时候，推销店里的服务产品，并且一定要趁着客人躺下的时候让客人签单成交，其间绝不能让客人坐起来，因为人只有在舒适地平躺着的时候，意识才最不清醒，所以这时最好忽悠、最容易产生冲动消费行为。

但这还不算最阴暗的招数，最阴暗的是，一定要对客人进行虚假宣传，严重夸大美容效果。为此她们还每天集中学习各种欺诈性的话语话术，并提前备好一些 PS 过的对比图片，就为了在客人面前把虚假宣传说得有模有样。

什么能让人瞬间溶解脂肪的进口仪器，什么提拉面部筋膜层让人分分钟年轻十岁，还有什么立即收紧皮肤……总之美容院里都是不开刀、不吃药、不受罪就能让人既能减肥又能变年轻的神奇仪器，还各种吹嘘美国、韩国、以色列等国的顶尖高端技术，天花乱坠地一顿忽悠。

更可恶的是，老板甚至还教她们怎么分辨各类顾客，怎么从言谈举止和穿衣打扮上区分谁是大金主，谁是一般小白领，更有利于她们针对性地推销各种服务产品。

小月做美容行业之前，本以为美容师就是凭着手法、靠体力挣钱的职业，没想到做了两年后，她感觉自己好像变成了一个大骗子，一个帮助老板疯狂骗钱的走狗。

而那些昂贵的美容项目呢？其实都只是在短时间内提升表面效果，时间一长，就会露馅。但老板也不怕有人来秋后算账，因为老板早已备下各种诸如“没有定期保养啊”“平时没有注意姿势啊”之类的说辞，总之会找出一大堆客人的问题，从而逃脱自己的责任。

还有一些美容院给客人们使用的什么进口精华素、特级香薰精油，什么这个霜那个神仙水的，其实无论是进货价，还是实际使用效果，都和市场上普通的皮肤养护产品相差无几。

但小月为了心中的梦想，还是昧着良心忍受了下来，用了两年的时间，推掉了老板的提拔，挤出宝贵的休息时间，利用各种工作休息的间隙，把本科学历考了下来，并且成功地通过了一家中外合资的跨国大公司的面试，做起了总经理第二助理。

不久小月还在公司里结识了一名上海本地的青年才俊，两人情投意合，开始了交往。她以为自己高大上的人生就要开启了，想着通过自己的努力，有朝一日可以走上人生巅峰。

可工作了几个月后小月就发现，什么总经理第二助理，这个职位实际上就是陪吃、陪喝、陪玩，甚至还有好几次差点陪睡的高级三陪，不但要陪总经理吃吃喝喝，还要陪董事长或者是陪客户们玩乐。

什么业务能力、情商、智商、待人接物，那都是基础条件而已，最关键是长得漂亮还能陪睡，才是一个职业女性在职场中成功上位的关键。

总经理对小月倒是挺有耐心，苦心“栽培”了她半年多，为了让小月早日上道，甚至还偷偷告诉小月，公司的市场部经理和商务部经理都是睡出来的，让小月学聪明点。

小月本就是易胖体质，这半年没日没夜地忙下来，体重一下长了20斤，而且怎么控制都没用。因为就算一天不吃饭，一顿洋酒下肚，就会猛长体重。

到了最后，总经理见小月迟迟不上道，不肯陪睡，身材也变了形，就打发她去销售部做了一名普通的销售员。小月倒是挺得意于离开肮脏的管理层，以为在销售部能有一番作为也是好的。

可没想到销售部的日子也不好过，也是免不了要各种饭局、酒局地应酬，又过了半年，自己业绩平平不说，身体又发福了20多斤，连已经跟自己谈婚论嫁、情投意合的青年才俊也抽身离去了。小月终于看清了大城市里所谓的职场，心灰意懒地回到了河北老家。

说到这里，小月仰脖喝了大半罐啤酒，打了个气嗝后，哀叹道："这世界对女人太不公平了。"

听完小月的叙述，壮壮沉思了一会儿说："也不至于吧……中国女性地位可算世界上最高的了，我见过很多女中层、女高层，也有奇丑不堪的啊，不都是你这种境遇吧，你遇到的只是少数个例而已。"

小月听完冷冷地一笑，回壮壮说："的确，不是所有职业女性都是这样，有背景、有财力或有超强技术的女人都能免去以色事人的困扰，但如果不是就干脆别做梦，低调做个小职员，也可以没有这方面的烦恼。除此之外，女人要想进入公司高层，要么是彻底放弃爱情、家庭——不但要抛夫弃子，还要能力比男人强出一大截才行；要么就是出卖色相，靠劈腿上位。这一点毋庸置疑。"

壮壮听完觉得小月说得还是有点夸张，反驳道："不对啊，我以前的公司就有个女高管，也不漂亮啊，快 50 岁了都。”

小月立即反问道：“那是总财务吧？”

壮壮一想还真是，立马追问小月是怎么知道的，小月冷冷一笑回答道：“不漂亮，50 岁还能在公司做高管，不是财务还能是什么？”

壮壮不可思议地继续问小月道：“我就纳闷了，这个世界上色狼就那么多吗？为什么不能让女人直接做高管呢？非要先睡一下再扶持她们上位。”

小月再次冷笑说：“无论男女，你以为男人就不被睡了？看看那些被资本家潜规则的男明星们。那些靠权术、靠背景、靠出卖而发达，并一切向钱看的不义之人，一旦坐拥大量钱财或权力时，因为他们要享受人上人的乐趣，所以就会去玩弄别人。而且越玩越麻木，因为麻木造成越玩越变态。别看他们表面衣冠楚楚，总说些冠冕堂皇的话，背地里干的全是毫无人性的事。没有背景的人，只能出卖自己的灵魂和肉体后才能换个出头的机会。可他们一旦出头，为了能弥补自己曾经出卖掉的东西，他们也会变成无耻之徒，也去玩弄别人。这种事情伴随着人类社会的发展，不断上演，循环往复。”

壮壮听到这里，不禁对小月产生了几分佩服，没想到她小小年纪，却经历过如此多的黑暗面，不由得感叹道：“没想到你年纪不大，经历过这么多，唉……没想到互联网公司这方面，反倒是比那些传统公司强了许多啊。”

小月不屑地说道：“那是你还没有接触过公司的高层，天下乌鸦一般黑。”

壮壮也不屑地反驳道：“行啦，爱谁谁吧，反正我是谁都不愿意伺候了。话说你回农家院以后，也不减减肥，控制一下体重啊？胖成这样，以后还真不打算嫁人啦？”

小月伤感地回道："没有意义，反正世间男人都是视觉动物，我为什么要嫁给动物？隐居在农家院里，看看历史，读读书，做个隐士想干吗就干吗挺自在。"

壮壮听后扑哧一乐，一想也是，这世上的男人可不都是这样吗，即便是女人也一样，都是先通过外表，再对心灵感兴趣，从而才开始相恋的。

壮壮叹了口气，怜悯地看着小月说："成！就算你这辈子都不嫁人，就自己过了，那你事业怎么办？好歹你也是个正经的本科了，不至于真的打算在柴火沟里种一辈子地吧？"

小月被壮壮问得一愣，反问壮壮："你问我之前，怎么不想想自己，你学了半天计算机编程，还不是在种地？你以后也打算种一辈子地吗？"

壮壮被小月这么一问，也是犯了愁，挠了挠下巴，纠结地说道："嘶……那我除了编程也不会干别的啊，反正我就是饿死，也不回去打工助纣为虐了。"

小月立即质问壮壮道："难道送快递、拉出租也是助纣为虐吗？再不行，自己做点小生意也行啊。"

壮壮一听这话就乐了，无奈地说道："大姐，什么年代了，你以为现在生意好做啊？连电商和网红直播带货都快卖不动了。再说了，我可不去送快递、拉出租，那书不白念了？就算降低标准吧，也不至于降到跟快递员和出租司机抢饭吃的地步吧。"

小月用异样的眼神看了看壮壮，思索了一会儿说道："我觉得你要彻底放下虚荣心后，自然就知道以后能干什么了。"

壮壮狐疑地问小月道："我都种地、出租房子、开面包车了，还不算放下虚荣心啊？那怎么才算放下虚荣心啊？"

小月微微一笑后说道："这些刚哪儿到哪儿？要放下虚荣心，就要先从撕碎自己开始，从最简单、最初级的工作做起。比如发传单、上门推销、送外卖、摆小摊、做调查员这些都可以。”

壮壮脑补了一下自己站在大街上发传单的画面，瞬间感觉可笑至极，赶忙摇了摇头说：“拉倒吧，那还不如拉出租呢。”

小月突然来了劲似的说道：“怕什么，反正这是在长沙，谁认识你啊？”

壮壮一副死也不肯的样子，坚持说：“不行不行，都什么年代了，各种直播、短视频段子的，一传上网，在长沙跟在北京没什么区别，都一样曝光你，不行不行。”

小月瞥了壮壮一眼后问道：“就算真的有人把你拍成段子了，你怕谁看见？”

壮壮想都没想就开口回答道：“多了，同学、同事、亲戚、朋友，还有邻居，不都能看见吗？”

小月冷冷一笑后继续问壮壮道：“那他们平时跟你联系多吗？你失业这么久，也没女朋友了，谁管你了？有人给你介绍工作、介绍女朋友吗？”

壮壮回答说：“都什么年代了，平时谁能想得起谁来，都闷头过自己的日子，最多也就是嘴上劝你几句，才没人管你这些破事呢。”

小月点了点头后说：“哟，你还知道啊，现在又不觉得所有人都天天关注你了？这个世界人与人之间背后的关系，无非就是相互嘲笑而已。你平日谨小慎微的，怕被人笑，其实无论你怎么做，不想笑话你的人，压根就想不起你来而想笑话你的人，绞尽脑汁、挖空心思也要去嘲笑你。卑劣者需要尽可能地去嘲笑别人，才能忘记嘲笑自己。”

壮壮一下子被小月的话噎住了，虽然觉得她的话有道理，但还是强努着反击道：“你别说我，你自己不也不想再工作了？你干吗不撕碎你自己，也出去发传单、摆摊去？”

小月立即回击道："你好歹还有最关心你的家人，而且你是男人，事业是比男人生命还重要的东西，女人最重要的则是家庭，天性使然。"

壮壮被小月的话怼了个没脾气，破碗破摔地说："哎呀，烦死啦，不管啦，你说让干啥，我去试试看就是了。"

小月眼珠一转，瞬间就冒出来了鬼点子，说道："哎？你不是心疼这次南行的旅费吗？咱们干脆来一次半工半游，一路免费回河北好不好？"

壮壮一听免费，顿时来了精神，立马问小月："什么什么？怎么个半工半游法啊？"

小月傻憨憨地笑了半天后说："就是咱们俩，每到一个地方，先打工赚足了钱，再去下一个地方，然后临走再捎上两个旅客。这样不但节省了旅费，没准还能赚几百顺风车钱。"

壮壮听完有点蒙，不可思议地问小月说："啊？怎么赚啊？找个公司干上一个月，拿到工资再走人？"

小月用一种看白痴的眼神盯着壮壮说："你笨啊，干临时工，日结那种，网上不是有很多兼职吗？"

壮壮还是觉得太不靠谱，又问："那没有兼职的小地方怎么办？"

小月自信满满地说道："那咱们就调整路线啊，找有旅游景点或有大城市的路线走。咱们很多景点没去呢，像湖北的大峡谷、武当山、神农架，河南嵩山少林、龙门石窟，咱们都没去过呢。"

壮壮听后也稍微有点心动了，打开手机看了看路线，琢磨了一会儿后觉得路线有些绕，心想这么一大圈绕下来，没有两个月回不了河北。这都 12 月了，眼瞅着就要过年了，不禁有些犹豫。

没想到壮壮这点小心思，却被小月看得透透的，她无所谓地对壮壮说："2 月中旬才过年呢，用不了两个月，有一个多月时间，咱们就能回去了。”

俩人聊到这会儿，不知不觉已经到了深夜，周围那些哼哼唧唧的叫床声终于逐渐平息了。壮壮跟小月说自己再考虑考虑，就把她赶回房间了。然后给母亲发了一条微信，询问她和父亲的归期。

第二天快中午，壮壮睡得正香时被母亲的电话吵醒了。她已经不再生气，语气中反而还有些装嫩，她说他们在厦门一带玩得很开心，想多游玩些日子，在父亲战友家过完年，正月初三再回来。

壮壮不禁有些傻眼，心想：父母都不回农家院，那我和小月回去，成天大眼对小眼的有什么意思？算了，干脆豁出去了，就来次半工半游试试吧。我倒要看看，这张35岁的老脸是怎么被撕碎的。

壮壮跟小月决定正式启动半工半游计划，在同城App上找到了一个扮人偶发传单的临时工作。于是两人打工的第一站，定在了长沙市中心黄兴路上的步行商业街。

为了保证计划能达到真正免费且能真正“撕碎”自我之目的，壮壮跟小月还定下几条规矩：一、记录好银行卡中的数目，确保不花计划外的一分钱；二、为了省钱，优先找包吃包住的工作干。三、赚够去下一站的钱就必须离开，不能总在一个地方恋战；四、打工中途谁也不能轻言放弃。

两人从商家手中领到了人偶服装，在更衣室一顿穿戴后，两只傻乎乎的大胖熊笨手笨脚地走了出来。老板要求他们不但要散发传单，还要在客流高峰期活跃商店门口的气氛。

今天虽然是周末，但因为现在经济不景气，上午的人流并不是很多，游客们也很不屑于接过递上的传单。周围的商店还有一些扮演小恐龙、喜羊羊、天线宝宝和COSPLAY小狐仙的演员，也都是一副蔫头耷脑、心不在焉的样子。

偶尔有淘气的小孩追打壮壮，他还能乐和乐和，但是遇到那些小混混故意猛拍他和小月的熊头时就不免让人有点生气。

中午的时候，老板给两人买了一荤一素的廉价盒饭，但根本吃不饱，而且老板很不乐意他们经常脱下熊皮喝水休息。壮壮和小月就这么苦苦地挨到了下午。

小月无奈地对着壮壮摇了摇母熊脑袋，耸了耸肩膀，用肢体语言表达着此刻失落无聊的心境。壮壮也捂着肚子，做了一个夸张的俯身大笑的动作作为回应。

突然 COSPLAY 小狐仙的美女对壮壮张望着笑了笑，壮壮马上踱着小碎步上前与之拥抱，不想小月却死命地拉开壮壮，并假装生气地直跺脚，逗得周围这些人偶演员们一阵哄笑。

接近傍晚的时候，老板期盼已久的人流高峰终于到来了，周围的商家立即播放起了各种劲爆的音乐，《我怎么这么好看》《我们一起学猫叫》《火红的萨日朗》等网红音乐，像蛤蟆吵坑一样躁动着，那些人偶演员们也都手舞足蹈地跳起了很专业的舞蹈，有鬼步舞、蒙古舞，还有各种时下正流行的舞蹈动作。

壮壮和小月顿时就傻了眼，壮壮指了指对面那只甩着大狐狸尾巴正学着猫跳舞的小美女，然后歪头冲着小月一摊手，示意她也学学人家那样跳舞。

小月看懂壮壮的意思后，把脑袋摇晃得像个拨浪鼓，意思是自己死也不跳那种舞步。其实壮壮虽手上这么比画，但也只是跟小月开个玩笑，并没有真让她学人家跳舞的意思。

但老板显然不这么想，他见自家这两头呆熊还傻傻地杵在原地，没有像其他人偶演员那样去活跃气氛，就着急了，赶忙起身来到店门口，催促俩人也蹦蹦，最后干脆就站在了店门口督促两人跳舞。

说实话，这个时刻对于壮壮来说，真的很屈辱，壮壮心想：

老子堂堂一个北京爷们，给你扮一天呆熊就不错了，现在居然还敢让老子跳舞？我跳你姥姥！

壮壮刚想摘下熊头甩手而去不干了，不想小月猛地拉住了壮壮，并用两只粗笨的熊手，隔着手套，艰难地给壮壮比画了一个“四”。壮壮半天才反应过来，小月这是在告诫自己，不要违反事前约定好的第四条：打工中途谁也不能轻言放弃。

老板见壮壮一副不爽的样子，十分纳闷，想来他也很少遇到像壮壮这样不配合的临时演员，他嘴里开始嘟嘟囔囔地说：“赶紧跳跳舞啊，否则我可不给你们结算工钱！快跳！”

小月听后，委屈地低下了熊头，犹犹豫豫地缓缓跳起了笨重的舞步。壮壮实在不忍心看着她这般丢人现眼，立即薅住她的脖领子，让她赶快停止。

不想她这一跳，再加上壮壮这猛地一薅，竟然引得两三个青年驻足观看了起来，老板立刻惊喜地大叫道：“对！你就这么跳，你打她，你俩就一边打一边跳！”

小月倒是很机灵地立即心领神会，她挣扎着给正在围观的青年递上了一张传单，壮壮一看马上猛地一拍，把传单打落在地上，不给游人接传单的机会。然后小月又不甘心地再递出一张传单，壮壮又追过去一把拍掉了单子，看得老板都惊呆了，不知道他们要干吗。

但是人的好奇心就是这么强烈，你越不让人他看什么，他就非要看什么。壮壮直接递给游人传单，他们不屑一顾，壮壮把传单拍地上，他们却要弯腰捡起来看。

壮壮和小月都意识到了这个办法可行，于是小月就开始张牙舞爪地跑到各种游人身前，递上传单，壮壮就紧随她身后，在游人正在犹豫自己是否要接过传单的一刹那，立马拍打在地。

壮壮做出各种假装阻止小月向游人分发传单的动作，又是夸张地掐她脖子，又是抱她熊腿的。小月也全然一副冒死散发传单的架势，各种挣脱壮壮的阻止，逗得周围人群哈哈大笑，又纷纷主动过来拾起传单来看。

十个捡起传单来的人，能进去商店里一个就不错了，而平均十个进去商店的人，会有一个买东西的。老板见终于有客人惠顾了，这才停止督促，转身回店里招呼客人。壮壮和小月就这么装傻充愣，从傍晚6点一直演到了晚上10点，其间连口水都顾不上喝。

晚上11点的时候，老板看实在没有游人了，才悻悻地关上了店门，并给壮壮和小月结算了700块工钱。

小月对老板点头哈腰地说了句："谢谢老板。"

不想老板一脸不乐意地回道："这一天，除去房租和你俩的工钱，我自己才赚不到800块钱啊，你们才是老板！"他说完，便唉声叹气地离开了。

壮壮和小月拖着疲惫的身体，开车回了酒店。别说吃饭了，壮壮连澡都懒得冲，就爬到床上睡觉了。

一连两天，壮壮和小月在步行商业街上，靠装熊卖傻赚到了1400块钱，壮壮这时候突然觉得，做熊也挺好，一天350块，一个月都能上万了，于是跟小月提议说，干脆后半生就做只傻熊算了，但小月并不同意。两人按照事前约定好的，决定离开长沙，前往下一个目的地——武汉。

临行前，他们还从网上找了一对年轻的95后小夫妻，以每人100元的车费让他俩搭了个顺风车，并用他们的车费加满了油箱。

回　家

去武汉的路上，小月通过手机找到了一份包吃包住每人每天200块钱的临时工作，负责给武汉著名的小吃品牌"周白鸭"封装贴标。但经理要求他们最短得做满七天才行，壮壮和小月算了算可以纯赚 2800 块钱，还不用在街上抛头露面，感觉可以接受，于是决定干上一个礼拜。

实际情况并没有想象中那么美好，同厂其他工人都轻车熟路的，每天用不了八小时就完成了预定的工作量。晚上 8 点以后，车间里只剩壮壮和小月俩人还在慢吞吞地贴着商标。

前三天，两人都要干到晚上 10 点才能回去睡觉。壮壮每天累倒在八人间宿舍的窄床上，回想着以往每小时就能赚 200 块钱的日子，瞬间感觉恍如隔世。

不过这乏味的工作也有一个小乐子，那就是老板每天会发给员工们一小盒鸭货吃。从第四天开始，两人已经可以把完工的时间提前到 9 点了，第五天更是提前到了 8 点半。终于可以从容地洗洗涮涮后，开瓶啤酒，吃着鸭货，跟宿舍里的农民工师傅们聊聊天了。

一个 40 多岁、见过些世面的老大哥对壮壮说："兄弟，听你的口音，好像是北京人？"

壮壮心想绝不能给首都人民丢脸，于是立马打谎道："燕郊，我家燕郊的，跟北京就隔着一条潮白河，还算河北省。"

众人一听，立即哄笑成一团，一个年近 50 岁、满口黑黄牙齿的大叔戏谑壮壮说："你小子，可真倒霉，你家祖宗要是有先见之明，去河对岸盖屋，你也不至于搁这儿干临时工了，哈哈哈。"

这些农民工师傅，特别和善，壮壮很轻易地就融入了他们的圈子。他们每晚都抽烟、喝酒、打牌，把宿舍搞得乌烟瘴气的。大家有时一起骂骂经理，有时一起聊聊女人，没有人关心互联网经济，也不关心什么是地缘政治危机，甚至连彼此的名字和经历都不是十分关心，需要时最多也只是叫对方的外号而已。

壮壮以前对这些农民工是戴着有色眼镜的，总觉得他们很低级，思维模式落后，知识储备单一，不敢也不愿意走出自己设定的那个狭小圈子。

壮壮觉得自己比他们懂得多，根本不耻于与他们为伍，甚至都懒得多跟他们说话。如今壮壮突然意识到，自己又有什么资格去鄙夷他们呢？在很多所谓高端人士眼里，自己跟这些农民工之间的差别并不大。

小月则没有壮壮这般幸运，她魁梧的身材和当地的女性本就格格不入，还因为睡觉时鼾声巨大，被众人轰赶到了杂物间。但小月隐忍了下来，她觉得自己没挣过这种干净钱，她愿意为此承受恶劣的生活条件。

七天以后，壮壮和小月跟经理结算完工钱，就离开了武汉，他俩准备从恩施大峡谷起始，一路北上到神农架和武当山游玩。碰巧在贴吧里遇到两名准备去恩施大峡谷一带游玩的 80 后帅哥，于是几人一拍即合，壮壮便搭载着两人，驶往恩施土家族苗族自治州。路上油钱自然是由两名帅哥负担。

路过荆州市的时候，“历史老师”小月同志再次开了腔，说起了刘备借荆州和关羽大意失荆州的故事。壮壮第一次意识到，原来这两个故事，说的居然是同一个地方。

同行的两位帅哥饶有兴致地倾听着小月老师的讲述，最后两人竟决定聘请小月做本次出游的私人向导，全程跟随他们一起游玩。当然小月游玩的费用他俩也全包了。小月也机灵地趁着对方高兴，立马互加微信，收了 500 块订金。

壮壮见两人长相眉清目秀的，举止谈吐十分优雅，穿衣打扮又很时尚，就询问他俩是何来历，怎么大年底的也有闲心出来玩。两人听后相视一笑，其中一名高个儿帅哥说道：“我们是演员，没戏拍了，就出来转转。”

小月听后立即兴奋地追问道：“是吗？那你们都拍过什么戏啊？”

另一名矮个儿哥们回道："《庆余生》和《沉情令》看过吗？里边有角色是我演的。"

壮壮惊奇地问道："是嘛，你叫什么啊？"

矮个儿哥们回道："我叫姜波，不信你们查查《庆余生》演员字幕表，参演名单里，第三排第二个就是我。"

壮壮透过反光镜看着两人的神情，不解地问道："你俩都长这么帅了，才混成个群演啊？"

高个儿哥们反驳道："我们可不是什么群演，我可正经是上海戏剧学院表演系毕业的，古哥是我同学。"

小月听完立即惊呆了，不可思议地说："天哪，想不到遇到未来大明星啦！"

那高个儿哥们尴尬地苦笑了一声后，无奈地说道："你知不知道连王力宏都因为年龄大，被取消了矿泉水品牌代言。这年头，还能给 80 后什么成名成家的机会？连国家一级演员都开始去拍荒诞古装剧啦。"

小月还真通过手机，翻到了电视剧《庆余生》的演员表，果然看到了姜波的名字，她兴冲冲地追问姜波在哪一集中能看到他的表演，姜波也很积极地告诉了小月自己出场的集数和出场的时间段，两人立即捧着手机聊得火热。

但高个儿帅哥却很不屑于姜波这种廉价的出演方式，他拉低了帽子，闭眼靠在椅背上打起了瞌睡。壮壮能感觉出来，在高个儿帅哥的心里，肯定曾有过一个闪光灯下熠熠生辉的红毯梦。

四人游览了大峡谷，探寻了神农架，又拜访了武当山，曲曲折折地一起同行了两个多礼拜。壮壮也才明白过来他俩为什么不自己开车出游，自己路上要开车，到了景点还要陪着他们各处游玩，着实把他累得够呛。

高个儿帅哥在游玩期间，居然开启了网络直播，他手举着自拍杆，不时对着手机镜头各种搔首弄姿，尤其是小月讲解各地名胜古迹历史故事的时候，居然跟姜波配合着，学着古人的样子，即兴表演了起来。

有一次人手不够，壮壮居然也被拉着帮忙扮演起各种角色，没想到还真有几千人又是点赞，又是打赏的。

最让壮壮惊喜的是，高个儿帅哥拍了一个关于他的这辆“豪华”五菱宏光改装车的短视频，竟然还火了，收到了 20 多万个赞，搞得壮壮十分崩溃。

于是壮壮干脆学着那些去西藏和新疆自驾游的旅游达人们，也用高个儿帅哥的账号，拍了一个野炊做饭的视频，结果居然获得了几万个赞，搞得壮壮简直都要疯掉了。心想，这一路，不知道错过了多少个赞。

小月跟着姜波学起了视频剪辑和各种玩短视频平台的小技巧，竟然也开了个短视频账号。壮壮问小月准备搞什么类型的短视频，她不假思索地回答，当然是自驾游配合历史故事讲解啦。姜波听后，竖起了大拇指说：“你别说，这类虽然小众，但还真是个冷门，我只看过一个到处拍古墓的。”

壮壮邀请二人继续随自己北上去河南，显然这哥俩对北方的冬天不那么感兴趣，于是四人就在宜昌市分别了。

壮壮跟小月后来又去了河南省的登封市和洛阳市，先后游览了少林寺和龙门石窟，其间也不忘拜佛烧香，顺便偷卖些低价矿泉水。在登封市扛了几天大包，又在洛阳市搬了几天砖后，两人捎带着两名去北京探亲过年的大爷大妈，一路返回了柴火沟的农家院。

在后面的这段旅途中，小月在姜波的影响下，发现了网络短视频这个新大陆，并跟壮壮学习了很多互联网知识，从此一有空闲就抱着手机各种研究。她还把途中录制的视频，剪辑成了很多小段子发到了网上，但还不如拍刘富贵耍呆卖萌的视频获赞数量多。

壮壮和小月十分困惑，不知道为什么自己的账号，并不像高个儿帅哥账号那样受网民欢迎。最终俩人只得粗略地认为，可能是他俩形象太差，又加上不经常出镜的缘故。在这个什么都看脸的时代，壮壮和小月这种大胖子，自然没有人稀罕去看。

反倒是壮壮隔三岔五在朋友圈发的一些旅途见闻，受到了很多常年不联系的同学、同事们不遗余力地点赞和留言。有些人关切地询问景点游玩攻略，更多的人则是对壮壮表达着羡慕，尤其是同事老张，他有时候甚至私信问壮壮下一站目的地是哪儿，以及费用是怎么解决的，还有住宿条件怎么样等问题，言语中充满了嫉妒恨。

美凤这段时间也没有把壮壮遗忘，每天晚上都会给壮壮发来几条问候的微信。起初壮壮还跟她聊上几句，但他很快发现，自己的情绪明显已经跟她不在一个波段上了，没法再像以往那样，与她一起沉浸在孤寂落寞的语境中。而且每天晚上壮壮都累得要死，一沾上枕头就睡着了，所以就不再回复她的信息了。

两人回到河北农家院时，已经是临近 2 月份，还有一个多礼拜就是除夕了。小月结算了一下本次旅行的费用，惊喜地发现，非但没花钱，还赚了近 5000 块。对比 2019 年，这也算是个进步了，壮壮一高兴，决定用这些钱置办些年货，等着爸妈回来过年。

两人去镇上买年货，顺带给丁奶奶和童童也买了一箱牛奶、一盒巧克力和八宝粥等副食，就当是过年的礼物。还保养了面包车，这辆改装过的五菱宏光，对他们而言，已经充满了各种旅途回忆，珍贵无比。而且俩人觉得，这种半工半游的生活十分有趣，打算过完年，再制定一个西行的自驾游路线，带上爸妈继续自驾玩。为此小月还网购了一把高端的瑞士军刀，预备下一次出行时使用。

此时壮壮特别庆幸自己是中国人，西藏、新疆、云南、内蒙古……幅员辽阔的祖国，有数不清的美景等待着他们去“流浪”，加之政府已经扫黑除恶多年，现在可谓是各种穷游、自驾游最好的年代。想了半天，壮壮也没想出来世界上还有哪个国家可以同时做到自驾游时既安全又方便，同时还幅员辽阔的。

记得壮壮刚接触游戏行业的时候，老板总言之凿凿地对壮壮灌毒鸡汤说：“不要成天想着去考什么没用的公务员，他们才能挣几个钱啊？你就放心做游戏这一行，不用担心什么经济危机，你们看 1998 年金融危机，百万韩国人要么失业，要么找不到工作，为了打发空余时间，又能避免大额的开销，很多赋闲在家的韩国人都玩起了《星际争霸》。这一下不但把韩国催生成了电子竞技强国，甚至网络游戏研发还一跃成为支撑韩国经济的第三支柱。你们是光荣的互联网游戏事业从业者，是比影视行业更能创造经济效益的伟大事业。”

现在想想，那老板真是害人不浅，当年韩国会出现这种全民宅在家玩游戏的情况，那是因为国土面积太小，可不必须窝在家里打游戏嘛。

壮壮突然想起了刘欢在歌曲《弯弯的月亮》里所唱的歌词：“我的心充满惆怅，不为那弯弯的月亮，只为那今天的村庄，还唱着过去的歌谣……”此时此刻不知有多少年轻的游戏行业从业者，正在挑灯夜战，透支着自己的身体，制作着那些连他们自己都不爱玩的垃圾游戏。

回到农家院的日子虽然变得有些无聊，但壮壮习惯了和小月相处，除了洗澡、睡觉以外，其余的时间几乎形影不离。两人一起聊天，探讨历史，探讨自驾游路线，探讨制作的视频为什么没有人点赞，偶尔也含含糊糊地探讨探讨人生。

刚回来的那几天，壮壮和小月坐在暖和的锅炉房里，隔着走廊的玻璃房，温暖地晒着太阳。壮壮整理了一些照片，在微信里与父母交换着各地的美景看，一家人各自展示着自己蹩脚的摄影技术，这一切倒也十分有趣。

之后的日子，壮壮和小月除了每天做饭、吃饭、喂鸽子和展开各种探讨以外，几乎没有别的事情可做，他们享受着无人打扰而又并不孤独的日子，渐渐地居然对生活产生了久违的憧憬。

除夕的前一天上午，天气大好。壮壮吃完早饭，听到有人敲门，原来又是中国邮政的邮递员。他骑着大摩托，冒着严寒送来了一个包裹，里边装了一些腊肠、血丸子和糍粑，最后壮壮还发现了一个存折。

壮壮赶紧给小帅打了一个电话，但发现他电话已经关机了。想来这两个月，他和小月走走停停地半工半游，忽略了小帅，他可能是有些生气了。

胖婶见农家院外停着面包车，知道壮壮回来了，就把黑牛送了回来。时隔多日以后，它也终于跟刘富贵团聚了。壮壮为了感谢胖婶这段时间对黑牛的照顾，分了一些小帅邮寄来的湖南特产，胖婶走时也是满脸笑呵呵的。

中午的时候，壮壮实在感觉有点憋得慌，神农架、武当山、张家界的美丽风景，总在不经意的时候浮现在他眼前，搞得他有些心神不宁。

壮壮突然心血来潮地对小月说："咱们去过那么多名山大川，却忘记了自家门口的这座平定山了，我还从来没有登上过它的山顶呢！"

壮壮觉得自己好不容易在旅途中抻开了一身的懒筋，不能再让它们缩回去，于是想去挑战一下平定山，爬到它的山顶上去看看。小月听后有些犹豫，她十分抵触走出农家院，但架不住壮壮一再怂恿，最终也只能跟着壮壮出了门。

黑牛和刘富贵高兴地跟在壮壮和小月的身后。想着天色还早，以两人现在的体力，怎么也能赶上晚上回来吃饭，于是也没带太多食物，只背了一点儿狗粮饼干和几瓶矿泉水。

走到半路时，壮壮想把小帅找到亲生母亲的消息告诉小师父，又折返回农家院，取了些糍粑给小师父带了去。他们来到寺院，四下里却并未寻见小师父，只得把糍粑放在灶台上就离去了。

前往山顶的路上，两人越走越有劲，仿佛又回到了前几天在路上的感觉。在小月的指引下，壮壮终于找到了一条能通往山顶的小路，下午 3 点来钟的时候，就登上了平定山的山顶。

山顶面积也就百十平方米，环望 360 度的自然风光，心情大好，壮壮觉得已经征服了这座大山，也征服了自己，甚至觉得可以去征服世界。

好像从此再没有什么事情可以阻挡壮壮了，什么临时工、送货员、调查员，壮壮统统可以做，只要是通过自己的劳动换来的干净钱，就没有什么好丢人的。找到一个能使自己快乐、健康的生活方式，尽可能多地去体验这个世界，为自己的灵魂注入更多美好的感受，才是人生的终极奥义。

山下的农家院显得那么渺小，就像一个遥远的微缩模型。壮壮伸开双臂，大口地呼吸着清爽的空气，他对着天空放声地高喊，还对着山下正在放牛的郭场长大声地呼喊，但郭场长并没有任何反应，看来这距离太远，声音传不下去。

四下转悠后，俩人发现山顶的一侧分裂出了另一个小山顶，两个山顶之间只有一条窄窄的石头路，中间一段断路上还铺了一块三米来长的木板。小山顶上居然还有一座外形完好的小堡垒和一棵歪脖小树，这让壮壮想起了武当山，顿感神奇，有种发现天界南大门的感觉。

可能是海拔太高，空气有点稀薄，也或者是壮壮喊得太 high 了，他这时有点飘，竟然萌生走去小山顶看看的想法。

小月见这石头路凹凸不平，木板又太过狭窄，死活不肯跟着壮壮过去。壮壮自己走窄石路的时候，其实也吓了个半死，因为窄石路的两边就是万丈深渊。

壮壮一踏入小山顶的地界，便立即撒了欢儿。他登上堡垒的顶部，发现视角果然要比大山顶好得多，真心有一种漫步空中、飞翔在天的感觉。而且壮壮还惊奇地发现，地上有一个小马扎，旁边还铺着一块破草席垫子，顿时又感到十分费解。

小月独自站在对面，一个劲地往壮壮这边瞧，她看壮壮一会儿登高望远，一会儿又钻进堡垒一层的房间里大声喊叫，就让他快些回来，连黑牛和刘富贵也都对着壮壮一顿乱叫。

壮壮觉得时间还早，而且好不容易爬了上来，自然要多停留一会儿。为了鼓励小月也走过来看看，就假装看到堡垒里有宝贝，拼命地招手让她赶紧过来。

小月在壮壮百般的诱惑下，终于迈出大胖脚，颤颤巍巍地走上了窄石路。壮壮生怕吓到小月，连大气都不敢喘。

可意外还是出现了，壮壮一时高兴，忘记了小月是个比自己还胖的大胖子，那块木板能禁得住他的体重，却不一定能禁得住小月，当她走到木板中心位置时，木板突然“啪”的一声断裂成了两段，小月“啊”的一声惨叫后，瞬间跌落下去，不见了踪影。

壮壮吓得眼珠子都要瞪出来了，大声惊吼着，不敢相信眼前的一切是真的。黑牛和刘富贵见状，也立马哀哀地哼唧起来。

壮壮此刻的大脑一片空白，下意识地坐在原地，无助地大喊大叫着小月的名字，山谷里回荡着壮壮凄厉的惨叫声……

被 困

黑牛突然大声地叫了起来，它颤颤巍巍地迈着腿，朝小山顶这边走来。壮壮赶忙对黑牛大喊，示意它不要过来。可它大概是没有理解壮壮的意思，继续向前。到了断路处它停了下来，冲着下面汪汪狂吠。

片刻后竟然听到悬崖下边传来小月轻微的呻吟声，惊得壮壮顾不得站起身来，就慌忙爬了过去。

他低头一看，小月抱着一块大石头，脚下踩着一处凸起的山石，正抬头可怜巴巴地望着自己。原来这木板下方并不是深渊，而是一个几米深的大缺口。看到小月还活着，加之这副可怜巴巴的表情，壮壮立马哈哈大笑起来，笑得差点脑缺氧。

人在经历大喜大悲的时候，的确会出现身体上的问题。原来周星驰在《喜剧之王》里说的都是真的，壮壮此刻就因为快速的情绪转换，眼前仿佛冒出一片雪花，而后就一歪头昏了过去，不省人事。这下山谷里响彻的凄厉惨叫声，又换成了小月的。

不知道过了多长时间，壮壮感觉有东西在舔自己的耳朵，他睁开眼睛一看，原来是黑牛不知怎么从悬崖对面跳了过来，正在唤他赶紧醒过来。壮壮这才想起小月还在悬崖下边等着营救。

壮壮赶紧爬了过去，只见小月依然保持着刚才的姿势，一动都不敢动。壮壮让她把手伸给自己，小月拼命地摇头，表示不敢。急得壮壮大声叫骂道："难道让我把你扔在下边等死啊？"

在壮壮几次大声呵斥之下，小月终于试着伸出了一只手。壮壮紧紧抓着她的手腕子说："放心我抓紧了，把另一只手也给我啊，快！"

起初小月还是犹犹豫豫的，但眼看着太阳已经下了山，她再不赶快爬上来，就要在下边抱着石头挨冻一晚上了，于是她一闭眼，干脆豁出去了，哭喊着把手伸给了壮壮。

壮壮死命握住小月双腕，忽然想起刚来农家院摊在床上时，做过的那个荒诞的梦中梦，就学着梦里父亲拉自己起床的姿势，双脚蹬住地面，屁股使劲往下沉着，用尽吃奶的力气，猛地拉了一下小月。

小月也下意识地一个蹬腿飞扑，一下趴到了壮壮的腿上，脑袋瓜子差点抵住壮壮的裤裆。惊得壮壮打了个寒战。但毕竟是生死一线间的时刻，壮壮的大脑不容许他有太过龌龊的邪念，更何况对方是自己的亲妹妹。

壮壮和小月连滚带爬地到了小山顶的安全区域，心有余悸地坐在地上大口喘着粗气。小月指着堡垒台阶内角处的那棵歪脖树说："完了，四四方方中一棵木，咱们被困在这里了。"

壮壮的呼吸渐渐平缓了下来，也转头看向那棵歪脖树，然后又看了看窄石路上那个两米多的大缺口，淡定地说了一句："还好，还好，你还活着。"壮壮赶忙拿出手机，想给郭场长打个电话求救，结果一看手机，一格信号都没有，壮壮这才意识到事态的严重。

小月这时已经平复了心情，她起身拍着身上的尘土，走到堡垒里查看壮壮方才嘴里所说的宝贝到底为何物。当她发现这宝物竟然是块长方形的拜垫后，大呼上当，一屁股坐到台阶上，开始疯狂地咒骂壮壮不该把她骗过来。

壮壮此时心里也十分后悔，所以便呆坐在一旁，任由小月肆意大骂。她先是骂壮壮和钢子粗鲁地抓捕自己，害她暴露在全村老少的众目睽睽之下，又骂壮壮不尊重女性，送小帅的一路上各种言语轻薄自己，甚至连壮壮傻乎乎地住进后院房间、壮壮被针灸穿刺的鬼哭狼嚎和壮壮在房顶喂养鸽子的行为都咒骂了一遍。

最后她甚至大骂男人没有一个好东西，还骂什么世界上根本就没有什么好哥哥，全都是无耻的害人精、大骗子，听得壮壮简直莫名其妙。壮壮没想到，尽管回河北这一路上，自己跟小月相处得已经十分和谐愉快了，她却依然还有如此之大的怨恨，不由开始悔恨自己当初的莽撞和粗俗。

小月骂了足足有一个多小时，骂到天也黑了，她也累了，才逐渐安静了下来。又过了一会儿，她竟抱头呜呜地哭了起来。

无论美丑，女人的眼泪，还是要比唾沫星子好使。壮壮鼓起勇气走近小月，俯身安慰起她来。她抽泣地问壮壮怎么办，可壮壮也不知道，一时两人再次无语。却突然听到刘富贵汪汪地叫了两声，壮壮这才想起，对面还有只傻狗在。

可惜它是狗不是人，不能指望它去村里喊人。壮壮试着用石子扔了它几下，轰赶它赶紧离开这里。但刘富贵已经习惯了与壮壮寸步不离，它被石子砸到后，哀号了几声，就躲到一棵树后藏了起来，就是不肯离壮壮而去。

黑牛见小月伤心地坐着，就摇着尾巴卧到小月身边，哄她开心。小月抚摸着黑牛直硬硬的黑毛，依然一副失魂落魄的样子。壮壮打开背包，拿了一瓶矿泉水给她，她却摇了摇头不肯喝，而是有气无力地说："谁知道还会困在这里多久，还是省着点喝吧。"

壮壮听小月这话有理，也没有喝水，转身坐到了小月身旁。小月轻声开口问道："你立定跳远，能跳多远？"

壮壮想了想答话道："初三中考那会儿能跳两米四……高中……就过两米五了吧。"

小月立刻来了精神，她起身站到面积不大的空地上，用脚在土地上画了一道线后对壮壮说道："来，你试试，看看现在能跳多远。"

壮壮一听，觉得还真没准能蹦过窄石路上的大缺口，便起身活动了几下后，站到线后，原地使劲一跃。小月立即记录了壮壮下落的位置，并掏出前些天刚买的瑞士军刀，用其中一把小尺子，一点儿一点儿地测量着壮壮立定跳远的距离。测量的结果，只有一米九五……

想不到壮壮现在的身体机能，跟学生时代差了这么远。于是壮壮预热身体，抻了抻筋骨，又试跳了两次，结果仍旧差强人意，只是稍稍超过了两米而已，对蹦过大缺口，并没有十足的把握。

小月并没有放弃，她让壮壮再试试用助跑的三级跳远。可这么小一块地方，根本没有足够的面积让壮壮加速助跑，更何况从堡垒到缺口的直线距离，还不足两米，根本不够助跑距离。

没想到这个缺口的大小，竟然如此的尴尬。其实它真的困不住大多数人，但凡是个勇敢敏捷的正常人，哪怕是个少年，稍微蓄个力，再助跑两步，跳过去根本就是轻轻松松的事情。可壮壮和小月是两个大胖子，偏偏就差那么一点儿，就是蹦不过去。

于是两人又坐回台阶上，静默了不知道多久，小月疲累地靠在壮壮的肩膀上睡着了。说实话，她这颗大脑袋分量真挺不轻的，此时壮壮特想把她叫起来，可一想到她这般境遇全因自己鲁莽造成的，就只能顶住压力忍受了下来。

不知不觉中，壮壮也迷糊着睡着了，还做了一个奇奇怪怪的梦。壮壮梦到天空中突然出现一道金光，一个像飞碟一样的东西，伴随着狂风缓缓地落在了堡垒顶上。这情景就像儿时看过的老电影《霹雳贝贝》中的情节，壮壮迷迷糊糊地走上堡垒的顶部，飞碟机舱敞开的一瞬间，又吹起了一阵狂风，一下把壮壮吹醒了。

再次睁开眼时，四周已经一片漆黑，在月光的微弱照映下，壮壮注意到了被风吹着的歪脖树的婆娑孤影。他突然意识到要是这么坐在山顶一晚上，一定会被冻死的。

于是壮壮赶紧把堡垒楼顶那块破草席铺到了堡垒一层的房间里，把拜垫折叠成枕头，又唤醒小月，把她扶到房间里休息。为了增加温度，还折断了几根歪脖树的枝干，用随身携带的 Zippo 打火机，在房间里燃起了火堆取暖。

小月迷迷糊糊地躺在草席上，虽然有火堆，但是这堡垒里四处漏风，依然把她冻得瑟瑟发抖。壮壮一着急，把自己的大衣脱了下来，披给了小月，她这才暖暖地睡着了。

起初壮壮坐在小马扎上，还能学着小师父的样子打打坐，但很快壮壮发现，这歪脖树枝很不经烧，刚过了半个小时，火就要熄灭了。壮壮赶忙又续上了几根树枝。一整夜的时间壮壮只做了一件事，那就是用小月的瑞士军刀，狂锯歪脖树上的树枝。

天亮的时候，歪脖树所有稍微细一点儿的部位，都被壮壮锯了下来，歪脖小树几乎被壮壮锯成了一棵“光杆司令”。地面上散落着一地粗细不一的树枝，小月瑞士军刀上的小锉刀，锯齿也被磨秃了。

小月全身拧巴着钻出了堡垒，见到一地的树枝，感动地把大衣还给了壮壮，还递过一瓶矿泉水。壮壮实在是渴得嗓子眼冒烟，一口气喝了大半瓶下去。

中午的时候，壮壮实在扛不住了，一头栽倒在草席上，睡了过去。再次醒来时，他发现小月蹲坐在马扎上，正痴痴地看着自己。小月见壮壮醒了，居然有些害羞地转过了身。

壮壮支撑着坐了起来，可能是睡觉的时候头部受了风，他此刻迷迷糊糊的，还有些头疼，他张开粘着的嘴巴，问小月：“几点啦？”

小月拨弄着火堆回说："不知道，我把手机关了，反正困在这里时间也不重要了，不如留着点电，写遗书用。"

小月话音刚落，遥远的山下传来一阵噼里啪啦的鞭炮声，她和壮壮钻出堡垒查看声源，只见柴火沟方向常大爷家位置的上空，零零散散地绽放了几小朵礼花出来。想来全村也只有常雨能舍得在除夕夜时装装大头，放些烟花给村里老少们看。

壮壮苦笑着说："庆祝一下吧，2021 年啦，我本命年到喽。"壮壮说完举起半瓶矿泉水，示意小月跟自己干杯。

小月也举着矿泉水喝了一口，失落地望着烟花，淡淡地说道："不知道你爸妈他们回来后，见咱们不在，能不能找到这山顶上来。"

壮壮立即像是看到了一丝希望说："哎，你别说，真没准，只要咱们坚持到正月初三，爸妈就回来啦！"壮壮话音一落，肚子里咕噜噜传来一阵猛响，想来他和小月已经快 36 个小时没有吃过任何东西了。

壮壮突然想起了给黑牛和刘富贵带的狗粮，于是翻了出来想凑合着吃，可他刚把狗粮举到嘴边，黑牛就蹿了过来。它疯狂地甩着尾巴，还叫了两声表示抗议。

壮壮叹了口气，无奈地对黑牛说："人都快饿死了，哪里还顾得上你。"说完就要把狗粮放到嘴里。

不想小月一下把壮壮手中的狗粮打到地上，有些生气地说："你怎么能跟狗抢吃的。"黑牛见状，立即上前把地上散落的狗粮舔了个干净。

气得壮壮大骂黑牛说："行！孙子，算你嘴快，没事你吃狗粮，赶明儿我饿疯了，我再把你烤了，一样的。"

小月听后，一副不可理喻的表情说道："你神经病啊，它跟了我家八年了，又是咱们的救命恩狗！你居然想吃它，你还有没有良心啊？”她说完，就抱着狗钻回堡垒里睡觉去了。

不久，山下的烟花停止了，四周又陷入了墨色一般的黑暗。今天虽是除夕夜，但是个阴天，壮壮怕站在外边冻感冒了，也一头钻回了屋里。

这个晚上尤其寒冷，壮壮为了不使自己冻死在本命年的第一天，就把火烧得很旺，身体紧紧贴在火焰旁，坐在马扎上迷糊了一晚上。

第二天早起，壮壮被屋外的动静惊醒了，他走出破屋，看见小月正死死抱住歪脖树的树干，利用自身的大体重，拼命地想把歪曲的那一截掰断。

壮壮立马跑过去帮忙。他俩合力压断了树干，这棵可怜的歪脖树，又从“光杆司令”变成了半截木桩。全天的时间里，壮壮和小月轮流用瑞士军刀上最后的几把小刀，尽量把粗壮的一整根树干，截断成一段一段的木头。

最后小月依然不甘心，竟然企图把木桩再锯成木墩子，她说这些木头根本不够烧到大年初三的，而壮壮此时更担心的是Zippo打火机的油还够不够点燃第三天的木头。可是刀片都锯断了，木桩子也没有变成木墩，小月很后悔当初不应该买瑞士军刀，还是买把兵工铲更实用一些。

没用的刘富贵已经躲在对面两天了，它见壮壮和小月锯木头，就站在悬崖边不停地大声冲两人叫。壮壮也不知道该拿它怎么办好，只得大声地喊它，让它赶紧逃命去，别搁这儿一起等死了。

俗话说：“祸不单行，喜无双降。”在原本木头就不够烧的情况下，大年初一的柴火沟上空，竟然开始飘洒起大片的雪花来。为了节省木头，壮壮和小月决定白天不生火。为了保持体温，两人最后被逼得躲在堡垒里，原地做起了高抬腿。

已经48个小时没有吃过任何东西了，此刻的高抬腿，根本坚持不了五分钟，就变成了原地小跑的动作。这也是壮壮第一次见小月做运动。

10分钟过后，小月已经累得呼哧带喘了。壮壮严厉地警告她说，不能停下来太久。又过了一个来小时，别说小月已经累得抬不动双腿，连壮壮也都累得不过是原地抖腿而已。两人不得不停下来休息一会儿。此时汗水已经浸湿了内衣，壮壮感觉到大衣里一股黏糊糊的热气。他知道在热气蒸发干之前，必须恢复运动。

就这样在原地跑跑停停了好几个小时，直到太阳落山。这期间的每一分、每一秒都是煎熬的酷刑，可两人又根本不敢彻底停下来。又过了两个小时，夜晚彻底来临后，他们才又点燃了木头，取暖休息睡觉。

小月已经累得几乎不省人事了，倒头睡在草席上，大声地打着呼噜。壮壮生怕火堆熄灭，一晚上都没睡踏实。他每隔一小时，就要给火堆续上一截新木头，就这样艰难地熬到了天亮。

大雪依然没有停，还刮起了四五级的冷风，小月睡醒后，刚要熄灭火焰，就被壮壮拦了下来。壮壮拿出Zippo打火机，试探性地打了几下，果然，打不出火了。壮壮们只得把火焰控制到最小，尽量地保持住火种不熄灭。

一整个上午，壮壮和小月都面如死灰地静坐着。实在饿得眼冒金星了，就喝一口矿泉水骗骗自己的肠胃；实在冷得受不了就爬起来有气无力地比画比画，尽量避免让自己的身体僵硬。为了保存体力，两人连话都懒得说。

中午的时候，四周安静了下来，风雪终于停了，但气温反而好像又低了几度。壮壮冻得已经完全感觉不到自己屁股在哪儿了，加上一连几天没有好好睡觉，一时没有控制好身体的平衡，歪倒在了地上。

小月赶忙把壮壮扶到了草席上，她把火烧得很旺。借着这股温暖，壮壮昏睡了过去。再次睁眼的时候，已经是下午了。壮壮慌忙去看剩余的木头，发现只剩下一小截了。小月正蹲坐在马扎上，用手臂支撑着脑袋，迷迷糊糊地打着瞌睡。

壮壮挣扎着想坐起来，发现自己饿得已经是全身无力了，他绝望地看着火堆发呆。黑牛发现壮壮醒了，立马摇头摆尾地颠儿了过来，并蹬直了后腿，站起了半截身子，用前爪扶着壮壮的腿汪汪叫。想来这两天熬过来，也把它饿得够呛。

起初黑牛摆出一副摇尾乞怜、竭力讨好壮壮的样子，可半天都不见壮壮给它狗粮吃后，它的叫声开始变得急迫。壮壮被它吵吵得神烦，就给了它脑瓜一巴掌，把它扇到一旁，叫它闭嘴。

黑牛见自己这般摇尾乞怜都要不到吃的，立即愤怒地继续冲壮壮汪汪狂吠，还把嗓门调到了最大。这一下把小月也惊醒了。

小月把最后一瓶矿泉水盖拧开了，倒了些水在手心，捧给黑牛喝。黑牛以为小月是要喂自己吃的，就赶忙扑了过去，结果一看是水，它不满地舔了几口后，又继续大声叫唤。烦得壮壮简直要疯了。

坚持到现在，壮壮的神经已经彻底崩溃了，他愤怒地一跃而起，一把抱起黑牛，疯狂地喊道："你别叫啦！人都要饿死啦，哪儿还有东西喂狗吃！你再叫，老子现在就把你烤了！"

饥饿的黑牛哪里听得懂人话，它瞪大了惊恐的眼睛，望着壮壮。可能它怎么也想不明白，平日里对自己友善的人类，此时怎么变得如此疯狂，自己不就是想要口吃的而已吗?

黑牛叫的更大声了，壮壮气急了，把黑牛夹在腋下，疯狂地四下里翻找着瑞士军刀，想一把捅死这吵闹的畜生，再烤来吃肉。

小月一下就明白了壮壮的意图，她赶忙站起身来阻止壮壮抽风。可壮壮已经饿昏了头，哪里顾得上小月的阻拦，他终于在墙角找到了已经被折断或是变钝的刀片，这才想起来，这些刀片，早已经在锯木头的时候就报废了。

壮壮不甘心地从一处破损的台阶上，抠下半块砖头，学小时候母亲当着自己面拍死小鸡的动作，想把黑牛用砖头活活拍死。小月疯狂地抢夺着壮壮手里的砖头，大喊道："你不能杀狗，它对我们有恩啊！"

壮壮一把甩开了小月的手臂，根本听不进去劝阻，大声喊叫着，照黑牛的头狠狠地砸下了下去。黑牛被砸得大声哀号不停，想来它此时也是被惊住了，一时没有反应过来壮壮是要杀它。

可当壮壮的砖头再次落到黑牛头顶的时候，它才反应过来自己要死了，于是开始疯狂地蹬踹壮壮的手臂。

小月此时也无力再阻止壮壮了，她哭喊着说："你省省力气，放它一条生路吧，剩下的木头，根本也不够烤熟狗肉了。"

严重的饥饿已经使壮壮彻底丧失理智，他大喊着："生肉我也吃！"

人要杀生的时候，基本是处于一种极度疯狂与兴奋的状态之中的，就像一瞬间被恶魔附身似的狠毒。壮壮连续猛砸着黑牛的头，一下、两下……越砸感觉越兴奋，黑牛凄厉的惨叫声也一次比一次可怕。

壮壮见连续几下都拍不死黑牛，就续了续力，用尽全身最后一丝力气，一边疯狂地叫喊着，一边狠命地照着黑牛的脑袋砸了下去。

黑牛顿时爆发出了一种壮壮从来没有在任何一种生物身上听到过的动静，连最恐怖的恐怖电影里，也从来没有听过这种尖锐的、持续的惨叫声，那是一种极度刺耳，能震撼到人灵魂的惨叫，是一个生命在临死前，竭尽全力所能迸发出的最惨烈的声音。

壮壮被这可怕的叫声惊傻了，手里举着砖头，僵愣地看着黑牛。它鼻血喷了一地，四肢在地面上抽搐着疯狂地胡乱蹬踹着，然后，动作越来越僵硬，越来越诡异。壮壮感觉它已经快不行了。

壮壮这才反应过来，自己犯下了禽兽一般的行为，没想到自己居然也是个杀狗的畜生，是个连救过自己性命的狗都想杀的活畜生。壮壮慌忙扔掉自己手中的砖头，立即跪下身去查看黑牛的伤情。

黑牛哼哼唧唧地残喘着，它见壮壮又要靠近自己，吓得竟挣扎着站了起来，艰难地晃晃悠悠地后退了几步，突然一个箭步蹿出了堡垒，之后，快跑了几步，猛地发力一蹿，竟然跳跃过了窄石路上的缺口，跑到对面的大山顶上去了。

傻呆呆的刘富贵，一看黑牛跑过来了，立马冲它叫唤了两声，像是在打招呼，可黑牛看都不看刘富贵一眼，一个劲地往山下狂奔，刘富贵看黑牛夺路而逃的架势，就追在黑牛身后跑了。

余　生

壮壮现在心中暗自庆幸：还好黑牛的头很结实，不然我此刻肯定与那些爱吃荔枝的无赖们一样，成为一名丑恶的杀狗凶手了。

小月和壮壮瘫坐回草席上，看着眼前的火越烧越弱。小月把最后一块木头扔到火焰里，低下了头，抱着膝盖，默默地流起了眼泪。

壮壮为了安慰小月，轻声地说道：“我给你讲个胖子的笑话吧，我从网络短视频里看来的，老招笑了。”

小月淡淡地说道："都要死了，你还讲笑话。"

壮壮微微苦笑了一下说："冬天真的是一个让胖子感觉十分尴尬的季节，因为如果胖子穿得稍微多一点儿，别人就会说：嚯！你长这么胖，脂肪那么厚，还怕冷啊？可如果胖子穿得稍微少一点儿呢，别人又会说了：靠，果然还是胖子脂肪厚，不怕冷！哈哈……逗不逗？"

小月听后一脸莫名其妙地看着壮壮，突然抖动着打了一个寒战说："嘶！讲的什么破狗屁，一点儿都不好笑。"

壮壮挠了挠头皮，想了想说："嗯……那再给你讲一个啊。话说……从前有一个胖子，他坐在路边的咖啡店里，一边喝着咖啡，一边看书。这时候，咖啡店里走进来一位男士，他坐到胖子旁边的桌位后，服务员立即上前为男士递上了咖啡单。可男士翻看了几页后，大声地责问服务员道：怎么只有咖啡？牛排呢？你们店的牛排在哪里？服务员诧异地解释道：先生，我们这里是咖啡店啊，并没有牛排。男士转脸看了一眼旁桌的胖子道：咳！我看他那么胖，还以为他是在点菜呢！啊哈哈哈！"

壮壮讲完这个笑话，小月扑哧乐了出来，她笑得前仰后合地说道："哈哈哈！神经病！这是什么鬼逻辑？"

壮壮问小月："你说胖子怎么就那么招人讨厌，古代也这样吗？"

小月回道："嗯，古代胖子更招人讨厌，尤其是和平时期，胖子就更不是东西了，不是恶霸就是地主。到了战乱年代，胖子的生存概率也太低，人们因害怕自己也变成胖子，从而产生了对胖子的厌恶与畏惧。"

壮壮问小月："可现在都是现代化社会的太平盛世了，怎么人们还这么嫌弃胖子呢？"

小月想了想说："因为丑呗！还因为人类发展的历史中，和平年代相对于战乱年代更短暂，人们对胖子的厌恶早已印在了意识形态里，况且胖也并不是人类意志中身体进化的方向。”

壮壮不解地追问小月说：“那你说咱们怎么就进化成了这种易胖体质呢？”

小月想了想说：“肥胖的原因很复杂，早在1962年有一个叫尼尔的人类遗传学家就提出，有一种节俭基因可以帮助人从食物中提取更多的营养。就像新冠病毒疫情中，有些人是免疫体质一样。人类为了繁衍和生存下去，避免灭绝，就在一部分人体内进化出了节俭基因，让人类能在饥荒年代生存下来。但现在是物质丰富的年代，这种基因只会让人容易发胖。除此之外，还有很多诱发肥胖的基因，连科学家们都没完全闹明白。”

听完这话，壮壮又安静了下来，云淡风轻地说道：“希望别人找到咱们时，咱们已经腐烂成两具干瘪的骷髅了，这样就不至于那么尴尬地被别人说成是因为太过肥胖而困死在这里的。”

小月听后，沉默了，她委屈地说道：“没想过自己还有想走出农家院的时候，早知道就不吃这么胖了，这死得也太憋屈了。”

此时壮壮突然想起了送小帅回湖南时，那个初雪的清晨，那天小月开着面包车去买药，自己生气地问她要驾驶证时，看到的那个美女照片。

壮壮问小月：“你给我看过的那个A2驾照，真是你自己的吗？”

小月点点头，表示肯定，壮壮接着追问道：“那上边的照片呢？也是你的？”

小月听后，盯着壮壮的脸看了一会儿后，又微微点了点头。

壮壮立刻惊呆了，大呼不可能。心想，那照片里的人，跟眼前这个要死的肥婆，不可能是一个人。可小月却不以为然地表示：“你爱信不信。”

壮壮平复了情绪后，问小月：“你现在最大的遗憾是什么？”

小月愣了半天后回答说：“我……我还没有穿过婚纱呢……”

壮壮一听这话，立即不屑地说道：“你怎么这么在意这些形式上的东西？穿婚纱有什么了不起，梅艳芳算是女中豪杰了吧，她最后一次演唱会上，不就穿着婚纱跟歌迷永别的吗？最后不还是孑然一身去世了吗？”

小月听后有些羞涩地说：“那换个说法，我还没嫁过人呢……”

壮壮满脸不信地看着小月，见她有些羞愧地低下了头，就偷笑着说道：“拉倒吧，你不是说不想嫁给动物们吗？我看你啊，是还没尝过男人的滋味呢吧？嘿嘿嘿……”

小月听后并没有反驳壮壮，也没有再开口说话。壮壮看她就这么默认了自己的猜测，便感叹着说道：“唉……可惜啊，我是你哥，不然现在倒是可以满足你这个临终愿望。”

小月听后似乎是想开口反驳壮壮什么，但话到嘴边，又憋了回去。壮壮掏出手机，看了一眼时间，已经是下午5点了，他态度十分严肃地对小月说：“我听说，人在体温过低时，会产生幻觉。”

小月点了点头，使劲吸了一下鼻子说：“对……没准最后，咱俩是在各种幻觉中，失足摔死的。”她说完，也拿出了自己的手机，并按了开机键，显然她明白了壮壮问这话的意思。

两人趁着最后一块木头燃烧出的火焰，各自在手机上写了一封遗书，为了防止出现幻觉时把手机弄丢，还特意把手机装进塑料袋，埋藏在了台阶下方的土地里。还用木炭在墙上写着：台阶下埋有手机，内有遗书。

然后壮壮和小月靠在一起，又过了许久，在两人的注视下，眼前的火苗变得越来越小……壮壮也坐累了，就决定换个舒服的姿势死去，于是壮壮头枕着拜垫，侧躺了下去。不想小月也靠着壮壮躺了下来，为了保存最后的温度，她居然从身后紧紧地抱住了壮壮。

渐渐地壮壮眼皮越来越沉，睡着后还做了一个荒诞不经的怪梦。

壮壮睁开眼睛时，火苗已经彻底熄灭了，正在吐着最后一丝白烟。他转身看了看身边的小月。小月的呼吸很平稳，居然没有打呼噜，浑身冻得直发抖，壮壮摸了摸她的头，好像是有点发烧。

壮壮把大衣脱给小月，起身走出了堡垒。决定让自己死得光荣一点儿，哪怕只是留下一具不一样的尸体也行，或者干脆体验一把地球引力，来一次疯狂的自由落体运动，总之，自己不能留在原地等死，要把自己对待生命的态度表达出来。

壮壮走到大缺口的边缘，犹豫着自己是直接蹦过去，还是先爬下去，再爬到对面去。如果选择蹦过去，壮壮担心距离太远或者落地不稳；如果爬过去，壮壮又担心臂力跟不上，抓不稳。他犹豫再三，决定还是爬过去好些，于是壮壮倒退着，小心翼翼地向下爬到了缺口底部，然后冒死转了个身，继而又向对面爬过去。

就在壮壮爬到一半的时候，狗血的一幕出现了，就差不到一米的距离，壮壮却找不到任何可以抓牢的位置了，于是壮壮就这么被卡在了缺口岩壁上，上又上不去，下又下不来。还好脚下的岩石还算稳当，让他能够保持住一个向上攀登的姿势。

但此时后悔已经没有用了，现实中果然还是“人类一败涂地”。当人生再次出现选择题时，壮壮又一次不出例外地选错了，想想真是绝望。壮壮甚至怀疑，老天爷编写自己的命运逻辑时，是不是这样写的：如果刘壮壮选择了 A 选项，那么正确选择就是 B；否则，正确选择就是 A。

天色越来越暗，这时候小月突然从堡垒的破房子中跑了出来，当她发现四下里找不到壮壮时，立即开始大声呼喊壮壮的名字。

壮壮本不愿让她知道自己此刻的尴尬，但也不想她再继续傻了吧唧地叫喊，只得发出点动静，告知小月自己的位置。

小月立即趴在窄石路缺口的边缘，关心地望着壮壮这边的情况，她焦急地说："不行，太远了，你够不着……你还是退回来吧。"

壮壮却执意不肯，他转头大声地告诉小月："你快回屋去，不要管我了，我就这么死在这里挺好的，爷们就是死，也一定要死在通往生的路上。"

小月见壮壮不听自己的劝告，她又站在一旁帮不上什么忙，最后她大喊了一声："成！那我就陪你一起死，就站在这里，哪儿也不去！"

"哎呀，你赶紧回去吧，外边冷，你有两个大衣，不会轻易被冻死，你肯定能撑到初三爸妈回来救你，到时候你人也得救了，下山再一称体重，哎？发现自己饿瘦了 100 多斤，又变回驾照里那个小美女了，到时候全世界的帅哥都想带你进快捷酒店，你的愿望就实现了，那是多带劲的一件事啊，哈哈哈。"

小月听壮壮乱开自己玩笑也没有生气，她毕竟是个女人，又咧着嘴哭喊道："我不想让你死，壮壮哥，求你回来吧。"

小月这还是第一次叫壮壮哥，壮壮虽然有点感动，可也没法过去安慰她，只得无奈地说道："好小月别哭，这都是我欠你的，哥对不住你，把你骗过来了，以前也不该那么粗鲁地对待你，都是我的错，你就全当哥给你赔罪了。"

小月一听这话，马上擦干了眼泪，咬着牙发着狠对壮壮说："我早不怪你了，我这就下去陪你！要死咱们也要死在一起。"

壮壮一听这话就急了，慌忙大喊道："你别胡来啊，你那腿脚爬不下来的，赶快回去！”

小月就跟没听见壮壮的喊话似的，决然地开始往缺口下爬，急得壮壮一个劲地阻止喊叫，但也没有任何效果。

就在小月即将转身开始向下攀爬的时候，一个熟悉的声音传了过来：“阿弥陀佛，两位施主这是在锻炼身体吗？”

小师父的到来，让壮壮和小月再次看到了生的希望，小月也停止了犯傻，和壮壮一起待在原地，等着小师父回去喊人。

两个钟头以后，救援队的消防战士们打着明亮的照明灯爬上了山顶。一个年轻的战士绑好了钩锁，爬到壮壮身边，给壮壮系绳索。他用手电筒照了照壮壮的脸后，不可思议地说道：“咦？俺的个娘欸。怎么又是你？”壮壮这才反应过来，这小伙子，与夏天那次山体塌方救自己的人，竟然是同一个人！

消防战士救小月时，从山下扛来了大梯子，并把梯子的两头，铺设到窄石路缺口的两端。一个消防员先勇敢地走过梯子，到达小山顶的位置后，给小月系上了安全绳。在全体人员的注视下，小月克服了心理障碍，大胆地走了过来。两人终于获救了。

极度的饥饿和严重的体力透支，让壮壮已经没有力气自己走下山了。两次救他命的消防战士，一路把他搀扶下了山。小月就更夸张了，她躺在担架上，被六名消防战士抬下了山。到达山下的时候，壮壮看到六名消防战士的额头上，都挂着豆大的汗珠，脑袋四周像是在蒸桑拿似的，呼呼冒着热气。

壮壮突然意识到，上次自己被战士们救出来，都没来得及问小战士的姓名，于是赶忙谢过小战士，并询问他的名字。他友善地笑了笑说：“我们是消防战士，你就叫我‘肖战’吧，你挺猛啊，那么高的悬崖，你还真敢爬？”

壮壮连连向小战士检讨自己的冒失行为，并保证自己以后再也不学驴友爬什么野山了，不能再给政府添麻烦了。

壮壮和小月坐上了救护车，去医院这一路上，壮壮内心不禁感慨万端。从新冠病毒肺炎疫情爆发到一线天的山体塌方，再到平定山中遇险被救，中国政府无不在彰显着他庞大的责任心和强大的能力。这使壮壮此时更加庆幸自己是一个中国人。再想想贾姨传授给自己的道家回春功和父亲教导自己的国学饮食理论，中华文明又在潜移默化间治愈着自己的身心。他很难想象假如自己此时是一个外国废物胖子，究竟会是一种怎样的人生。

以往壮壮看朋友圈的时候就知道，很多人都在抱怨因为防疫常态化而造成的经济低迷。也有很多人很迷茫，不知道未来自己该做些什么。但壮壮此时却不想抱怨，更没有迷茫。这段时间的经历，让他明白了过度追求物质有多么华而不实，很多支出都是没必要的，就更别提那些企图不劳而获的狗屁奢望了。

他相信党和政府的努力，也相信自己和千千万万的人也在共同努力，去迎接这百年不遇的大变局。他知道自己的日子一定可以过得下去，可能不会那么有钱，也可能不会像之前条件最好的时候那样舒服，但他一定可以活下去。这是不需要和任何人争论的事实，因为在中国，至少你还能活着。

壮壮和小月在县城的医院里输了一些生理盐水后，壮壮逐渐恢复了力气。小师父跟车也来到了医院，还带了一些巧克力和牛奶、八宝粥给壮壮和小月。壮壮一看，这些好吃的跟自己送给丁奶奶家的年货一模一样。

小师父见壮壮睡醒了，就递给壮壮一杯热好的牛奶说：“先喝点牛奶，润润吧，你饿了这么多天，不能一上来就吃太多东西。”

壮壮接过牛奶，一饮而尽后，看了看还在临床昏睡的小月，就问小师父怎么知道他俩被困的。她立即乐得像朵花，龇着两个小虎牙，笑嘻嘻地告诉壮壮：“你家狗跑我院子里了，蹲到门口一个劲地叫唤，我送它下山，它不肯，总一个劲地往山上跑。”

壮壮不禁佩服小师父的智慧，连连向小师父抱拳作揖。小师父有些惭愧地说：“唉，不敢当。一开始我也没反应过来，还是童童下午给我送斋食的时候告诉我，他看你车在家，人却不在家好几天。我这才反应过来，估计是你俩上山游玩出了事。”

壮壮这才恍然大悟自己是怎么获救的，不禁感叹造化弄人。之后壮壮跟小师父聊了很久，还把这几个月以来的经历叙述给了小师父听。

壮壮问小师父，为什么自己面临选择时，总是会去选那个错误的选项？小师父听后微微一笑，轻声说道：“阿弥陀佛，这世间事本无对错之分，一切皆是因果轮回罢了。对于已经发生的事情，不要过于计较，只需去想日后想结什么果，现在就要去种什么因。”

壮壮本想多跟小师父探讨一会儿，可小月这时也醒了过来，她可怜巴巴地谢过小师父的救命之恩后，小师父半开玩笑地轻声叹气说：“唉，早知道，我就撤掉板子，不让你们过去了，可怜我那棵只有 3 岁大的歪脖小桃树喽。”

壮壮和小月这才闹明白，为什么窄石路上会有一块木板，原来那个小山顶，是小师父清修打坐的地方，这也就解释了为什么破屋里会有拜垫和草席。

小月问小师父，既然是清修之地，为何她这几日又不去打坐了。小师父学着一休哥的模样，淘气地笑说：“这不是过年了嘛，休息、休息一下。”壮壮和小月听后，无语地对视了一眼，也不知道该说些什么好了。

小师父守在医院，陪了壮壮和小月一宿。第二天上午临走出急诊室的时候，壮壮看到护士台旁有一个体重秤，便心血来潮地站了上去，指针快速地旋转了 270 多度后，停留在了“98”的刻度上。

壮壮一见自己已经下200斤了，立即大喜过望地喊小月也过来称一称。小月扭扭捏捏地不好意思过来。壮壮转头看了看周围的人并不是很多，就挡在表盘旁边，示意小月赶紧趁人少测测体重，小月这才一脚踏了上去。

指针一瞬间像是被压得吐了一口鲜血，快速转一圈后，停在了“5”的刻度上，壮壮一看惊喜地大叫道：“我靠，250斤了！果然瘦了这么多！太牛了！”

小月不好意思地赶忙跳下了秤盘，低头快走几步出了医院。到了该打车的时候，壮壮才想起来，两人的手机，已经被自己愚蠢地埋在小山顶堡垒台阶下了。

还好小师父是现代尼姑，她居然掏出了部手机，用叫车软件打了一辆出租车。

壮壮和小月一起向小师父道别后，小师父就回平定山的寺院里了。两人回到知青农家院的时候，院门敞开着，看来壮壮父母已经回来了。

壮壮连跑了几步，冲进了院子，看到春芬正在给黑牛包扎脑袋。她一见壮壮和小月进门，就开口埋怨道：“你俩跑哪儿去啦？怎么连狗都看不好，这黑牛不知道去哪儿受了伤，一直趴在院外哀号。”

再次劫后余生看到母亲，令壮壮心情瞬间澎湃不已，他一下子想起了小帅和生母相认的时刻，也学着小帅的样子，扑通跪倒在春芬面前，一把抱住了春芬的大腿，失声痛哭道：“妈！”

春芬被壮壮夸张的举动吓得一愣，她以为儿子是因为太久不见自己，所以在这儿装腔作势讨她欢心而已。起初春芬也象征性地轻抚了几下壮壮的头，但她发现儿子没完没了地抱着她大腿，不让她离开时，就又冒了火。

春芬把壮壮一脚踹到一边，半开玩笑地责怪道："你这孩子，抽的什么疯？怎么见我的反应比黑牛见到你爸时还夸张！"春芬话音一落，壮壮就把注意力又放到了黑牛的身上，只见它狗脑袋上缠了几圈绷带，狗鼻子上还被春芬贴上了一个创可贴，小模样既滑稽又可怜。

壮壮立马转身，跪在黑牛面前，一把搂过黑牛，放声地哭喊道："黑牛！"现在只有小月知道，壮壮这声哭喊是发自真心的。

壮壮紧紧抱着黑牛，继续连声哭喊道："黑牛，我对不起你啊！是我不好，你看在刘富贵的面上，就原谅我这一回吧！"

刘富贵自然不明白壮壮为什么会突然移情黑牛，它见壮壮这么热烈地抱着自己的爹，很是费解地颠儿过来，踮起脚来与黑牛争宠。

这时刘武听到动静，从厨房里走了出来，他高高举起烟袋锅，照着壮壮的后脑勺就砸了一下，砸得壮壮脑瓜生疼。

刘武假意生气地说："叫你不看好我的狗！快别闹了，初五你二姨和舅舅一家要来农家院吃破五饺子，你俩赶紧来……"刘武话没说完，就发现壮壮和小月浑身脏兮兮的一副埋汰样儿，他一皱眉头，不解地继续说道，"你俩这是去哪儿打滚去了？赶紧洗个澡，换身衣服去，然后赶紧来厨房帮忙。"

小月点了点头，想转身离去，不想却被春芬喊住了，春芬拉着小月的衣服，非常殷勤地说道："姑娘，阿姨在厦门给你买了一件大花连衣裙，可漂亮了，出口给南非大胖子的，你洗完澡穿上试试。走，阿姨帮你洗澡去。"

不知道因为什么原因，春芬对小月的态度，居然来了个一百八十度的大转变，一下把壮壮看傻了，壮壮忙问母亲给自己买了什么，春芬瞥了儿子一眼说："给你买了个屁！"壮壮听完，立即气了个呆若木鸡。

时 代

洗完澡，小月换上了连衣裙，尽管裙子都快被她撑爆了，但她也终于有个女人模样了。一下午的时间，一家四口在知青农家院里，各种忙活，准备接待后天到来的亲戚们。

在刘武的提议下，四人包起了各式彩色饺子，有用菠菜汁和面，包成白肚绿冠小白菜造型的素馅饺子；有用鸭蛋黄和面，包成小元宝造型的肉馅饺子；有用紫甘蓝汁和面，包成柳叶形的海鲜馅饺子；还有用甜菜和面，做成玫瑰造型的豆沙馅甜饺子。总之，刘武的意思是，过年时候的饺子，不能像平时吃的饺子那么普通，需要有些新意才是。

春芬对着彩色饺子一顿拍照，继续丰富着自己的朋友圈，收获着各方的点赞。壮壮和小月只能干瞪眼看着，没有了手机，两人好像缺失了身体的一部分零件似的不习惯。

晚饭的时候，春芬询问壮壮和小月是吃饺子还是煮些粥来吃，壮壮看着一厨房五颜六色、精美绝伦的彩饺，哪里舍得吃，加上此时不宜暴饮暴食，所以只叫母亲熬些八宝粥来喝。

也不知道什么原因，他俩每人只喝了一碗，就感觉很饱了，看得父母一脸不解。壮壮想，可能是一连三天的饥饿，把两人的胃都饿小了吧。

饭后，四人玩起了纸牌“双升拖拉机”。春芬非要跟小月一头，一脸嫌弃地让壮壮跟刘武一头，好像小月才是她亲生的，壮壮反倒成了假儿子。

战局的结果，自然不出意外，春芬和小月都从打“2”升级到打“K”了，壮壮和刘武还没出“被窝”呢，愣是打了一晚上的“2”，都没打上去。气得爷俩相互抱怨对方不会玩，逗得春芬整晚都很开心。

壮壮发现母亲变了，变得爱笑了，变得更加开朗了，脾气也小了很多，壮壮感觉她好像年轻了二十岁。有些瞬间，春芬好像又回到了那个看公猪配种时的少女年纪，壮壮着实适应了很久才慢慢习惯。

刘武的变化倒显得不大，只是话没以前那么多了，也看不到他独自蹲在厨房外边，更看不见他抽烟了。

而且最不可思议的是，初四早上起来，壮壮觉得自己简直一下年轻了三岁似的，感觉浑身一下子有了用不完的力气，全身躁动不安的，练回春功时都感到虎虎生风。

小月却偷偷告知壮壮，这是两人胃部被重启的结果。这也是在 1921 年俄国那场大饥荒中幸存的人和那些有辟谷习惯的人反而都很长寿的原因之一。每年适当地进行一至两次短暂辟谷，不但可以修复人体细胞，还有助于健康养生，起到延年益寿的作用。

壮壮听后，觉得很有道理，想不到一次意外的山中被困，起到了逼迫两人强行辟谷的作用。壮壮饶有兴致地教小月也练一练回春功，可小月好像天生缺乏运动细胞似的，动作做不到位，练了不到半个小时，就嚷嚷着想休息。

壮壮疑惑地问小月，前两天困在山上的时候，不是发了心愿要减肥吗？小月虽然也不否认，但是壮壮总感觉她心里有什么障碍似的，并不是很主动积极。想想也可以理解，她毕竟颓废了三年多，能迈出减肥的第一步，已经十分难能可贵。

初五这天上午，思齐和谷雨各自开着车，拉着壮壮二姨和舅舅一家来到了刘武的知青农家院，壮壮与表妹郑晶晶也时隔两年多后，再次见了面。

但是晶晶对壮壮并不是很感冒，见面的时候，壮壮感觉她还没有自己的那几个老同事亲切。表兄妹俩只简单地互相打了个招呼，晶晶就钻到房间里玩手机去了。

小月见到穿着打扮非常时尚的晶晶后，顿时自惭形秽，一整天的时间，都躲在后院的房间里，不肯再露面了。一日三餐，都是壮壮给她送到了房间里。

全家人围坐在餐厅里，可欣作为思齐的准新娘，也正式登场了。两人已经互相拜见了父母，并正式确定下了结婚领证的日子。春芬虽然表面上笑得很灿烂，但是眼睛总不时地往壮壮脸上瞥，神情发愁。席间还是没有绕过壮壮的婚姻问题。

舅舅谷雨则很关心壮壮事业的问题，他说很多互联网公司都连续三年大裁员了。壮壮也终于说了实话，告知了全家自己失业的消息。

舅妈青青很感慨，她说没想到壮壮刚 36 岁就要回家养老了，并表示晶晶毕业后，一定要去考公务员，最次也要找个国企上班。

没想到晶晶却没有给青青面子，她摆弄着手机，不屑一顾地说道："土死了，我才不留在国内呢，我要去澳大利亚定居，那边人的生活才算活着，留在中国只能算生存。"

二姨郑小满一听这话，便婉转地反驳晶晶的错误思想，并列举了新冠肺炎疫情期间中国制度应对疫情的高效和国内一些令世界瞩目的伟大工程奇迹，以及快步提升的国际政治地位、经济建设成果、科技进步，等等。

可晶晶听完，却不屑地冷笑道："那都是国家的事，关我什么事？"

小满听后显然有些动气，刚要继续说些什么，就被姨夫拦了下来。姨夫拿出一个烟斗比画着，把话题又引回了壮壮身上来。他问壮壮以后打算怎么办，壮壮说自己想自驾游历遍中国的美景，沿途打工赚钱。

思齐听完壮壮这话，立即伸出了大拇哥，连晶晶都惊得放下了手机，夸壮壮有创意。壮壮心里明白，其实这是小月的主意。

长辈们听后，面部表情都有些沉重，壮壮的父母更是直接表示反对。姨夫建国抽了一口烟斗，若有所思地问壮壮："你玩上一两年倒是也可以，增长些见闻，说不定还能通过一些新兴的网络渠道赚点钱，可是……"

建国话说了一半，犹豫了一会儿后，接着说道："可是你想没想过，这并非长久之计，你难道要一辈子都在路上吗？有没有为自己的后代想过？其实我们选择职业时，也要考虑子孙后代。世家出身的孩子，往往更具竞争优势。当然啦，也要遵从孩子的意见。"建国说完，下意识地瞥了一眼思齐。

壮壮应付着姨夫说："咳，只要是不给国内的黑心商人们打工，现在，我干什么工作都行。"

刘武能理解儿子的心境，他很自信地说道："实在不行，你就跟我好好学学厨艺吧，什么年景也饿不死厨子，子承父业也不丢人，你舌头好使，是做厨子的材料。"

壮壮听后一拍大腿，拍父亲的马屁道："哎哟！怎么把这茬儿忘了，就这么定了！打明儿起啊，我就跟您开始学手艺了。"众人听后也觉得有道理，这才对壮壮的工作问题放了心。只有春芬仍旧有些不忿地瞪着壮壮。

吃完饭，壮壮偷偷地把自己和小月在小山顶遇险的事情告诉了表弟，他一副吃惊的样子看着壮壮，并有些后悔地表示："早知道我就提醒你了，那小山顶我也上去过，险峻得很，你没受过专业训练就敢贸然行事，太危险了。"

饭后可欣陪老人们说话，思齐私下拿出一份材料递到了壮壮手里，并告诉壮壮，这个材料是他送给壮壮的新年礼物。壮壮翻开这些材料看了看，发现又是英文又是各种看不懂的术语，便问这是什么材料。

思齐告诉壮壮，这个是他们公司最近准备投资的一个海外项目，正在考察阶段，是一个关于海洋垃圾回收的绿色环保项目。他还说，这个项目的发起者，是一个90后的荷兰小伙子，他发明了一种可以漂浮在海洋上的装置，可以依托洋流收集到海洋上的漂浮垃圾。

壮壮咂了咂舌，问表弟说："你居然让我去收垃圾，而且这个项目，跟我的专业也相差太远了。"

思齐却并不这么想，他给壮壮算了笔账，他说现在全球的海面上，至少漂浮着价值5亿美元的垃圾，而收集垃圾的装置，其造价并不是十分昂贵，如果把这些垃圾收集起来，再兴建一些垃圾处理厂对其加以处理利用，这基本上是投资一块就能赚四块钱的暴利项目。

想来也是，在全球经济都不景气的大环境下，这的确算是高回报率的项目了，如果壮壮能参与其中，最起码五年内的饭碗是稳定了。而且这工作也很符合壮壮新的职业愿景，那就是其劳动所创造出的成果，必须是有益的。

思齐认为这个工作十分适合壮壮，因为工作地点远在大海，景色美丽，环境也十分简单清静，也不会有太多的职场斗争，而且待遇也不低。只要壮壮恶补一下英语，随便应聘个巡视员的职位，一个月的薪水至少都是三万多，缺点就是工作的地方比较远，工作的时候难免会寂寞，每年也只有两次假期可以回来探亲。

这工作换一年前，也许壮壮考虑都不会考虑就会答应下来，可是如今，壮壮真心舍不得年迈的父母，还有这个美好的农家院。壮壮只能告诉表弟，自己需要考虑考虑再说。思齐也很有耐心地告诉壮壮不用着急，项目离正式启动，还有一些时日。

思齐还给壮壮带了几本书，其中有一套《平凡的世界》和一本《月亮与六便士》。壮壮把书拿给了独自待在后院房间里的小月看，小月见到新书，双眼立即放光，和看到大肘子时的表情一样。

思齐夸赞小月几个月不见，好像瘦了一些。可欣也默默地坐到小月身边，表达着自己并不嫌弃小月的态度，小月还是那副受宠若惊的唯唯诺诺的样子。

四个人在小月房间里聊起了经济问题。壮壮向思齐打听，新冠肺炎疫情把全球市场搞得如此混乱，未来何时能够好转。思齐一撇嘴，摇了摇头，表示即使没有疫情，世界经济形势也并不乐观。

壮壮非常纳闷地问思齐说："那些财阀倒得也太快了，而且有些疫情前还在盈利赚钱的公司，怎么也刷刷地裁员啊？"

思齐听完，依旧摇了摇头表示，情况太复杂，一两句话说不清楚。

可欣却调皮地说道："经济学博士，快别装深沉了，赶紧给我们上上课吧。"小月一听思齐是博士，也表示想听听思齐的见解。

思齐无奈，只得跟这群经济门外汉概括地解释说，时下的经济情况，就是全世界资本基本都没钱可赚。

2019 年开始，全世界经济都发展到了比谁兜里钱多，再看谁花的钱少，能活得比对手时间更长的资本淘汰阶段了。所以即便依然正在盈利的企业，也都纷纷裁员节流，就为了自己能多撑几天。

新冠肺炎疫情加速了这个淘汰过程，也催生了很多新型的经济产品与商业模式，但究竟什么时候可以迎来全球经济的彻底回暖，这个谁也说不清。

加上美联储为了应对美股连续熔断，采取了无限印钞模式，可能除了中国以外，全世界的人们将被迫分担美国的债务，从而迎来一次人类历史上前所未有的大萧条阶段。

壮壮听到这里，又不解地追问道："那这几年老百姓怎么办啊？"

思齐耸了耸肩膀回答说："扛着呗，别说咱们老百姓需要消费降级扛住压力了，现在全世界资本都在扛着。大资本吞小资本，小资本吞个体户，各国国内也都是在相互烧资本，看谁扛到最后不崩溃，你没发现近年世界各地频发暴动，连印巴、美伊之间的冲突也更加频繁了吗？这一方面是相互之间捣乱，另一方面就是分散民众注意力。"

可欣听到这里也帮腔道："说到消费降级，我看新闻，最近中国各地出现了很多低欲望人群。底层的人们已经无法再降了，他们已经变得根本没有追求，打一天零工，就去网吧玩三天，花光了钱，就再去打零工，他们不想结婚，不想生孩子，只想这么苟活一生。"

思齐听后点了点头说："其实这种消费倒退现象在发达国家早就不稀奇了，中国人奋起直追四十年，刚刚接触到这种现象而已。所以我们应该努力提高自己，虽然不能追求一夜暴富，但也要紧跟时代，避免沦落成最底层阶级。优胜劣汰其实一直存在，只不过换成了一种类似于温水煮青蛙的形式。"

此时小月插话道："我觉得当今世界的格局，就是升级版的春秋战国，也是新一轮的马尔萨斯陷阱，历史进行到这一阶段时，往往都很危险，如果不迅速提升科学技术，产生新一轮的技术红利，恐怕这个世界又要陷入生灵涂炭的战火之中。中国也必将在本轮博弈中胜出，因为咱们的老祖宗，早在两千年前就完成了欧美各国现在都没有完成的事情。"

壮壮转眼看着小月一脸兴奋的样子，忙问她为何出此断言，思齐却惊喜地望着小月说道："厉害啊小月妹妹，对，你说得没错，究竟人类社会是往追求团结与平等的方向发展，还是往追求利益与奴役的方向发展，我们这代人，将用一生的时间去鉴证这一历史关键时期的重大转折。”

壮壮发现已经完全跟不上他俩的对话了，又是什么陷阱，又是博弈论，又是战争论的，不知道他们在说啥。于是壮壮直截了当地问表弟：“你就直接告诉我，老百姓这几年该怎么生活吧。”

思齐拍了拍壮壮的肩膀说：“这个可不好说，每个人的情况都不一样，就比如表哥你吧，你有房，却也有贷款，假如房屋无法出租，那就必须出去工作。如果你不愿参与海洋垃圾回收项目，我建议你去从事一些传统行业的技术领域，因为还有少数一些传统行业没有完成互联网升级。当然，你也可以提升一下自己的技术能力，做一些高精尖的技术，现在区块链技术和 5G 相关的技术，还有人工智能，都是未来炙手可热的领域。”

小月听到这里又问思齐说：“那 90 后呢？”

思齐回答说：“其实不管是 80 后，还是 90 后，如果是体制外的从业者，都可以趁这个时间停下来思考一下自己真正要的是什么，从小到大一路被时代催命似的奔波不停，现在停下来休息休息不也挺好吗？回头望一望那些错过的风景，回顾一下以前没有时间去品味的人生，或者充电后整装再出发。”

可欣听到这里扑哧一笑，笑嘻嘻地说道：“全民隔离在家那会儿，反倒是误打误撞地帮了我大忙，看了几本好书。”

壮壮听思齐这话倒是有理，便附和道：“所以韩国才有国考补习班一条街，大学生毕业后，就算饿着肚子也要往公务员队伍里钻。还是稳定收入好啊，如果我当时能听劝考个公务员，现在也不至于混得这么失败。”

思齐却反驳壮壮说：“现在公务员也不都是铁饭碗了，很多机关单位也开始采取聘用制，就算是领导层，每年也有业务考核。你难道还没有发觉吗？时代变了，特别是这次新冠病毒肺炎疫情以后，政府在追求经济发展的同时，更注重企业或行业的社会性。你所谓的失败，实质上只是一种自我感觉，不过是你所在的行业被时代的大趋势打击掉了而已，这与你个人的努力与否并没有太大关系。”

小月这时候突然发表了一个可怕的观点：“是啊，时代变了。你当初选择错了行业才是根本原因，覆巢之下安有完卵？四十年前国家的追求就是发展经济，所以向西方学习。现在经济发达了，该学的、不该学的咱们也都学会了，自然要除掉糟粕取其精华，去追求更高的目标。依我看，西方社会的发展方向和他们建立的现代经济体制中有很多错误。需要发动一场轰轰烈烈的世界级革命，推翻西方那一套规则，建立一个全新的、消灭金钱至上的体制，形成人类命运共同体，世界才能得到长远的发展，否则早晚要在不断重蹈覆辙中，最终走向毁灭。”

壮壮听小月的话感觉特别拔份儿，觉得思齐说的也有道理。是啊，自己怎么连如此基础的常识都忘记了，时代是在不断轮转中前进变化的。既然人类在体质上能够进化出胖子这种应对饥荒时代的群体，那么人类的思想也应该随着时代变化而不停进化的。如果一个人任由着内心的低级欲望发展而不去加以合理控制，他的人生注定是一场悲剧，那么一个国家呢？如果一个国家的人都放纵自己一夜暴富、左拥右抱的低级欲望，那么这个国家的命运将会如何呢？

也许四十年前出国留学、海外定居是中国精英们的追求，一夜暴富也是很多中国普通人的梦想，但是如今不同了，中国也不一样了，世界不一样了，时代变了。

壮壮突然想起一句话，一句曾经被世人所熟知，如今却渐渐被淡忘的至理名言：“当资本来到人间，每一个毛孔都滴着肮脏的血”。他突然意识到，所有灵魂中单纯流淌这种血液的人和一切充满低级欲望的精致利己主义为主旨原则的人，都会因本次时代的改变而遭到淘汰，甚至是企业与政权也一样。

想到这里，壮壮拍着自己大腿说道："说得好！以后就不用钱了，不是都各种人工智能AI和区块链技术了吗？以后设计一套计算个人对社会贡献值的逻辑公式，把单一货币拆成多套属性数值，以后人们的收入和消费都通过这套逻辑公式计算后进行增加或减少，购买的商品价格也都拆分对应成不同的属性数值出售。我觉得这事也没有多复杂，估计找两个游戏数值策划就能给办了。"

思齐听完一脸大喜过望的神情，兴冲冲地说："哇，你们可真敢想，你们知不知道一个叫希尔多·卡辛斯基的人，他写过一篇论文叫《工业社会及其未来》，专门讨论过此事，他认为工业化时代的人类最后要么被高智能的机器人所取代，要么就是被控制机器人的那些少数精英所统治，从而导致大部分人类的灭绝。于是他离开了大学，在野外过上了最原始的生活，后来还制作了很多定时炸弹，专门袭击一些操纵科技尖端技术，并为富不仁的人。"

小月和思齐的对话，彻底颠覆了壮壮的三观，在他们的世界里，土匪能写小说，爆炸案的罪犯可以写论文。

壮壮心想：什么经济危机、人类命运，无聊扯淡还行，我也没有机会动真格的，索性统统都不去管它，咱们普通百姓唯一能做的，就是保持自己的初心，接受社会发展的变革，调整自己的追求，紧紧跟随着真正在乎自己生死的领导者，不断地生存繁衍下去。

初六下午，送走了亲戚们，壮壮和小月过了一段远离手机的生活，除了上午继续操练回春功外，两人就坐在一起看书。

正月初十这天，林书记挨家挨户地走访着乡民。到刘武农家院时，正好快到中午了，在刘武的一再挽留下，林书记终于答应在农家院吃顿便饭。席间自然少不了壮壮作陪。

林书记问壮壮，还想不想报效祖国了。壮壮虽一时不明白林书记的意思，但是也忙点点头表示愿意。

林书记划拉开手机，找到一个招聘信息后给壮壮看了看，并跟壮壮说："这个是我大学同学负责的中非援建项目，现在卢旺达那边的硬件设施已经建设得比较完善了，到了可以进行互联网建设的阶段了，急需你这样的软件工程师。怎么样，你要感兴趣，我把你介绍给我同学，他是这项目负责人。"

壮壮听林书记这意思，是要把自己一竿子支到非洲去，立马就疯了。说实话，大多数北京人连北京的四九城都不愿意出，更别说去什么遥远的非洲了。作为北京人的壮壮，当然也不例外。

壮壮以建设非洲不是建设祖国为理由，想委婉地拒绝林书记的好意。可林书记却很不识相地继续鼓动壮壮，他说建设非洲，也是变相地建设祖国，并说已经把相关资料发到壮壮微信里了，让壮壮抓紧时间看看，还祝壮壮能面试成功。他说完，就快步离开了农家院。

正月十五的前一天，钢子和月娥开着大奔回来了，带了满满一车的东北土特产，看得壮壮简直眼花缭乱。月娥穿着貂皮大衣，兴奋地跟大家打着招呼，聊天的时候还有模有样地学舌法院庭审的过程。她东北小资的贵妇气质，一下就出来了，曾经那个蹲在房顶喝闷酒、抽闷烟的怨妇连影子也没有了。

壮壮问钢子怎么还真的跑回来了。钢子脸上洋溢着信守诺言的得意表情，拍着壮壮的胳膊说，自己打算就扎根柴火沟了。还说国家出了土地新政策，他打算以全村人入股的形式，把村里在沟外的那片商业用地租下来，他想在那儿开办一家小型家具厂。

壮壮听后有些担心，害怕他赔钱。钢子则满不在乎地表示，这次他绝对不会像以前那样冒失了，他决定一步一步、稳扎稳打慢慢来。

壮壮问钢子为什么选择扎根在这里而不是老家，钢子感叹地说，这山沟里好像有股子让人清醒的力量，使他无法产生那种不切实际的欲望。这些日子，他也想明白一个道理：40 岁之前都是流财，一个人如果对自己和这个世界的认知不到位，挣多少钱都是瞎扯。

其实不光是认知，也不单是基于财富，很多年轻有为、少年得志的人，最终就败在一个“飘”字上。刚刚对成功小有斩获，就开始到处卖弄，招致各种厌恶。要么就是不可一世，认为自己最正确，听不进去他人的半句劝诫。这一点其实很难避免，也许这就是青年人荷尔蒙过多的副作用。

成功不但是多维度的，而且不是一蹴而就的，成功是需要连续多年去坚持的，成功后还需要再去经历失败，再爬起来再度成功来反复验证的。然而这些道理，不去亲身经历，或者自我感悟，光听他人叙说是没有任何作用的。

钢子征得了刘武的同意，打算过些日子把月娥的爹娘也接过来住在农家院里，房钱由钢子和月娥两人负担。没想到他俩摇身一变，居然成了农家院的房客。

正月十五这天，小帅和贾姨也回来了，农家院再次变得热闹了起来。尤其是小帅的回归，更令大家感到意外，小帅被众人围绕着、问候着，但小帅好像并不开心，脸上还有些苦涩。

钢子带来了长长的挂鞭和各式烟花，准备晚饭前叫上全村老少，在溪边燃放元宵节的烟花。小月一开始并不打算去，可全体农家院的人都去，她实在拗不过众人，便找了个大围巾裹在头上，趁着天刚擦黑，跟着大伙出了门。

钢子找了个开阔的位置，摆放好烟花，农家院全体老爷们在钢子的安排下，分工点燃了挂鞭和烟花。

燃放了足足20多分钟，烟花都没有放完，钢子还大方地拿出一些冷烟花来，给村里的小孩子们玩。童童便领着几个小孩，嬉闹着举着冷烟花转圈。看得常大爷和刘佩琪两家目瞪口呆，他们肯定想不明白，往年低调的钢子，为何突然变得如此阔绰。

壮壮跟小月一起站在一旁，看着一地乱蹦的孩子，小月的脸上不觉泛起了母爱般的笑容。这时候美凤也带着娟娟出现了，她回来在郭场长家过十五。美凤一见到壮壮，就凑了过来，生气地质问壮壮这段时间跑哪里去了，怎么也不回复她的微信。

壮壮简单解释了一下这段时间的去向，但美凤并不觉得这种满世界瞎跑的自驾游有什么意思。她忽然看着小月愣住了，小月一见美凤注意到了自己，赶快转过身去，避免与美凤产生目光上的交集。

壮壮又跟美凤寒暄了几句后，便催她离开，美凤见壮壮驱赶自己，丧着脸气急败坏地对壮壮说道："我还以为你不搭理我，是另结了什么新欢呢，原来是跟这头小母猪混到一起去了，哼！正好你俩肥到一块去了，回头再生个小肥猪，后半辈子有你愁的！"

她说完，便气哼哼地转身离开了，听得壮壮一脸蒙圈，没想到她素质竟然如此低下。壮壮连忙安慰小月，让她不要和没有素质的人计较，不想小月却平静地说道："算了，就当还她蜂蜜钱了。"

从此，壮壮终于算是跟美凤划清了界限，再也不会互发微信，倾诉寂寞了。

众人回到农家院，一起吃过正月十五的元宵晚宴后，贾姨和壮壮父母坐在房间里聊着各自在南方的见闻。

小月和月娥收拾着餐厅和厨房。壮壮与钢子、小帅哥们三人时隔三个多月后，也终于再次聚到了一起。他们带着各自身上发生的新故事，一起聊到很晚，好像彼此之间有说不完的话。

壮壮和钢子各自滔滔不绝地讲着自己的事时，小帅听得很带劲，又是乐呵又是惊诧的，可到了他要讲自己的故事时，却一下子就变得十分消沉。

小帅说自己十分不习惯湖南的天气和生活，跟小兄弟也相处得非常不好，没有一天不打架吵嘴。起初小帅的生母还偏袒小帅，对他各种呵护，但到了后来，他母亲也累了，加上那个顽劣的小兄弟要么离家出走，要么以自残相威胁，死活就是要赶他走，搞得他生母也很为难。

正好到了冬季征兵的时候，小帅想去当兵，他母亲也觉得他先离家一段时间也好，两年后回来的时候，他小兄弟长大了一些也该懂事了，说不定那个时候就能相处得融洽一些。

但天不遂人愿，小帅没有通过体检，因为身体太过瘦弱而被刷了下来。他为了减少母亲的烦恼，只能再次回到知青农家院。

壮壮听完也很替小帅难过，没想到他好不容易找到了家人，却得不到同胞兄弟的认可。钢子也劝小帅先在农家院散散心再做打算。

瘸　子

农村里的习惯，出了正月十五，就算过完年了。时间逐渐进入 3 月份，农家院里也开始准备春耕的工作了。壮壮跟钢子商量着在平定山顶的窄石路上修座小木桥出来，一来方便小师父过去清修打坐，二来壮壮和小月也好取回被掩埋的手机。

壮壮每天上午依旧与贾姨一起上山练功。与去年不同的是，队伍里多了小月和小帅两个人。壮壮发现自己逐渐不满足于动作缓慢的回春功了，小帅年纪太小，明显对回春功也不是很感兴趣，所以俩人每天操练完回春功后，便开始进行一些开合跳和俯卧撑等高强度的体能训练，最后他俩还想拉上小月。

由于小月体重过大，贾姨和春芬严厉禁止壮壮和小帅拉拢小月一起做损伤膝盖的剧烈运动。春芬还特令刘武每天给小月单做一份减肥餐，贾姨也十分赞同春芬的决定，还说体重过大的人减肥，一定要在饮食上首先做出改变。

但小月并不是十分配合老人们为她制定的减肥计划，她每天就勉强糊弄着练练回春功，吃饭的时候也是满脸不乐意地看着大家吃香喷喷的正常饭菜，自己只能吃些燕麦和青菜。连每天的肉食，也只有清水煮过的鸡肉和牛肉而已。

有一次，壮壮淘气地偷吃了一片小月碗中的牛肉，发现除了盐味，再尝不出其他滋味了，难吃得要死。小月见壮壮偷吃自己的减肥餐，竟然也开始偷吃起壮壮的饭菜来。刘武为了不让小月得逞，特意把她安排到餐厅独自吃饭，大伙则一起挤在厨房中用餐。

这天晚饭，春芬特意为正在健身的小帅卤了鸡大腿，当然全农家院除了小月外，每个人都有一份，而小月只能吃青菜。这一下刺激到了小月，她再也忍不住了，疯狂地闯进厨房，抓起刘武碗中的一个鸡大腿就往自己嘴里塞，吓得贾姨和春芬都下意识地闪到了一旁。

壮壮一见大事不妙，赶忙起身阻止，就在鸡腿即将进入小月口中的一刹那，他伸手拽住了小月的胳膊。小月不甘心地探着脖子张着大嘴，玩命地够鸡腿，壮壮则玩命把她的胳膊往远离她嘴巴的方向拉。后来小帅见壮壮要拉不住了，也赶上来帮忙，他从身后抱住了小月，想把她拉离桌子。

刘武慌乱地站起身，着急地劝解道："哎呀，你就让她吃一个吧，不就是一个鸡腿嘛。”

壮壮心如磐石地反驳道：“不行！有一次就有第二次，不能惯着她！”春芬怕三人动作太大打碎了盘子，劝他们都要冷静。钢子和月娥则傻在了一旁，不知道该如何是好。

鸡腿来回地在壮壮和小月之间拉锯着，每次她都是差一点就够到鸡腿了，又被壮壮死命地拉开了手臂，最后她也没力气跟壮壮拉扯了，就假意松开了鸡腿。

壮壮以为她就此作罢了，松了口气，却不想她一个突袭，又跑向了钢子和月娥的方向，要抢他们俩碗中的鸡腿吃，还好钢子和月娥反应快，抱着饭碗一个闪身，躲开了小月。

小月又转而去抢夺贾姨的鸡腿，贾姨干脆就端着饭碗围着厨房开始绕圈，小月一见自己追不上贾姨，又转身去抢小帅的鸡腿，于是小帅又开始学着贾姨端着饭碗绕圈跑。最后农家院的所有人都端着盘子和碗，在院子里各种逃窜，就是不让小月能抓到东西吃。

气急败坏的小月见自己谁也追不上，肯定是抢不到吃的了，她愤恨地大喊道：“凭什么你们都可以吃好吃的！今天我非吃不可！”喊完，立即夺门而出，奔着坡上就跑了出去……

小月的腿脚明显比几个月前利落多了，等众人放下手中的盘碗出去追她时，她已经跑进邻居老王家的院子里开始抢东西吃了。

老王一家被突然闯进门来的小月吓了一跳，但老王反应还算机敏，在小月伸手抓桌上饭菜的时候，他下意识地移开了盘子，只叫小月抓到了一个馒头而已。

可小月的诉求是吃好的，而不是吃东西，所以一个馒头是无法满足她迫切的美食欲的。此时小月可能也反应过来自己不应该抢有男人的人家，她扔下馒头就跑出了老王家。

小月一跑出老王家的大门，就撞上了壮壮几人，她凭着一身的蛮力，猛地从人群中撞出一条路，又冲上了坡去，一头跑进了胖婶家的院子。吓得胖婶家的鸡群一顿扑腾，土狗妮儿也吓得叫了起来。

胖婶一个人，吃得也简单，一碗小米粥，几个贴饼子，一盘鸡蛋炒大葱。小月一看胖婶的饭菜并不能满足自己，就闯进了胖婶家的厨房，打开冰箱翻看起来。

胖婶见有人冲进院子，吓了一跳。她跑出房间，见到壮壮和刘武过来了，顿时像见到了救星，一下躲到刘武的身后，寻求帮助。

壮壮、钢子和小帅立即追进胖婶家的厨房，一个人关冰箱，剩余两个人开始阻止小月咬香肠。壮壮捂着小月的嘴，大声呵斥小月要冷静，千万不要前功尽弃。刘武和春芬焦急地看着几人撕扯，大声叮嘱大家要注意，别受伤。

一番激烈的搏斗后，壮壮和钢子终于控制住了小月。她见自己今天真的是一口好吃的也吃不到了，便开始歇斯底里地哭嚎起来，她一个劲地扭动着自己庞大的身躯，企图脱离壮壮和钢子的控制，嘴里还嚷嚷道："放开我！凭什么你们天天都吃好的，就让我一个人吃草！"

壮壮立马反驳小月说："不就是吃几顿草而已嘛，让你吃草不也是为了你好！"

刘武显然更能理解小月此时的心情，他大声感叹了一下后，竟然当着众人的面说："行！那以后我陪着你一起吃草，咱们一起吃行了吧？你快别闹了吧！"

小月一听这话，身上那股子蛮力，明显松懈了不少，她扭头看了一眼壮壮，又转脸对刘武说："那他呢？他也要一起吃草！"

刘武想也没想地回答说："吃吃吃！咱们全院人都陪你吃，以后我们吃什么，你就吃什么，行了吧？"

壮壮一听这话，立马疯了，责怪父亲说："凭什么她节食，还要搭上全院子的人？”但无奈刘武已经答应她了，小月也十分听话地松开了手，壮壮也不好再多说什么了。

刘武将年前与全村人签署的赔偿协议的钱都还了，粗略地算了算，差不多8000多块钱，给壮壮心疼得够呛，再次责怪父亲当初就不应该签署这种不平等条款。

可月娥却嘲笑壮壮是典型的天蝎座，不知道抠别人，没事还敢组织聚会请客，就知道抠自己人，还说什么8000块钱省去了很多麻烦事，还是值得的。

第二天吃晚饭的时候，刘武给每人做了一份由生菜、西蓝花、胡萝卜、黄瓜和其他一些不知名的蔬菜组成的凉拌菜，为了补充蛋白质，里边还放了几片水煮鸡胸肉。大伙也再次回到餐厅，与小月围坐在餐桌上一起吃饭。

壮壮、钢子和小帅看到晚饭就吃这“凉拌草”，顿时愁眉苦脸，但院子里的女人们，好像一副无所谓的样子。小月更是比画着手里的勺子，挑衅地看着壮壮和钢子说道：“你们倒是吃呀，不就是吃顿草而已吗？”

壮壮为了堵住小月的嘴，一不做二不休，捏住鼻子，囫囵吞掉了碗里的“草”，还一边恶狠狠地咀嚼着一边瞪着小月示威。可嚼着嚼着，他感觉这“草”难吃得自己眼泪都要下来了，就吐着舌头转头责怪父亲说：“您这都放了些什么呀？这也太难吃了。”

刘武拧着眉毛，使劲咽下嗓子眼里的“草”后，龇牙咧嘴地回道：“鱼腥草！”这下壮壮可算明白小月为什么坚持不下去吃这“草”的原因了。

连吃了三天“草”以后，壮壮感觉自己快要变成兔子了，仿佛头顶都要长出兔耳朵了，搞得他一看到胡萝卜和西蓝花就想吐，还有那个该死的鱼腥草。全院人也都是满脸的菜色。

练回春功的时候，小月更糊弄事了，动作完全做不到位，身体也不协调，全身有气无力地随意蛄蛹着，活像个大蚕蛹，简直不堪入目，一点儿美感都没有。

这天晚饭的时候，壮壮干脆闭上了眼睛，麻木地往嘴里塞着“凉拌草”，却忽然闻到一股酒味。壮壮赶紧睁眼，顺着味道寻找源头，只见钢子嘴里正偷偷吸着一根从上衣口袋中延伸出来的细软管子。

正当壮壮吃惊地看着钢子偷喝白酒时，刘武装腔作势的咳嗽声打断了他的注意力，壮壮转头看向父亲，他好像刚刚匆忙地往嘴里塞了一片什么东西，两片老嘴唇正吧唧吧唧嚼得带劲。

一旁的小帅大叫了一声说：“哎呀！我鞋带开了。”说完他便哈腰到桌下去系鞋带。

月娥又假模假式地关切小帅说：“哪儿开了，哪儿开了，我看看。”她说完，也弯下腰去，好像一副要帮小帅系鞋带的架势。

壮壮赶忙也把头伸到桌子下面，看月娥和小帅在搞什么鬼，没想到这两人正在分食一根哈尔滨红肠，月娥甚至还递给了小帅半个馒头吃。

看得壮壮鼻子都快气歪了，刚直起身子想向母亲报告几个人的偷吃行为，发现母亲居然从“草碗”底部，扒出一勺子蛋炒饭来。春芬发现儿子正一脸不可思议地凝视着自己，非但没有不好意思，反而还白了他一眼，一副无赖透顶的样子。

壮壮心想，贾姨总不能跟他们一起作弊偷吃吧？可万万没想到，贾姨正不紧不慢地掰着一片全麦面包。她看壮壮盯着自己，就淡定地推了推鼻尖上的眼镜，对壮壮报以友善的微笑。

壮壮这才发现，原来全院里，只有自己一个人傻了吧唧地在陪小月吃“草”，心里顿时忍不住想骂街。

晚上睡觉的时候，壮壮饿得翻来覆去，很久才睡着。梦里全是久违的各种美食，烤鸭、炸酱面、炸灌肠、炒肝儿、涮羊肉、爆肚、糖耳朵……他在梦里大吃特吃。第二天醒来的时候，枕巾上满是口水。壮壮决定不能再这么傻了吧唧地陪着小月吃减肥餐了，晚上一定也要吃点好的。

中午刚吃完饭，壮壮以去县城理发的名义，带着小帅去市场买了一斤猪头肉和一斤烙饼。回来的时候已经下午 2 点多了，他们看见一个皮肤黝黑、身材瘦高、衣衫褴褛的瘸子在农家院大门口来回踱步，一副犹犹豫豫想进又不敢进的样子。

壮壮忙上前询问他找谁，他见到壮壮先是一愣，紧接着非常客气地回道："请问刘武大叔还在这里吗？"

壮壮看着瘸子岁数跟自己差不多，却是来找父亲的，感到有些茫然，但还是进院把父亲喊了出来。

刘武一见到瘸子，表情立马惊了，赶忙把瘸子请进了院子，并带他去了后院小月的房间里。壮壮和小帅刚要好奇地跟上去，就被刘武喝止了。

但壮壮强烈的好奇心，哪肯轻易放弃？刘武和瘸子刚进屋，他便蹑手蹑脚地贴了过去。却不想刘武又开门走了出来，看到壮壮正贼头贼脑地往里张望，就一烟袋锅砸到了他的头上，让他去沏点茶水，并让他跟月娥说一下帮忙炒几个家常菜，然后一起送过来。

壮壮在刘武的监视之下，悻悻地离开了后院，他刚走出没几步，就听到小月在房间里大声地怒吼道："你滚！我不听你解释，你这个浑蛋，我永远都不会原谅你，也不想再见到你！滚！"

壮壮一听小月这骂词里的意思，这瘸子跟她的关系明显不一般，难道他是小月的男友？再一想又觉得不对，他俩的身材太不成比例了，而且小月还默认过自己是处女，不由得心中充满了各种疑惑。

于是壮壮借着送茶水的机会，再次来到后院，却看到父亲正蹲在小月的房门外犯愁。刘武见壮壮来了，就接过他手中的茶壶，轰他赶快离开。刘武打开房门的一刹那，壮壮瞟见小月正跟那瘸子紧紧地相拥在一起，哭哭啼啼的样子，不时还用她的大拳拳，捶打着瘸子的胸口，瘸子也温柔地轻抚着小月的大脑袋，一副怜香惜玉的样子。

看到这一幕，壮壮的心里居然莫名有些不是滋味，没想到连小月这种巨胖的女人，也是有男人肯要的。一想到这里，壮壮顿时感到非常绝望，果然这世界上是剩男不剩女。

月娥炒了两个家常素菜，还把壮壮买的猪头肉切了半盘，放上两个大馒头，让壮壮端去后院。可没等壮壮把饭菜送进小月的房门，那瘸子就一瘸一拐地走了出来，好像这就要走，并不打算吃饭。

壮壮客气地问那瘸子："怎么这么快就走了？饭都做得了，吃口再走呗。"

那瘸子对壮壮又是鞠躬，又是抱拳作揖，一副毕恭毕敬的谦卑样子，这使壮壮感到十分别扭。他连声推脱着不吃，说自己还要赶火车回广州。

瘸子执意要走，连刘武都挽留不住。当瘸子走出农家院老远的时候，小月哭喊着"我等你回来"追了出去。两人抱在一起，又是一顿痛哭。看得壮壮心里五味杂陈。

晚饭的时候，小月依旧一副闷闷不乐的样子，为了安慰她，刘武特意给她加了菜，壮壮也于心不忍地打开了一罐可乐，递给她喝。

可没想到，爷俩的好意统统被小月拒绝了。她像疯了一样，往嘴里扒拉着"凉拌草"，稀里呼噜吃完自己碗里的减肥餐后，一拍桌子大声说道："以后你们不用偷偷摸摸地吃好吃的了，从今天起，我认真配合减肥，决不食言！"她说完起身出了厨房，站在院子里操练起回春功来，看得众人一脸蒙圈。

大家都吃完饭了，小月还在练功，动作虽然依然生硬还有些不标准，但是她额头已经冒出了汗珠。钢子喝着可乐，站到壮壮身旁一同看着小月，他打了个气嗝后对壮壮说道："看见没有小老弟，这就是爱情的力量。"

看来连钢子也认定那瘸子是小月的男友了，小帅附和着也说道："对，士为知己者死，女为悦己者容。"

壮壮深深地感叹道："唉！早知道，我也找个胖美妞做女朋友了，我天天拿根鞭子逼着她锻炼，活活给她练瘦了，再娶来做老婆，多好！不但没人竞争，还能对我死心塌地，没准还能娶个胖得嫁不出去的富二代回来，哇哈哈。"

钢子听完，差点把可乐喷出来，偷笑了一番后说道："你就别做这美梦了，胖子娶胖子，回头再生个胖子，那不是造孽嘛。"

壮壮一听这话，又想起美凤恶狠狠的诅咒来，不解地转头问正在收拾厨房的母亲说："妈，胖子和胖子结婚，还会生出胖子来吗？"

春芬被壮壮问得一愣，她想了想后，回答道："是啊，父母都肥胖，有大概率生出巨型婴儿来，因为脂肪细胞个数会遗传给婴儿，造成婴儿时期的易胖体质，而且母亲也会有难产的风险，是非常危险的。"

壮壮听完就绝望了，郁闷地说道："噢！瘦子不喜欢跟胖子结婚，那我们胖子跟胖子结婚也不行了，真是没法活了！毁灭吧！赶紧的！烦了！啥也不是！"

钢子听完，被壮壮逗得一顿咯咯狂笑。此时从餐厅里走出来的贾姨听到几人的对话后说："所以一定要先减肥再生孩子，人体都是有记忆力的。你瘦的时候生，孩子就瘦；你胖的时候生，孩子就胖。哪怕就是生孩子那几年保持个好身材，也是有可能生出正常宝宝的。”

春芬也跟着说道：“对，你贾姨说得没错，而且只要在幼儿和青少年阶段严格控制孩子饮食，注意预防脂肪细胞过多增长，养成良好的作息运动习惯，胖子和胖子也能生出健康孩子。”

壮壮一听这话，立即有些郁闷，埋怨母亲道：“噢，原来您这么门儿清啊，那怎么还把我养这么胖？”

春芬绷着脸回壮壮说：“哎？你怎么突然问这个，难道你看上谁家胖闺女了？”

小帅立即打趣壮壮道：“壮壮哥想娶媳妇喽！”

壮壮赶忙敷衍地解释说，只是随便问问。

自打这瘸子出现过以后，小月就像变了一个人似的，她明显开朗了许多，节食、锻炼都很积极，每晚还拉着壮壮一起看会儿书，或者组织几个人一边打牌，一边听她讲历史。

她的历史观点还是那么的奇葩，什么明朝的灭亡跟西班牙人掠夺美洲大银矿有关，什么如果秦朝不过早灭亡，中国将有机会把版图扩大到印度洋，那么中国就有机会废掉马六甲海峡，并很可能因此不会错过大航海时代，没准还能提前发现澳洲。还有什么印度摒弃了佛教、朝鲜世宗大王创造了韩文，才是造成他们国运衰竭的根源。

居然还说什么地球真正的主人其实是植物，达尔文是骗子，人类是地球之外的生物与类人猿结合的产物，中华古文明之所以没有向其他古文明那样灭绝，是因为中国人喜欢耕种的结果。

还有什么黑暗森林法则、修昔底德陷阱、《资治通鉴》之类。总之，在壮壮看来，小月完全是在一本正经地胡说八道，但她讲得带劲，自己就全当是听单口相声，随便听着玩。

几人每天上午一起锻炼，下午一起干农活，晚上聊天打牌，偶尔在山里游玩。好像生活里什么烦恼都没有了。小月觉得这样的日子自己可以过一辈子都不腻，好像每天早上睁开眼睛，都有一大筐的开心事等着自己似的。看着朋友们脸上洋溢的笑容，她心里觉得还是活着好。

春芬和贾姨看到小月积极减肥，对她的态度也大为改观。渐渐地，小月把春芬当成了自己的母亲，也把全院人，都当成了自己的亲人。

小月还变成了壮壮的跟屁虫，无论壮壮走到哪儿，她都要跟着。壮壮带刘武和小帅进城，想去银行把小帅的工资存折换成他自己的名字，她也要一起进城；壮壮跟钢子制作木桥的零件，她也坐在一旁观看；壮壮跟月娥种菜，她也跟着种菜；甚至春芬给壮壮介绍对象，让壮壮看对方照片时，她也要凑过来看，简直就是一条甩不掉的大尾巴，把壮壮烦得是一塌糊涂。

日子很快进入了 4 月，又到了春暖花开的季节，各处冰面也化了冻，刘武让壮壮和钢子有空的时候，去后山八仙池里打些泉水。

壮壮和钢子把修桥的材料也准备好后，决定带着小帅先去八仙池打水，再去平定山顶修桥，顺便把手机取回来。

壮壮本想偷偷行动，甩掉小月，但小月很机灵地在哥仨临出门前又跟了出来，死皮赖脸地要跟着壮壮一起上山。

建 桥

壮壮无奈只得带上了小月。四人来到后山接了满满四桶泉水后，又捡拾了一些树枝。壮壮突然又看到了那株被一圈石头围绕的小树，没想到一冬过去了，它竟然没有被冻死，枝尖已经长出几片嫩绿色的小叶片，树身也有一米来高了。

壮壮惊叫着冲到小树苗前，连连感叹生命的顽强。壮壮问钢子这是什么树的树苗，钢子仔细观瞧了半天后说，可能是桃树。

壮壮听后，立即决定，把这棵小树苗移植到小山顶去。钢子不解地问这树苗是什么来头，为什么他见到它后这么兴奋。壮壮忍俊不禁地偷偷对着钢子耳朵说："还记不记得，你第一次带我来后山时，我随地拉的那一泡大便……"

钢子听后，恍然大悟般的连声"噢噢噢"。小帅也好奇地凑过来询问，当得知这棵小树苗的来历后，三人笑得眼泪都快掉下来了。

小月好奇地打听三人为什么发笑。说实话，前段时间壮壮对小月的印象改观了不少，可最近她总黏着壮壮，使得壮壮此刻对她忽然又产生了一丝厌恶，也不好意思告诉她实情，便让她去一边玩去，别乱打听男人之间的事情。小月一听说这话，生气地嘟起了"猪猪嘴"，拎着水桶，愤愤地下了山。

四人带着桃树苗下了山，把堆满木头零件和绳索的老皮卡货箱腾出了一小块地方，小心翼翼地把树苗装了上去，准备出发修建木桥。

再次看到小山顶和窄石路上的缺口，壮壮心中不禁百感交集。钢子在缺口处铺设了两大块长木板，又在腰间系好了绳索，他准备走到小山顶上去打桩子。

钢子设计的木桥十分简单：在悬崖的两边，通过桩子固定好五条缆绳，中间三根松，穿过带有小孔的木板，做木桥的路面；最外边两根紧，做扶手之用。木桥虽然简陋，但比起以前光秃秃的长木板来，还是安全了许多。

木桥修好后，壮壮带着桃树苗，小心翼翼地走了过去，桥面只微微有一点点晃动。

小帅也好奇地走过来参观小堡垒，他好奇地打听为什么会有个堡垒在这里。钢子一边干着活，一边讲述起了平定山清军营的传说。

壮壮和钢子开始着手种树。小月因为不敢走过来，此刻只剩她还待在大山顶上。她焦急地站在对面的桥边，一直向哥仨这边张望着。壮壮种好了桃树苗，把装有手机的塑料袋挖了出来。

小月见后突然大声地喊道："你别看我手机啊！"

原本壮壮只关心自己的手机是否还能开机，可小月竟然此地无银三百两地不让看她手机，壮壮便突然对她写的遗言产生了强烈的好奇心。

壮壮打开小月的手机，想当着她的面，看看她临终的遗言里究竟写了些什么，小月一见壮壮要看她的手机，立即惊呼让壮壮住手，并企图从木桥上过来阻止壮壮。

壮壮赶紧走到木桥前，等小月的脚一迈上木桥，就猛地跺了一下桥面，并大声吆喝了一声，吓唬她不要走过来。小月被摇晃的桥面吓得尖叫着缩了回去。

壮壮一看终于甩掉了这个大尾巴，心里不禁暗自得意，翻看起她的手机来。小月的手机是手势解锁的，跟她一路旅行这么久，壮壮无意间看到过很多次了，便学着她的手势，轻松解锁了屏幕。

她手机里的应用不多，除了读书 App 和新装的短视频剪辑 App 外，就只有微信了。不过壮壮还没有无素质到偷看别人微信的地步，只打开了屏幕空白处一个突兀的文本文件看了起来，里边内容如下：

辛丑年正月初二，吾与壮兄困于此三日，不得出。临终遗言，若遇善缘者，转山下知青院武亲启。

悟以往，吾所做诸多恶业，窃食比邻，扰动山野，幸得贵人相护，顾之三年，不胜感激。今未报其恩德，遂身死于山中，惭愧之至，无以言表。

吾终其生，一无所成，未到而立之年，未尽父母之孝，未成妻母之身，未延后世之孙。空虚此生，悔极晚矣。

母病吾不知时，母殁吾不知日，生不能相养于共居，殁不能抚母以尽哀，敛不凭其棺，窆不临其穴。不孝不慈，行负神明，而使其亡，不能与母相养以生，相守以死。生而影不与吾形相依，死而魂不与吾梦相接。

无何，吾垂死矣，即从母而死，死而有知，其几何离，其无知，悲不几时，而不悲者无穷期矣。

叹今之九州，歌舞升平，浮华满世，非奢靡不能为众志，非富贵不立其威权。欲登高必贩其灵魂，人心撕裂，亢奋遍地，富者狂傲，贫者哀丧，此世风常态矣。

人何所求，非吾所求，进不能立锥于广厦，退不可偏安于一隅。幸遇一知音壮兄，虽弗梁祝之化蝶，但免孑立于黄泉。南游相随数日，吾生之至美也。然吾貌甚寝，愧不敢言表。愿今生之憾，发来世之心，比翼双飞，白首不离。

魏小月绝书

虽然遗书多半部分壮壮都看不太懂，但最后几句还是能看得明白。壮壮惊讶得简直不敢相信自己的眼睛，甚至不敢再抬头去看小月的脸。没想到小月竟然想跟自己“化蝶”，还诅咒自己来世变鸟，还要跟她比翼双飞。

壮壮发觉大学时流传的那句话说得果然没错：“我爱的人对我熟视无睹，爱我的人简直惨不忍睹。”这基本完全符合壮壮此时……哦不，是壮壮这半辈子的感情写照。没想到自己的有生之年，居然被自己的亲妹妹—— 一个肥胖的“有夫之妇”看上了，顿时脸上有一种炸裂般的尴尬。

钢子和小帅见壮壮盯着手机看了半天，就也探头过来查看他在看什么。壮壮赶紧删掉了小月的遗书，告诉他俩没有什么，并用目光快速扫了眼涨着一张大红脸的小月，慌忙揣起了手机。

回去的路上，壮壮故意走得很快，把其他三人远远地甩在了身后。钢子和小帅都不明白壮壮抽的是什么疯。回到农家院后，壮壮也是尽量避免与小月单独接触，就是怕她亲口说出一些“不堪入耳”的话来，自驾游的事情也就此不了了之了。

之后的日子，月娥回老家把自己的父母接来了农家院住，并把老家的房子租了出去，还卖掉了老家的别墅和宝马车，她和钢子，算是彻底入驻农家院了。

壮壮跟小月相处时总是觉得很别扭。可是小月对壮壮却越来越殷勤，又是帮他打扫房间，又是帮他洗衣服，没事就主动找他说话。壮壮也只得硬着头皮应付。壮壮本以为对她冷漠一段日子，她就会把这茬儿忘了，却没想到她并不放弃。下地干活的时候，小月总追在壮壮身后，居然还偷偷给壮壮编织了一条围脖。

小月见壮壮对自己不冷不热，便又开始琢磨起减肥餐的口味搭配来，把每天的晚饭都装扮得花里胡哨的，还会特别为壮壮用鸡蛋摆个小爱心，看得钢子都起了疑心。

这天晚上壮壮没有跟大伙一起打牌，而是把自己关在了房间里，无聊地翻看着英语书，突然萌生了接受表弟的建议，去应聘在海外收海洋垃圾工作的想法。他想，这样不但可以贴补家用，应付房贷，还可以免去整日面对小月的尴尬。

快入夜的时候，小帅敲响了壮壮的房门，进屋后他一脸沮丧地说湖南的外婆病倒了，现在家里正四处凑钱交外婆的手术费和住院费。

壮壮听后，立即通过微信给小帅转了一万块钱，并告诉他这些钱里五千是钢子的，五千是自己的，让他尽管放心拿去，不用还了。

可小帅接过钱后，依然一脸愁云，他十分纠结地说道："眼前这关倒是能勉强度过，可以后的日子，家里就更加拮据了。"

没想到小帅千里寻亲的结果，不但没有收获想象中温暖的亲情，反而还要背负家里沉重的经济负担。壮壮看着小帅，猜想他如果提前知道事情是这种结果，还会不会积极地寻找自己的亲生父母。

壮壮犹豫了半天后对他说："你还是走吧，不要再留在这里了。"

小帅听后沉默了下来，壮壮猜他此时心里一定是舍不得这里，只得再次劝他说道："你年纪还小，不要在这里浪费人生，现在你已经和过去不一样了。"

小帅问哪里不一样，壮壮直截了当地回答他说："因为你肩上有了责任，你是躲不掉的。"

小帅哀怨地说道："我有时候觉得有点后悔，不该……"

小帅说到这里，被壮壮当即打断了，壮壮有些严厉地对小帅说："你不该有这样的想法，这是你逃避不了的命运和责任，既然找到了亲生父母就不能后悔。"

壮壮没有给小帅开口辩驳的机会，紧接着说道："至少你还年轻，还有去实现梦想的机会，你跟我们不同，不能苟且在这里。"小帅听完壮壮这话，脸上浮现出一丝不悦，眼神中透露出一丝倔强，好像并不是十分认同。

壮壮调整了一下语气，平和地继续说道："当然，如果你真喜欢这种世外桃源的悠闲生活，那也应该是在见识过大千世界、尝尽了人世艰辛、学得了一身本领，为你的家庭、为社会、为国家尽了你应尽的义务，并结识到三两知己后，再真正安心地回到这里，当之无愧地享受这份悠闲，否则你这一生又算什么？当你老了，可能连一个像样的故事都无法诉与自己的儿孙们。”

听到这里，小帅眼中的倔强也消失了，他缓缓地站起身来，轻声地说了一句：“我知道了。”说完就起身离开了。

第二天，一直到中午，壮壮都没有看到小帅的身影，父亲和钢子也都不知道小帅去了哪里。壮壮来到小帅房间找他的时候，发现桌上有一个信封，上边写着：壮壮哥收。打开信封，里边有一封小帅的亲笔信，内容很简单，只有短短几行字，信中写道：

> 壮壮哥你说得都对，道理我都明白，我昨天其实是想跟你说，早知道这样就不该回柴火沟了，只是想向你倾诉那种天下之大何以为家的苦闷心情。我走了，谢谢你！也谢谢爹！等我有了能流传给儿孙的故事，我再回来。你要对小月姐好点，她很喜欢你，别再让她伤心了，再见。小帅留。

壮壮读完了小帅的信，心里十分懊悔，不应该按照自己的猜测去胡乱说教，也许这也正是年轻人与中年人总是相处不愉快的症结所在吧，他终于明白代沟是如何产生的了。人到中年以后，以为自身已经有些人生经验了，就以为这个世界是一成不变的，于是按照自己的想法，去妄加猜测别人。

但壮壮发现，其实劝解小帅的话，也适用于自己，想想真是可笑，自己都还没有彻底走出舒适圈，居然还大言不惭地劝解别人。

想来他周岁还不满 36 岁，同样不应该再继续沉溺在这温暖的安乐窝里了，就算是去捡垃圾，怎么也要再工作十年，哪怕是五年。现在就这么退休了，壮壮真有点不甘心，看来他也意识到，自己是时候要离开了。

壮壮看了看林书记介绍的工作，想象着自己“耕耘”在非洲大草原上的情景，又看了看表弟介绍的工作，并想象了一下自己孤零零地漂泊在太平洋上的情景，心里有说不出缘由的别扭。

壮壮感觉这两份工作都可以去尝试，但都无法令他产生那种对工作的激情，一时间很难做出抉择，最终决定干脆两个同时应聘，哪家要自己就去哪家工作。

壮壮整理了中英文两份简历，分别投递给了招聘单位的邮箱，并告知了林书记和表弟。他们只叫壮壮等待消息，并抓紧熟悉一下业务，以备面试需要。

干活的时候，小月还是对壮壮各种献殷勤，又是给他擦汗，又是给他倒水，变着花样地做营养减肥餐。就算再狠心的人，也无法拒绝对自己这么好的女人。可壮壮一想到她是自己的亲妹妹，心里就有种乱伦的罪恶感。

壮壮有时候想，如果小月不是自己的妹妹该多好！哪怕她再胖，只要她能对自己一辈子都这么好，再……再减掉一半的体重，就勉强收了她算了。

这天林书记给壮壮打来了电话，让壮壮周一去石家庄一趟，参加援非项目的公司面试。壮壮接到通知后，还兴奋了一阵子。

周一凌晨，壮壮驱车400多公里，早早地来到了石家庄市区内的一栋写字楼，找到了面试地点，在前台领了一份笔试答卷后，开始坐下来答题。

笔试的问题十分简单，难度连壮壮当年第一次参加工作时的一半都不到，壮壮甚至觉得有些问题根本就是在侮辱自己的智商，显然这些笔试题是无法淘汰掉他的。前来面试的人，不是一般的多，交完笔试的卷子，还需要排队等待面试，壮壮从来没有遇到过这种十几人一起等待面试的场景。

壮壮等了很久，还有三个人就能轮到他时，工作人员通知大家先去吃饭，现在已经到了午休的时间了，让大家下午 2 点再回来。壮壮看了一眼时间后，心想：我的个乖乖，才中午 11 点半就午休了，这样的单位，就算打破脑袋我也要应聘上。

下午面试快开始时，一个文文静静、一身 IT 职业女性打扮的妹子，坐到了壮壮前面。另一个青年男人，坐到了他俩对面，看到妹子，就开口对那妹子说道："美女你也要去非洲啊？你很勇敢啊！"

妹子见有人搭讪，也友善地回答道："没办法啊，石家庄公司给的太少了，现在去北京找工作也难了，去非洲不是能拿双薪嘛！"

青年男人听完微微一笑，说道："这一去可就是两年，中途只能春节回国探亲，你家里人能同意吗？"

妹子听完惊讶地眨了眨眼睛说："什么什么？两年？"

青年男人说："怎么？你不知道吗？这次外派非洲项目招收的几个职位，最低都要求两年起步，听我朋友说，很多人熬不住，不到一年就辞职跑回来了。"

妹子扶了扶眼镜，又眨巴眨巴眼睛，一脸不可思议加一万个没想到的表情，顿时就沉默了，好像开始犹豫着什么，又好像不太相信青年男子的话，依然坐在第一个进去面试的位置上。

壮壮猜妹子肯定不相信青年男子的话，想进去面试的时候亲自问一问。不过说实话，壮壮一听去非洲就得两年的时间，也感到十分头大，虽然农家院里有那么多人替自己陪伴父母，可是他不知道自己能不能熬住这两年的光景。而且再次回来时，都已经快 38 岁了，难道这婚姻问题，最后要交给非洲的黑妹们帮忙解决？

2 点的时候，妹子第一个走进了面试房间，但没过五分钟她就愤愤地走了出来，低声地咒骂道："开他妈什么玩笑，两年我就 30 岁了，还嫁不嫁人了？老娘才不伺候呢！"她说完，狠狠地踩着高跟鞋匆匆离开了。青年男人和壮壮对视了一眼，心领神会地扑哧一笑。

下一个面试的人，进去了很久。就在马上要轮到壮壮面试时，他的手机铃突然响了起来，他一看号码是父亲的，便赶忙接通了电话。

电话那头传来了父亲焦急的声音，他急得有些结巴地说道："壮……壮壮啊，你面试完没有啊？赶快来县城医院一趟。"

壮壮赶忙问父亲出了什么事情，父亲着急地说道："哎呀，出事了，是你妈！老郭倒车时没看到你妈站在车后面，把你妈给撞啦！"

壮壮赶忙让父亲冷静，让他把母亲的伤势说清楚，父亲没有耐心地说道："你赶紧回来，见面再说吧，我办手续呢，挂了。"

听完这个消息，壮壮脑袋突然"嗡"的一下，顿时一片空白，面试官在屋里大声地叫了三次"刘壮壮"，但壮壮就像没有听见一样。还是刚才那名青年男子拍了拍他，他才反应过来轮到自己面试了。

壮壮以一种恍惚的状态，走进了面试的房间，晕晕乎乎地坐在椅子上，看着面前的三名面试官发傻。中间那名主考官叽里咕噜地说了些什么，壮壮根本也没心思听，可能这位面试官就是林书记的朋友。他很耐心地问壮壮到底出了什么事，怎么如此地心不在焉。

壮壮终于再也忍不住地站起来，告诉面试官自己母亲出了车祸，现在马上要赶去县城里的医院，不能再继续面试了。

壮壮慌不择路地跑出了面试房间，临走出写字楼时，脚下一个没注意，正正地脸部着地摔了个狗吃屎。这一下把壮壮摔醒了，他意识到自己不能这么慌，否则开车一定会出危险的。

返 城

壮壮开车一路狂奔着回到了丰宁县，并尽量克制自己不去想母亲的伤情，中途不带停车休息地来到了县城医院。

进到病房的时候，刘武、月娥和小月都早早围在了春芬床边。壮壮母亲表情木讷地躺在病床上，一副既愤怒又可怜的样子。壮壮这辈子还是第一次，看到母亲愤怒时，他的内心却是快乐轻松的。壮壮此时心想，只要母亲没事，就是她现在起身抽自己一顿大嘴巴都行。

壮壮俯身询问着母亲的伤势。春芬很难受，只是闭着眼摇头，表示自己此刻不想说话，眼角处还流淌下一串泪珠来。壮壮看到后，心疼得要命。

刘武替春芬开口回答道："医生说你妈有轻微的脑震荡和多处软组织损伤，不是太严重，也没有生命危险，不过你妈这膝盖伤得不轻，估计这段时间下不了床。他娘的这个老郭，老糊涂了，倒车时也不看着点！"

壮壮坐在春芬的病床边，右手握着母亲的手，左手抚摸着母亲的额头，想多多分散母亲的注意力，从而减缓她的疼痛。

小月倒是积极得很，她把暖壶打满水，帮着春芬打饭，还用酒精擦拭床头柜，在抽屉里铺上干净的报纸后又把各种用品摆放整齐。她见春芬情绪好些了，就端着水杯扶着吸管，给她喂水喝。春芬要下地解手时，小月干脆背着她去了卫生间，看得月娥都十分叹服。

林书记突然打来了电话，质问壮壮为何不完成面试。壮壮解释缘由后，林书记扼腕叹息道："唉！真是太可惜了，多好的机会，我同学说，笔试答卷里，你分数最高。"

壮壮此时也不知道自己做得到底对不对，在面临事业工作还是家庭亲情的抉择时，他义无反顾地选择了亲情。

当天晚上，父子俩不方便在女病房陪护，只得留下小月和月娥照顾春芬，可小月死活让月娥也跟爷俩回去，说她自己留下就够了。

第二天，三人去医院接班的时候，一进到病房，就看到小月正在帮春芬梳头，春芬手里正拿着一根大香蕉吃得正欢，嘴里哼着小曲儿，一副悠然自得的样子。

壮壮一看这情形，心里终于踏实了，甚至觉得这画面还挺好笑的，感觉此刻母亲不是住院的病人，而是像慈禧太后老佛爷似的，被一个胖宫女体贴周到地伺候着。

小月一见到三人进屋，不知道为啥突然紧张了起来，她手里一打滑，梳子拢断了几根春芬的头发，疼得春芬龇牙咧嘴地“哎呀”了一声。壮壮原以为母亲会生气发火，可不想，春芬赶忙让小月给她看看断发颜色是黑是白。

当春芬发现断掉的是黑头发后，非常豁达地笑了笑说：“正好，拔一根长十根，这下我能长出一百多根儿黑头发呢！”

月娥主动拿过脸盆，要给春芬打水洗脸，可春芬却美滋滋地悄声对月娥说：“不用啦，小月刚才都给我洗过啦，昨天晚上还帮我洗屁股、洗脚啦，你赶紧带小月回去休息吧，她一晚上都没有睡好。”

月娥看爷俩守在春芬床边不愿意离开，便很懂事地开车把小月带回了农家院。

壮壮送走了小月和月娥，心中充满了对小月的感激，他一屁股坐回母亲床边，对刘武抱怨说：“行啊老爷子，您这二婚闺女生得挺好，就是您这遗传基因可真不咋地，俩孩子都生得这么胖。”

春芬听完扑哧笑了出来，煞有介事地对壮壮说：“是吧，你长这么胖跟我没关系吧，都是你爸的问题。”

壮壮赶忙顺着母亲的意思，一起挤兑父亲说：“就是就是，遗传给我易胖体质就算了，从小还总做那么多好吃的，把我喂那么馋。”

刘武听到这儿，再也忍不住了，他大声“呸”了一下后，愤然说道：“狗屁！那离婚前，你还能拿乒乓球亚军呢不是？还不是我离家以后，你妈总顾着在医院加班，疏忽了对你的照顾，成天净让你吃方便面惹的祸！”

春芬听完刘武这话，立马就蔫巴了，一副做错事被抓了现形的小女人模样，一脸无辜地翻眼看着壮壮，好像正在等着儿子批评自己似的，这也让壮壮想起小时候与母亲一起生活的时光。

那时候壮壮刚刚 12 岁，正是长身体的时候，每日放学回家后，一般都是家中无人，傍晚华灯初上时，周围邻居们家里响起的叮叮当当的切菜声和此起彼伏的“吱啦”炒菜声，是壮壮那时候最羡慕却又求之不得的幸福之音。

黄色包装袋的三鲜伊面和绿色包装袋的华龙海鲜方便面，就是壮壮每餐晚饭的首选。放学回家一进门，脱下书包后的第一件事，就是找个大饭盒，用暖壶里已经有些降温的热水，泡上两包方便面给自己吃。

偶尔春芬也会从医院的食堂里打些饭菜，带回家给他吃，但那时候往往已经过了饭点，医院食堂的饭菜最后基本都成了壮壮的夜宵。

随着壮壮岁数越来越大，方便面的选择逐渐变成了统一和康师傅这些新晋品牌，他的饭量也从一顿吃两袋面，逐渐涨到了一顿吃三袋，甚至是四袋。后来流行吃红烧牛肉面的时候，也不知道是从电视里，还是从同学那里传出来的吃法，说是吃方便面时还必须再加两根火腿肠和一包榨菜才算圆满。

现在想想，长年累月地吃这些垃圾食物，并伴随偶尔的暴饮暴食，其实才是壮壮发胖的罪魁祸首。俗话说“医不自医”，春芬给别人看了一辈子的病，最后自己儿子竟成了一个胖子，也是对她职业生涯残忍的讽刺。

壮壮想着这些，再想想母亲此刻正在疗伤，就没有跟着刘武一起怪罪母亲，壮壮还替母亲辩护道："那小月呢，小月的身材又怎么解释？"

春芬这时又扑哧笑了出来，跟着儿子一起质问刘武说："对！你怎么解释？"

刘武一下就无奈了，无助地对春芬说："哎呀！芬儿！不是都给你解释过了吗？怎么还跟着儿子起哄呢？"

刘武话都没说完，春芬就忍不住咯咯地笑了起来，片刻后才对儿子说道："小月不是你爸生的，以后别老拿她说事了。"

壮壮忙问父亲到底是怎么回事，壮壮父亲叹了口气，这才讲述起关于小月一家人的故事来：

刘武二婚再次离异后，去了福建战友家住了些日子，他战友尚文也是老鳏夫一个，刘武本打算就跟战友一起搭伴儿养老了，可住了一段时间后，实在受不了南方的阴雨，尤其是冬天，湿寒沁骨，刘武经常冷得受不了了，就去户外动动暖和暖和，而且进屋后还脱不了大衣，连睡觉都要穿着。

最终刘武觉得还是回北方好一些，于是决定投奔插队时曾救过自己一命的好兄弟老魏。他来到了河北丰宁县的柴火沟，给老魏一家人帮厨、种地，也不要工钱，就图有个吃饭、睡觉的地方。

老魏家有一男一女两个孩子，男孩是老大，叫小星，生性比较顽劣，从小受老魏的影响，喜欢抽烟、喝酒、甩牌，常年在老家不务正业。

好在家里还有个女孩，也就是小月，她的性格随了老魏媳妇，从小乖巧懂事，长大后也一直在南方读书、打工，并总往家中寄钱，贴补家用。

原本老魏一家的日子，虽平平淡淡的，但也能过下去。可小星有一次去县城的时候，正好遇到了搞棋牌游戏宣传的地推队伍，他为了拿些小额的现金奖励，就用手机下载了棋牌游戏，还被人拉进了一个微信群。从那以后，他就整日地抱着手机打牌，还结识了不少牌友。

小星像是发现了新大陆，他越玩越上瘾，连家里的活也不好好干了。一开始倒也挣了点钱，但后来又陆续输了回去。他不甘心，开始到处借钱，最后借不到钱就通过微信里一个叫老 K 的牌友的指引，从网络上借了 10 万高利贷去赌。

小星越赌越大，最后竟然大着胆子玩起了境外赌博，终于有一天，他学着老 K 开始玩什么牛牛，还敢开自动挂机模式下注。

他本想试验性地挂个十局看看，结果他玩得太累不小心睡着了，一觉醒来后发现，已经挂机自动输掉了全部游戏筹码。尽管输了这么多钱，但小星非但没有因此而收手，还又借了 20 万高利贷想翻本。他像疯了一样，把自己关在房间里，玩了三天三夜的扎金花。

一开始他还赚了几万，然后就变得信心倍增，连诈带骗地又赢了不少钱。可后来不知道是被别人摸清他的套路了，还是系统随机发牌出了问题，小星发现只要自己手里有牌，那对方手里一定还有更大的牌，手里看起来“漂亮”的牌型，反而成了坑害自己多输钱的源头。

就这样，他又输掉了几万块钱，而且很神奇的一点是，每当他连输个七八局后，他就会再赢个一两局，或者是连输个十几局后，又会再赢个两三局。总之，每当他输得万念俱灰，想就此罢手的时候，系统就让他又赢上几局，鼓励他再战。

玩到第三天的时候，系统终于发给小星一把大牌——豹子 A，而且桌面上的另外四个人，居然没有一个人弃牌的，一直在跟注，十几圈跟下来，小星手里的筹码眼看着就要跟光了，于是他赶紧向老 K 再借钱。但是那个叫老 K 的牌友，此时好像完全变了一个人，不肯再借给小星钱，最终小星被迫弃了牌，输光了手中所有的筹码。没过几天，老 K 找了些人上门来催小星还钱，加上利息，小星一下欠下了高达 50 万的债务。

这穷乡僻壤里的 50 万几乎就是老魏两口子辛苦半辈子的收入。老魏的老婆一听儿子居然欠下了数目如此巨大的债务，一口气没缓上来，晕厥不醒，突发了脑瘀血，送到医院抢救，没几日就死了。

刘武得知这些情况后，毅然帮助老魏还掉了儿子的赌债，作为对刘武的补偿，老魏把农家院连同家里的庄稼地和整座后山都长租给了刘武，期限是 30 年。和刘武签完长租合同的老魏，心里越想越憋屈，不但暴打了儿子小星一顿，还把自己喝得酩酊大醉。

从地主变成租客，快速的角色转换，令老魏很难适应，加上又思念老伴儿，老魏就开始了借酒消愁的日子。就在那年腊月初，一场大雪过后，喝得烂醉如泥的老魏在溪边坐了一夜，冻死了。

魏小星见自己闯下大祸，害得自己家破人亡，终于幡然悔悟，但因为无颜面对自己的妹妹，只好远走他乡，并拜托刘武帮忙照顾好尚未归家的魏小月。

过年的时候，厌倦了夜上海的浮华、刚刚与未婚夫解除婚约的魏小月，辞去工作，拖着已经发胖的疲惫身体回到了老家，她原以为可以用家庭的温暖慰藉自己这颗失落的心，没想到一进家门，等待自己的竟是父母双亡与哥哥不知所踪的惊天噩耗。

巨大的刺激，让小月一下丧失了心智，疯狂地每天寻死觅活。还好有刘武看护着，小月几次自残或是自杀的行为才没有得逞。最后小月把自己关在破房子里，再也不肯出来见人。

除了一日三餐送到门前以外，对于小月的其他要求刘武也都尽量满足，最后小月越来越胖，因为害怕村里乡亲们的嘲笑，她便不让刘武透露她的真实身份。

听到这里，壮壮算是终于搞明白了事情的整个脉络，突然想起了小时候来农家院玩的时候，院子里那个跟自己抢玩具的小男孩，还有那个 3 岁大的小女孩。

壮壮问父亲说："哦，我想起来了，是不是魏小星小时候还抢过我玩具？那个 3 岁的小女孩难道就是小月？"

春芬点了点头，插话道："是啊，以前咱们每次回柴火沟，都是住老魏家里，你还带小月在院子里玩过呢。"

听完母亲这话，壮壮顿时产生了一种强烈的错愕感，这就好像有人指着一只小蜥蜴，再指指旁边一头巨大的霸王龙对他说："看！这霸王龙是这小蜥蜴变的。"

刘武又接着说道："1974 年那场大雨，我差点连人带驴从山上摔下去，幸亏老魏一把薅住了我的裤腰带，这才捡了条命。唉！老魏这闺女可怜啊！"

壮壮突然想起了前段时间来农家院里找小月的瘸子，就问刘武说："那上个月来农家院的瘸子，是不是就是魏小星啊？"

刘武叹息着点了点头回答说："是啊，那孩子也知道错啦，一心想找个没人认识自己的地方打工赎罪，结果偷渡去东南亚的时候，因为还不上尾款，让人把腿打折了。"

壮壮忙问刘武："那他后来干什么去了？钱还上了吗？"

刘武也并不知道此事的答案，只回答说："这就不知道了，那天我让小月跟他哥在屋里单聊的，人家的事，不能跟着掺和。"

听到这里，壮壮不禁感叹命运的奇特，壮壮觉得每个人的命运，其实都被一个无形的车轮搭载着，在不停地重复与轮回中滚动前进着。因为老魏救了刘武，所以刘武才有机会生下了壮壮；多年后因为刘武的离去，才促使壮壮去从事棋牌游戏开发；魏小星又因为玩了这种赌博游戏，才欠下债务；刘武为了帮他还债，才大幅缩减了给壮壮买房的钱，从而又造成了壮壮更多的贷款额度，以及后续一系列的问题。

虽然魏小星玩的游戏不一定是壮壮所在的公司开发的，但毕竟是被他的同行们所坑害了，又有多少个跟壮壮没有缘分、没有交集，并不认识的“魏小星”，家中因为赌博棋牌游戏而欠下了巨额的债务呢？这其中又有多少家庭的悲剧与壮壮参与研发的棋牌游戏有关呢？也许并不少，只不过是他没有看到而已。

壮壮此刻也终于明白，世间众生同因同果，命运之间都是相通的。兜兜转转几十年后，每一个人最终收获的，不过是自己先前埋下的因罢了。而且最不可思议的是，也许埋下因的人并不是自己，而自己却成了受害者；而自己种下的孽债，最后收到惩罚之果的，却可能不是自己，而是另一个与自己有关的人。

虽然这看似很荒诞，也找不到任何科学依据，其中的原理也说不清楚，但壮壮深信不疑。他现在感到十分愧对小月，好像她的家庭悲剧就是由自己一手造成的，他突然觉得自己应该为小月的后半生付一定的责任，至少应该为小月做些什么。

壮壮和刘武白天在医院陪护了春芬一天，傍晚的时候，月娥再次带着小月来到了医院送饭。月娥说怎么拦着小月也没用，她非要跑来晚上陪护。

壮壮再次看到小月时，原先心中那种炸裂般的尴尬感突然消失了，伴随而来的却是一阵窃喜，回想自己上一次被女人喜欢好像都是上辈子的事情了。不管喜欢自己的人多丑，只要是被人喜欢着，心里终究还是会感到一丝丝幸福的。

小月一连五天每天晚上都在医院陪护春芬，难得春芬这么挑剔的人，居然嘴里都说不出半个“不”字。春芬的伤势也已明显好转，估摸着再有一个礼拜就可以出院了。壮壮对小月的情感又从厌恶，彻底变成了感激。

周六思齐开着车，带着壮壮二姨和姨夫前来看望壮壮母亲，几位老人在病房里寒暄着，壮壮与思齐哥俩则坐在走廊的长椅上，攀谈起了工作的事情。

听思齐的意思，海洋垃圾回收项目启动的日期是一拖再拖，公司迟迟下不了决心，所以壮壮还要再等一段时间。

正当两人聊得带劲时，郑小满突然跑了过来，她兴冲冲地问壮壮说："哎，壮壮，你以前是不是游戏程序员？你是做什么游戏的？"

壮壮觉得反正二姨肯定也听不懂游戏行业的术语，为了自己脸上有点面子，就回说："什么游戏都会做啊，我是做服务器端的。"

小满一听就来劲了，她继续问壮壮道："那你会做 21 点、扎金花、牛牛什么的棋牌游戏吗？"

壮壮听二姨问这么具体，有点惊，不知道她问这个干什么，就回她说："哇，您懂得还不少，会做啊，怎么突然问这个？"

小满立马更加来劲地说："嘿！太好了，那二姨给你介绍个工作吧，你不是国企也没应聘上，思齐这边也迟迟没消息吗？二姨这个工作简单，三五个月就能完事，还能拿双薪，正好这期间能补上你的空档期。"

壮壮看了看表弟，又看了看二姨，一脸不可思议表情地问二姨："您给我介绍一个开发棋牌游戏的工作，还给双薪？"壮壮心想，按常理，天上掉下这种好事的时候，背后肯定都会附带着一个巨大的阴谋。可再一想，这个是二姨介绍的事情，肯定是靠谱的。

小满连忙点了点头说："我党校同学，在保平市公安分局信通处工作，那天偶尔遇到，他主动跟我打听认不认识搞互联网游戏的朋友，他们处有个暗查棋牌公司取证的临时工作，想找社会人帮忙干，处里的人都是熟脸，怕底下人认出来。”

壮壮一听原来是这等好事，立马拍着大腿答应了下来，心想：这下老子终于有机会整整这些丧尽天良的土鳖资本家了。

郑小满则一脸认真的严肃样子说：“我可没跟你开玩笑，你真能干得了吗？”

壮壮让二姨放一百个心，还把自己的电子版简历发给了二姨，让她转发给公安局的同学看看。没想到他们一家临走前，对方就给了回信儿，让壮壮下周一去分局一趟，面试。

约 定

壮壮原以为二姨给自己找了一份轻松简单的调查工作，结果周一来到保平市公安分局通信处的时候，发现事实根本不像想象中的那么简单。壮壮只在这里做了一个简单的业务面试后，又被告知，还要去北京公安部面试。

公安部的工作人员，把壮壮单独叫到一间办公室里，详细地告知了本次任务的目的。壮壮也才知道，工作的地点是位于南洋的岛国菲律宾，去之前还必须经过为期三个月的特殊培训，这期间也并不是美好的双薪，只有少量的补助而已。

一同与壮壮前去面试的，还有几个男子，也都是内部推荐过来可靠的人员，但几人一听这工作的性质，还有并不丰厚的待遇，立即就转身离开了。想想也对，冲着钱来的人，肯定也会因为钱坏事，待遇给不高就对了。

在会议室里，一个年轻貌美的女警察递给了壮壮一份保密协议，并指导着壮壮查看其中最关键的几项条款。签署完保密协议，一个年近 50 岁的老警察播放着 PPT 幻灯片，讲述起了本次任务的情况：

境外的非法赌博游戏，常年坑害国内大批民众，公安部近些年也是屡禁不止。这些博彩游戏的研发中心，一般都设置在东南亚等地，中国公安无法在他国行驶抓捕的权力，只能取到证据后，配合当地政府进行引渡。

很多中国棋牌公司老板在国内混不下去，就转投境外的博彩游戏公司，还用高薪诱骗了大量在国内找不到高薪工作、技术能力又十分低下的程序员，前往国外进行博彩游戏开发工作。

本次任务的主要目的有两个：第一，视频取证，确定中国籍男子徐某为境外非法博彩游戏研发公司幕后老板；第二，代码取证，壮壮要想办法把博彩游戏代码拷贝出来。

为期三个月的培训很快就结束了，壮壮从一开始并不被人看好，到最后以优异的成绩完成培训，让几个小警察不禁对他另眼相看。壮壮自己也因为每天系统地健身和学习，精神面貌焕然一新，体重也下降了些，他开始跃跃欲试地想早点出发完成任务。

这天壮壮要回宿舍休息时，被一个老头叫住了，一番攀谈后得知，他就是二姨的同学，姓赵，是一名将退休的公安厅厅长。

老来得子的老赵，对儿子十分宠爱。不想他的儿子却并不认同他做的事，父子关系相处得很不好，他的儿子也没有子承父业考警校，反而学起了编程，做了一名游戏程序员，为了高薪被骗到南洋工作后，失去了消息。

菲律宾有大大小小上千家博彩游戏公司，老赵也一直不知道怎么寻找儿子，但前几个月接到一个卧底线报，得知老赵的儿子小赵就在壮壮这次执行任务所在目标的公司。

这毕竟是私人的事情，尤其对一个老公安来说，这事传扬出去太丢人，老赵不想过多地麻烦组织，希望壮壮能帮忙把他的儿子给带回来。壮壮看在老赵一副可怜巴巴的份上，就跟他约定好，一旦帮他找到儿子赵昊，就把他带回来。于是壮壮又增加了一个“支线任务”，帮老赵寻找他不听话的儿子“赵日天”。

在公安部人员的指导下，壮壮通过网络视频，成功应聘上了位于菲律宾马尼拉的一家网络博彩游戏开发公司，也就是传说中的“菠菜”公司。对方一月 5 万块钱的薪金待遇，着实对人诱惑不小，但再高的月薪都是骗人的，博彩公司是不会发给从业者一分钱的。

公安部的同志告诉壮壮，他正式入职以后，报酬是每提供一个重要线索奖励 5 万块钱，而且期间所有的费用，国家全包了。

出发去菲律宾前，壮壮休了几天假，回柴火沟农家院看望大伙。得知郭场长家拿不出钱支付母亲高额的赔偿金后，还是在小月精明的提议下，借着投资扩大牛棚养殖规模的由头，要走了老郭家养牛场 30% 的股份。于是春芬成了老郭家养牛场的股东，小月也代表春芬参与到老郭家牛场的日常经营管理中。

壮壮从北京给大家买了很多礼物回去，还给小月买了大号的衣服，没想到这次的衣服，居然买得有点大了。

为了不让大家担心，壮壮只骗众人说自己是被派去国外做普通的开发工作，年底前估计就能赶回来。壮壮父母也因为是二姨给壮壮介绍的工作，没有太过于担心，只是二姨一家人轮番给壮壮打了电话，劝告壮壮一定要小心。

尤其是姨夫李建国，他劝壮壮可以去试试不限制年龄的司法考试，去帮助那些值得帮助的人，不要为了冥顽不灵的人去冒险。壮壮委婉地表示，无论如何已经答应了二姨，一切还是等完成菲律宾的任务后再说。

临出发前的晚上，壮壮独自坐在屋顶的鸽笼旁，想再多看几眼祖国的月亮。小月惴惴不安地追了上来，坐在壮壮身旁默默流起了眼泪。为了给她宽心，壮壮和她打了个赌，只要回国时，小月体重能下 200 斤，壮壮就和她一起自驾游。

小月听后很高兴，并提出如果自己瘦到 150 斤，就让壮壮做她男朋友的无理要求。壮壮觉得这根本不可能，但为了鼓励小月减肥，也没有拒绝她，并和她拉钩做了约定。

第二天下午，壮壮前往大兴国际机场，踏上了飞往马尼拉的班机，开始了人生第一次出国工作的生活。飞机一落地，壮壮就感受到了一种完全陌生且不友善的氛围，这里一切都很贵，连一瓶矿泉水都要几十块钱。

菲律宾“菠菜”公司负责给壮壮接机的，是一个身材火辣的当地小美女和两个保镖一样的男人。坐上出租车后，她以帮壮壮办理公司入职手续为由，要走了壮壮的护照。壮壮心里明白，这就算是被他们扣下了。

正式入职开始工作后，壮壮真正体会到了什么叫毫无人身自由。没收手机卡，限制网络，屏蔽信号，工作用的电脑 USB 接口也被焊死了。每天的工作时间都要超过 12 小时，除了中午半小时的午餐时间，其余时间一律不准休息，连上厕所都要打报告。这给壮壮的调查取证任务，造成了很大的困难。

除了像壮壮这样的程序员外，还有很多网络推销人员和网络代理，就是传说中的“狗推”和“狗代”，也全都是从中国自愿来马尼拉的。公司对待这些人要友善一些，他们可以实打实地拿到工资，不会像程序员们那样，一分钱也赚不到，但同样还要被彻底扣押在异国他乡。

每月保底 2 万的薪金待遇，对于这些没有一技之长，又不想做体力劳动的年轻人来说，有着致命的吸引力。为此他们出卖着自己的灵魂，每天在国内的各大贴吧、日志和论坛留言中，充当着“魔鬼”的代言人，还设下各种牌局陷阱，诱骗着自己的“同类”。

壮壮一开始很不顺利，因为自己是全公司唯一的一个北京人，还受到了老板的怀疑。好在壮壮居然在这里遇到了过去的死对头闻小开，在他的咒骂下，壮壮才获得了信任。

借着开发出一个爆款产品的偶然机会，壮壮做起了服务器组的小组长，和一些狗腿子下过酒色场所后，壮壮获得了更多的信任，得到了服务器更高权限和工作时可以用耳机听听音乐的特权。

壮壮终于有机会，仅凭着一根音频数据线，艰难地拷贝出了服务器的全套源代码，并趁着几个难得的机会，惊险地安装好了微型摄像头，但是壮壮迟迟也找不到老赵儿子“赵日天”的下落。

这里的中国员工大多都是河南、四川、福建、广东、云南等地的人，也有少部分的东北人。他们按照自己的籍贯结成了各种派系，每一个人脸上都写满了被奴役的痛苦。而壮壮因心里装着柴火沟农家院这个神圣家园，和这些人有些格格不入，他每天都要早起半小时练回春功和晚睡半小时打坐冥想的行为，更是招致同寝室全体人员的嘲笑。

一次河南帮集体出逃的行为，让老板发了大怒，当着全公司的面，让保安们教训了全体河南籍程序员。凶悍的保安队长连续打折了三个人的肋骨，还逼着他们吃了一盆的臭鸡蛋。吓得其他人连续几天上班时，都不敢喘大气，整个工作间笼罩在死一般的压抑氛围中。

晚上休息时，同寝室的人告诉壮壮，这些逃跑的河南人，会被押送到一个更加森严的秘密别墅中，开发更加隐秘的赌博项目。

第二天上班时，壮壮被压抑的氛围搞得要疯了，也不知道哪里来的勇气，他突然站起身用键盘拍碎了显示器，大声疾呼，号召大家站起来“闹革命”，不要丢尽炎黄子孙的脸，不能困在这里做一辈子“技术奴隶”，拿出点中国人的血气来，跟他们拼了！

然而壮壮一顿撕心裂肺的呐喊过后，换来的只是尴尬的沉默和来自保安队长的一顿毒打。壮壮没想到，居然连一个敢起身响应号召进行反抗的人都没有。在老板的满脸疑惑中，壮壮也被转送到了秘密别墅，开始了更加黑暗的奴隶生活。

归 来

在秘密别墅的日子更加难熬，工作的时间加长到了每天15小时，好在壮壮遇到了一个岁数不大的河北小伙子，他让壮壮管自己叫“耗子”，在耗子的照顾下，壮壮身体康复了不少。壮壮突然想起寻找赵昊的事，就赶忙问耗子是不是叫赵昊，耗子也很兴奋地承认了自己就是赵昊。

夜里，壮壮趁着众人熟睡的时候，偷偷告知了耗子自己打算带着他逃跑去中国大使馆的计划。耗子同意了他的计划，并发誓绝对会保密。

可第二天中午，壮壮就被保安关进了别墅的地下室，原来耗子出卖了他，耗子也因此立功，被奖励离开别墅，回到了马尼拉市中心的写字楼里工作。

壮壮后悔自己没有对耗子全盘托出自己是线人的事，心想如果早点告诉耗子他父亲托自己寻找他的事，他应该就不会傻缺地出卖自己了，从而彻底丧失了脱离苦海回国与家人团聚的机会。

地下室被菲律宾人改装成了地牢，里边一片黑暗，角落里还躺着一个人，但那人面如死灰的，始终一言不发。

地牢里到处都是“吱吱”叫的老鼠声，让人好像置身于地狱中一般。一整天的时间里，也没有人送吃的，饥饿的壮壮躺在肮脏的地板上，任由老鼠在自己腿上窜来窜去，脑海里全是农家院里的人的亲切祥和的笑脸，以及那些往昔在柴火沟中的欢乐时光。这带给壮壮一种力量，一种敢于面对黑暗的力量。

晚上，恐怖的保安队长再次出现了，他面部狰狞地，用蹩脚的中国话告诉壮壮，赶紧和地牢里的小伙伴叙叙旧，明天晚上就送他上“西天取经”。

再次受到死亡威胁的壮壮，对人间有着万般不舍，离开祖国已近一年了，再回想起北京城时，不禁潸然泪下，突然间那些崩坏和嘈杂也转而变得那么美好可爱，那么令人怀念。

壮壮后悔自己不甘心做一个普通人的愚蠢，明白了想干轰轰烈烈的大事，就要付出轰轰烈烈的代价后，壮壮觉得还是做一个普通人好。

壮壮把仅剩的一瓶水让给了角落里一直沉默的男孩，他终于开口说话了，他让壮壮不要这么没出息地哭哭啼啼，别让菲律宾人看扁了。两人相互了解一番各自的经历后，壮壮惊奇地发现，原来这个男孩才是‘赵日天’。

壮壮告诉了他赵厅长托自己救他出去的事情，男孩也忍不住哭了起来。

第二天深夜，壮壮被保安队长带到卫生间，被按到洗手池里猛灌了一肚子凉水后，又是一顿拳打脚踢。

保安队长骑在壮壮身上质问他还敢不敢再煽动“革命”了，壮壮怒吼道：“菲律宾小兔崽子，老子下辈子投胎还做中国人，老子还要当兵灭了你！”

保安队长冷笑着，往壮壮兜里揣进两条士力架，悄声地告诉壮壮：“回去后装死，三天以后我带你去中国大使馆。”

原来平日里无比凶狠的保安队长，居然是一个好人，壮壮赶紧告知他还要多营救一个人出去。壮壮被押送回地牢后，保安队长交代手下不许给壮壮和赵昊送饭，三天后他来给两人“收尸”。

三天后在保安队长的护送下，两人乘车来到了距离马尼拉市中心几十公里的郊区，攀谈中壮壮才得知保安队长实际上是菲律宾政府安插在“菠菜”公司里的卧底，也是负责营救壮壮的人。

从他的口中壮壮也了解到，在菲律宾政坛中，各方势力的角逐也很复杂，有些事情不是中国人可以理解的。保安队长把护照还给了两人，把他们转移到一辆破旧的面包车里后，就离开了。壮壮甚至都没来得及感谢他的营救。

两人被面包车司机带着，在马尼拉市区兜兜转转了一个小时后，终于踏进了中国大使馆的大门。使馆人员护送两人回国后，壮壮和小赵被安排在了北戴河疗养。

在疗养院后院幽静的海边，壮壮喝着免费的冰镇饮料，吃着各种美味水果，坐在躺椅上独自享受着阳光与沙滩，再转头看看远处人头攒动如下饺子一般的公共海滩，不由得心中一阵暗爽。

这时壮壮突然领悟到了，小师父说的根器不同是什么意思，在壮壮看来，这个“根”字中，应该还有些“根本”与“传承”的意思。不单针对佛法，其实每一个人都是有根器的。

世人总梦想自己一夜暴富，但为什么在做梦之前，不先问问自己有没有这份发财“根”，再看看自己有多大“器”。看看你的虚荣心、你的嫉妒心是不是强大到可以支撑你去对应那些频繁的心理崩溃、如影随形的巨大压力和常年披星戴月的辛劳。

如果你现在的工作让你觉得很累，没有什么动力支撑你坚持下去，可能会有上万个成功学导师从你的脑海中跳出来，告诉你你是个失败者。但其实那只是你身处的这个职场或从事的事业与你的根器不符而已。

成功的标准是根据每个人的根器不同和时代需求的不同而进行轮转、变换的。一个命运多舛的人，能保有尊严地活着就是成功。一个音乐天赋极好的人，能创作几首脍炙人口的旋律就是成功；一个味觉敏感的人，能做出几道高端的料理就是成功；一个极富正义感的人，不去助纣为虐，能匡扶正义，就是成功。

壮壮的根器中明显就有匡扶正义的成分，因为他的祖辈是抗战时期的锄奸队员，同时他也是一名敢于实名举报公款吃喝者的儿子。所以，壮壮在终日面对蝇营狗苟、急功近利、坑害万家的工作时，他的心里才会感到更多的痛苦。

做与自己根器相符之事业，是可以让身心加倍地获得愉悦的，甚至有时可以帮助你事半功倍。也许很多人因为自己是农民之后，觉得无法从祖辈的经验中获得传承。其实不然，任何伟大之人，祖辈都是农民。脚踏实地、默默耕耘、勤勤恳恳、任劳任怨、保有正义就是中国农民乃至全体中国人的根本。

壮壮的伤势很快痊愈了，傍晚时他经常迎着彩霞在海滩上慢跑，感觉全身的细胞都已经焕然一新、充满活力。转眼离开柴火沟已经很久了，壮壮此刻最想见的人，除了父母以外，竟然是那头“大恐龙”魏小月。

壮壮也算跟“赵日天”同学成了生死之交，老赵个人拿出了一张十万块钱的银行卡给壮壮作为额外奖励，壮壮内心经过一番激烈的斗争后，拒绝了老赵的好意。

不想壮壮回部里领取奖金的时候，得知自己安装的摄像头拍到了博彩公司老板手下的两名打手，居然是公安部悬赏通缉了多年的逃犯，他俩的身价加起来，一共高达 10 万元。加上摄像头拍到了中国籍男子徐某是境外“菠菜”公司幕后老板的事实，还有壮壮拷贝回来的源代码，以及杂七杂八的各种补助，本次菲律宾之行，壮壮赚到了 28 万元。

博彩公司老板和手下两名逃犯被成功引渡回国接受审判后，壮壮带着丰厚的奖金，回到了魂牵梦绕、日思夜想的北京城，参加了表弟和可欣的婚礼。再次看到亲人们，壮壮强忍着眼泪，跟大家编造了国外的经历。二姨问壮壮如果再有暗中调查的工作，还敢不敢参加了，壮壮想都没想地回答说，当然敢！

晚上壮壮约见了老曹，攀谈中得知拆迁依旧遥遥无期，她媳妇也没有通过公务员考试，老曹为此感到十分苦恼，壮壮替老曹向思齐询问了他媳妇的职业出路。思齐了解过具体情况后，非常诚恳地建议她，转行去做高级家政。

壮壮跟父母一起回到柴火沟农家院后，再次见到了钢子和月娥两口子，还看到了钢子的儿子。正值国庆长假，“小钢子”过来河北陪姥爷和姥姥住几天。钢子打算在柴火沟外那片商业用地上开办小型家具厂的计划，因为那几个脱贫户不肯以入股家具厂的形式来收取土地租赁金，而是要必须提前拿到现金，最终遗憾地没有开办成功。

钢子和月娥只得先在农家院的后院木匠屋里，打造一些微型的手工艺品，还开了个直播账号，在网上卖起了水晶滴胶象棋子、木质棋盘和小摆件等。生意虽然不火爆，但在小月的帮助下，每月也能有万八千的收入。为此中国邮政的邮递员，也把那辆笨重的大摩托，换成了一辆微型的面包车。

更令壮壮没想到的是，钢子竟然研究起了机械设备制造，木匠房里，又多了一部电焊机。钢子琢磨着，以后的家具一定不单是用木头拼拼装装那么简单了，他预感以后都是智能家居的时代，所以必须提前研究一下电路或机械一类的基础知识，等待机会来临。

为此，钢子还制造了一个切菜机器人，这机器人虽然愚蠢得只会原地切菜板，但还是给众人带来了一阵欢乐。

贾姨叫来了自己的一个姐妹做起了农家院的新房客，两人每天相伴着，练功养生。在小师父的影响下，现在已经快转入佛门了。听贾姨说，小师父在壮壮离开以后，也靠徒步去南方苦行了半年。

贾姨还说，从前农家院的房客，画家罗庚和摄影家大爷在自己的帮助下，在京郊合办了一次画展加摄影展，罗庚留给贾姨和壮壮父亲的画作，以平均每幅两万多的价格卖出去不少，只留下了罗庚给小帅画的雨中古镇图。

刘武说春季招兵的时候，小帅成功地当上了海军，现在已完成新兵训练的小帅正准备考军校。并把小帅所在部队的通信地址给了壮壮，让他有空的时候给小帅写信。

胖婶搬去城里跟儿子一起住了，不过每到节假日还是要回柴火沟来过。刘佩琪的猪肉卖回了本钱，老婆和孩子就又跑回来跟他一起过日子了。美凤带着娟娟嫁给了北京一个年近 50 岁的二婚男人，从此就跟柴火沟断了联系。

丁奶奶身体依然硬朗，童童也考上了重点中学，没事就来农家院打听壮壮什么时候回来，小家伙一直对壮壮念念不忘的。

林书记因顺利完成村里的脱贫任务，再加上常年与基层民众打交道混了个好人缘的原因，升官去了乡里工作，新来的村书记是个快乐的 90 后。只有赵主任没有什么变化，依然是老结巴磕子一个，没事就在村喇叭里发表各种演讲。

壮壮父母很低调地领了结婚证，也没有办喜宴，他俩打算就在农家院养老了。春芬再次提起了壮壮的婚事，她把壮壮拉到一旁，神神秘秘地问壮壮觉得小月这孩子怎么样，让壮壮心别太高，赶紧把小月收了做媳妇算了。

可壮壮寻遍了农家院也找不到小月的踪迹，连黑牛和壮壮亲爱的刘富贵也瞧不见踪影，月娥笑着告诉壮壮，让壮壮去郭场长家的养牛场去找找看。

壮壮来到溪边的草场上，立马被眼前的一幕惊呆了，草场上空回荡着《在希望的田野上》的音乐，宽阔的草地，被改造成了各种壕沟、陡坡、桥梁、蓄水池，俨然变成了训练士兵用的操练场。

一个身材清瘦高挑的年轻女子正站在训练场正中，挥舞着手中的小棍儿，对着四周的牛群比比画画地吆喝不停。郭场长家的边境牧羊犬和黑牛、刘富贵，在女子的指挥下，轰赶着牛群奔跑在训练场里，近百头大黄牛乖乖地翻越着训练场中的各种障碍，犹如一群训练有素的牛士兵，看得壮壮捂着肚子傻笑了半天。

女子还不时对着身前的手机支架絮絮叨叨的，看样子，好像正在做直播。郭场长和儿子站在操场外围，帮女子打着外援，见到壮壮后，热情地跟他打起了招呼。那女子听到壮壮名字后突然僵愣了一瞬，半转过头瞄了一眼后，就继续做着她的直播。

壮壮赶忙问郭场长是谁出的这么逗的主意，没事折腾这些牛军训玩。郭场长遥指着远处的女子说："还不是你们家魏小月的鬼注意，你可别小看这训练场，开一次直播有好几千人观看呢，这几月每月都有近 10 万的牛肉制品销量啊！"

壮壮一听这数目差点昏倒，壮壮指着郭场长家牛棚的方向说："什么？ 10 万？就你们家这不到 100 头牛，够卖的吗？"

郭场长嘿嘿一笑，嘲笑壮壮说："这你就不懂了吧，你们家小月说啦，我们家这些牛啊，其实就是些演员，哈哈哈。"

壮壮一时还是弄不懂郭场长话里的意思。郭场长指指训练场中间的女子，让壮壮有不懂的就问她去，壮壮这才反应过来，难道这清瘦高挑的女子是……魏小月？

蝶　螈

壮壮慢慢地走近女子，听到她唤着牛牛们各种奇葩蠢萌的外号，直播得带劲，从她说话的嗓音中，壮壮确定她就是小月。壮壮默默地站在小月身后观察了很久，不敢打扰直播。

直播结束后，小月意识到了壮壮这长久的等待，她转过身淡淡地对壮壮说了一句："回来啦？"

壮壮傻呵呵地笑说："嗯！回来了……"

"行啊，瘦了这么多。"

壮壮不好意思地回道："没……没您瘦得厉害……"话音一落，两人突然陷入了尴尬的沉默。不知道什么原因，小月对壮壮的态度冷淡了很多，壮壮心里感觉非常失落，甚至还有点伤心。

晚上，刘武又忙活了两桌大餐，众人把酒言欢为壮壮接风洗尘，小月大方得体地招呼着客人，一派主人翁的做派，与去年壮壮印象中那个唯唯诺诺的大胖子，完全判若两人。席间，壮壮的目光从来没有离开过小月，钢子和月娥看在眼里，暗自偷笑他的窘态。

壮壮偷偷问小月，之前的约定还算不算数了，小月只笑了笑，却没有直接回答。想不到瘦下来的小月居然跟壮壮端起了架子。

晚上休息的时候，壮壮躺在床上翻看着小月的短视频账号，把她近一年的心路历程逐一了解了个遍。她的账号昵称叫"倔强的小母牛"，在近期的几个 VLOG 中，粉丝们跟小月聊得很欢，男粉丝们肆意表达着对小月的喜爱，更有甚者直接打听小月的位置，企图登门求交往，看得壮壮心中各种醋瓶子狂倒。

再往前几个月的一个视频中，小月表现得有些神伤，她说自己很久没有得到爱人的消息了，很担心爱人的安危。粉丝们则留言戏称说爱人已跑，劝小月不要留恋，还有的人对小月说旧的不去新的不来。

再往前的 VLOG 中，小月还没有现在这么瘦，粉丝更多的是夸赞她减肥效果显著，以及鼓励她坚持的。小月也一边感谢着粉丝们的厚爱，一边推销着经过自己军训的健康牛肉制品。

初期一段时间的 VLOG 可就不那么美好了，看客们对小月各种冷嘲热讽，有人嘲笑她肥得像猪；有人笑她这么胖还不自知地扯感情问题；还有人说她肥成这样就省省力气吧，并笃定地认为小月的减肥计划一定会失败。一个男人甚至戏谑说：干脆我娶你吧，反正我也不想活了。

当小月把自己的减肥经验分享给大家，告诉大家减肥这个词语实际是错误的，应该叫改变习惯更贴切一些，还告诉大家长胖和变瘦的时间是成正比的，换来的却是更多的嘲讽与谩骂。小月的账号经营了一年多，才等来如今畅销的局面。看到这里，壮壮非常心疼小月的坚持，并佩服她的勇气。

就在这时，小月发布了最新的视频，她对着镜头，一脸欣慰地跟粉丝们说："今天我的他回来了，从一个白胖子变成了黑瘦子，面容也憔悴了很多，我感觉他这一年过得并不好，真的很心疼，但是又不敢问他，现在很纠结，到底要怎么办才好呢？"很快有粉丝留言说：无图无真相，求公牛爆照。

壮壮看后立马把自己的账号昵称改成了"倔强的大公牛"，并拍了个摆酷造型的照片做头像后，给小月账号留言说：本主回归，庸人勿扰！很快，小月在壮壮的留言上，点了个赞。壮壮惊奇地发现，其他点赞的粉丝里居然还有表弟李思齐。

一个月以后，壮壮和小月开着那辆二手五菱宏光，来到了拉萨，一起顶礼膜拜了神圣的布达拉宫后，再次开启了"作死"模式，朝着喜马拉雅山挺进。

在海拔约5100米的绒布寺旁，壮壮和小月南望守候了一个礼拜，终于见到了神圣的珠穆朗玛峰，高耸的山峰就像一座宏伟的金字塔，巍然屹立在群峰之间，令人望而生畏。一团乳白色的烟云，像一面巨大的旗帜飘扬在主峰上空，一切都显得那么的圣洁无瑕。

在小月兴奋地给粉丝们直播珠峰美景时，壮壮当着直播间全体粉丝的面，郑重其事地单膝跪地，向小月求了婚。尽管没有戒指也没有鲜花，小月僵愣了好几十秒后，依然感动落泪，两人紧紧拥抱在一起，深情地拥吻了很久很久……

12 月 27 日，壮壮和小月在北京市丰台区民政局办理了结婚登记，在巨大的红色爱心背景墙下，宣读了神圣庄严的婚姻誓言。壮壮在朋友圈里，得意地秀着结婚证，当朋友们看到 1985 和 1992 这两个相差 7 年的数字，以及出生的日期同为 11 月 1 日后，个个佩服得五体投地，并纷纷给予祝福，搞得壮壮心里暗爽涌动。

在农家院举办婚礼的当天，小月的哥哥小星和海军同志小帅也赶回来参加了婚礼，在亲朋好友的祝福中，壮壮和小月拜了天地，完成了结婚仪式。

当晚的婚房里，多了一个精美的水族箱，里边有两只貌似蜥蜴的丑陋小动物，壮壮问小月这是什么，小月回说这是表弟送的新婚礼物，名字叫蝾螈。它是全世界再生能力最强的生物，也是唯一可以重生脑部神经细胞的动物。

至此壮壮和小月的重生之路暂且告一段落了，两人彻底摆脱了不良的生活习惯，修复了受伤的心灵，重又拾回了对生活的信心，满怀期待地开启了人生的下半程。

这个故事并不完美，也不够华丽，甚至还土得掉渣。愿这份朴实无华，能够唤起更多人对生活的热爱，还愿那些挣扎在中年危机中的失业者，能够通过故事，启发灵感寻找到一条适合自己的道路。

在这个世界上，不能期望每一个人都是高尚的，但如果可能，请尽量避免去做那些损害社会、损害家庭或者损害他人的事情，给别人留一份快乐，也是给自己的生活种下善缘。

希望从来都是从苦难与惨痛中获得的，尽情地拥抱黑暗后，美好的光明也许就出现在一次彻底大扫除，或一次清爽的沐浴后。

生活就像脉搏的波浪线，有高潮就会有低谷。所以要尽可能多地去创造快乐和美好，才能更加从容地面对低谷的到来。一次悠闲的长途旅行、一场好友的聚会、一些有益的分享，都可以成为生活中快乐美好的回忆。当我们垂垂老矣时，唯一可以时刻握在手中的财富也只有回忆。

飞速行驶的赛车始终是年轻人的狂欢，80 后们终将陆续到站。我们无法让快速发展的社会慢下来，何不主动让自己的生活慢下来。也只有慢慢地去体会生活，才能想起去抬头仰望月亮。